CADEAU MORTEL POUR NOËL

MagnuM

CADEAU MORTEL POUR NOËL

DOUZE HISTOIRES POLICIÈRES

Jean Alessandrini
Évelyne Brisou-Pellen
Sarah Cohen-Scali
Stéphane Daniel
Gilles Fresse
Christian Grenier
Catherine Missonnier
Lorris Murail
Jean-Paul Nozière
Alain Surget
Paul Thiès
Ségolène Valente

RAGEOT•ÉDITEUR

Couverture et illustrations : Olivier Balez

ISBN 2-7002-2807-3
ISSN 1142-8252

© RAGEOT-ÉDITEUR – PARIS, 2002.
Tous droits de reproduction, de traduction et d'adaptation réservés
pour tous pays. Loi n°49-956 du 16-07-1949 sur les publications destinées à la jeunesse.

SOMMAIRE

Note au lecteur 11
Réveillon chez Magali 13
Lettres au père Noël 39
Minuit en rouge et noir 63
Comment j'ai tué mon grand-père 95
Pas de cadeau pour le père Noël 119
Mauvaises fréquentations 137
L'ange de la mort 153
Du sang sur la neige 179
L'habit rouge 199
Meurtre à répétition 217
Zone d'ombre 233
Embûches de Noël 259

Les auteurs 277

NOTE AU LECTEUR

Il y a quelques années, un recueil collectif de nouvelles policières paraissait dans la collection Cascade Policier. Intitulé Crimes en Cascade, *il émanait de l'imagination fertile d'un groupe d'auteurs réunis à l'occasion d'un salon du livre. Au fil de conversations et de repas, ils s'étaient faits complices pour élaborer un plan minutieux consistant à écrire chacun une histoire policière, avec l'obligation d'utiliser certains éléments communs, tels des indices de lecture. Enthousiasmé par ce défi original, l'éditeur, métamorphosé en inspecteur responsable des enquêtes, avait pris le relais. L'écriture et la publication de* Crimes en Cascade *ayant constitué un véritable plaisir, l'envie de récidiver taraudait les uns et les autres. Encore fallait-il trouver un thème fédérateur...*

Ce serait Noël ! Noël, ce jour exceptionnel synonyme de retrouvailles, de réveillon, de réjouissances et de présents inattendus. Mais derrière les sourires de façade et les scènes de bonheur se cachent souvent de vieilles rancunes, des jalousies tenaces, des vengeances inassouvies ou des envies de troubler ces festins sans fin...

Douze auteurs se sont mis à table pour écrire douze histoires policières inédites et faire de ce recueil un cadeau mortel où Noël est à la fête. Ces invités sont, par ordre d'apparition sur la scène du crime : Lorris Murail, Stéphane Daniel, Christian Grenier, Catherine Missonnier, Jean Alessandrini, Ségolène Valente, Alain

Surget, Évelyne Brisou-Pellen, Sarah Cohen-Scali, Paul Thiès, Gilles Fresse et Jean-Paul Nozière.

Noël n'allant pas sans quelques figures imposées, sept éléments obligatoires sont utilisés dans chaque récit et librement déclinés pour corser l'affaire : **un père Noël** (il faut bien y croire), **une tempête de neige** (le rêve du Noël blanc et pur), **un sapin de Noël** (décoration oblige), **une dinde** (la victime désignée du sempiternel repas), **une bûche** (pour orner la table ou la cheminée), **un renne** (au cas où le père Noël se déplacerait en traîneau)... et un élément incongru, **une île déserte** (où l'on pourrait peut-être échapper... à Noël).

Merci à tous les auteurs d'avoir joué le jeu. Au lecteur, à présent, d'entrer dans la danse, de découvrir les indices et de mener à bien ses enquêtes de fin d'année.

JOYEUX NOËLS !

Réveillon chez Magali

Lorris Murail

En touchant le pare-brise, les flocons de neige alimentaient des ruisselets qui semblaient fuir vers le toit de la voiture. Dominique mit les essuie-glaces en marche.

– Ils annoncent moins cinq, cette nuit. Je te dis pas le verglas qu'on va se payer en rentrant. On serait tellement bien à la maison.

– Tu me laisseras le volant, répondit Sandrine. Je tiens à la vie. Verglas plus champagne, on connaît le résultat.

– Parce que tu vas nous regarder boire ?

Dominique freina brusquement. Il avait failli rater l'embranchement. Les Galupières, neuf kilomètres.

– Tout ça à cause des lubies de cette vieille cinglée...

– Je t'en prie, Dominique, pas devant Ninon. Elle répète tout.

Avec un bel ensemble, mari et femme jetèrent un coup d'œil dans le rétroviseur. À genoux sur la banquette arrière, la petite dessinait un lapin sur la vitre embuée, côté portière gauche. Elle paraissait totalement absorbée par sa tâche mais ne perdait pas une miette de la conversation, tous deux le savaient.

– Crazy ! Nuts ! lança Dominique.
– Tu parles anglais, maintenant ?

— Comme tu voudras. Dingue ! Maboule ! Pin-pon !
— Dominique, arrête !
— À lier !
— Dominique !
— Comme un lapin !
— Mais arrête !
— Bonne pour le cabanon !

Sandrine fronça les sourcils, comme pour refréner sa colère. Mais ce fut un bruyant éclat de rire qui explosa, lui inondant le visage de larmes.

— T'as gagné, mon maquillage est foutu, dit-elle en ouvrant le sac posé sur ses genoux.

Dans le petit miroir rond, elle examina les deux traînées noires qui avaient coulé sur ses joues.

— Autant rigoler un coup maintenant, estima Dominique. Parce que la soirée de réveillon chez tante Magali avec Stuart, Odile, Urbain et les autres...

— Elle n'a plus que nous, ses neveux et nièces. Il faut la comprendre.

— Je peux comprendre certaines choses. Mais que cette vieille fo... que tante Magali nous ordonne, je dis bien nous ordonne de venir passer le réveillon chez elle sans Ninon, là, ça me dépasse !

— Je lui ai dit, je lui ai répété dix fois que Noël est la fête des enfants. Elle n'a rien voulu savoir.

Dominique renifla.

— Ce qui me dépasse encore plus, c'est qu'on ait accepté ! Parce qu'on a accepté ! Et les autres aussi, je suppose, Jean-Félix, Stuart, Odile et compagnie.

— Ce n'est pas pareil. Leurs enfants sont grands. Ninon n'a que six ans.

Dominique se mit à taper du poing sur son volant.

— Ah ! le pouvoir de l'argent !
— Qu'est-ce que tu veux dire ?
— Tu me suis parfaitement.

– Pourquoi vous vous disputez ? demanda Ninon.

– On ne se dispute pas, répondit Sandrine, on... À droite ! Tu vois bien que c'est là ! Toutes les fenêtres sont allumées.

Dominique se gara au bout du chemin gravillonné, entre deux autres voitures, et donna un petit coup de klaxon. Devant les lumières de la maison, l'averse de neige paraissait deux fois plus dense. Une demeure incontestablement élégante, songea Dominique. Mais qui ne donnait qu'une faible idée de la fortune de sa propriétaire. Il sentit la main de Sandrine sur son bras. Elle le pinça à travers l'épais tissu du manteau.

– Tu me laisses parler, d'accord ? Tante Magali n'est pas idiote. Elle comprendra. Si tu pouvais t'abstenir de te montrer odieux avec elle, ça me rendrait service.

Sandrine se retourna.

– Ninon ? Tu te souviens de notre conversation, n'est-ce pas ? Si tu veux trouver quelque chose dans tes souliers demain matin, tu sais ce qu'il te reste à faire.

– Bonjour, merci, s'il te plaît, récita Ninon.

La grosse porte de bois s'ouvrit avant qu'ils aient fini de gravir les marches du perron.

Une vieille dame apparut vêtue d'une houppelande rouge à col de fourrure blanche.

– Tante Magali ! Vous nous jouez les mères Noël ! s'exclama Dominique.

Sa femme l'écarta d'une bourrade.

– J'espérais caser Ninon chez sa copine Alice, mais ça n'a pas marché, expliqua-t-elle précipitamment. Pour ce qui est de dénicher une baby-sitter le soir du réveillon, tu imagines ! J'ai tout essayé, même les mammy-sitters, tu sais, cette association de...

Magali n'écoutait pas sa nièce. Rien n'avait troublé le sourire éclairant sa bonne figure ronde qu'aucune ride n'était venue creuser en soixante-quinze ans d'existence. Mais ses yeux étroits n'avaient pas quitté un instant la gamine qui se serrait contre les jambes de sa mère.

– Bonjour, tante Magali ! s'écria Ninon. Joyeux Noël, tante Magali !

Magali détacha enfin son regard de l'enfant.

– Tu ne pourras pas prétendre que je ne t'avais pas prévenue, dit-elle à sa nièce.

Puis, à Ninon :

– Entre, ma chérie.

Ninon n'aimait pas beaucoup la tante Magali, mais elle adorait sa maison. Et plus que tout l'immense entrée où, sur la cheminée à dessus de marbre, sur des consoles en bois doré, sur des étagères de verre, la vieille femme avait disposé les plus précieux de ses trésors. Des bibelots de porcelaine, des statuettes en biscuit, des vases chinois, des pendules encadrées de chevaux cabrés.

Ses objets préférés étaient exposés sur les tablettes transparentes d'une vitrine. Des sulfures emprisonnant dans le cristal de mystérieux sujets d'or ou de céramique, des millefiori où fleurissaient dans le verre d'étranges jardins multicolores d'émail. Il y avait là des raretés et des merveilles mais, pour Ninon, aucune n'égalait la grosse boule qui saupoudrait de neige un paysage de nacre et d'argent quand on la renversait.

— Ne commence pas, Ninon, dit derrière elle la voix de Sandrine. Suis-nous.

Ninon leva la tête. Au-dessus des portes de chêne qui menaient au salon, trophée cloué sur une planche en forme d'écusson, Reynald la contemplait de ses yeux à l'éclat de diamant. Reynald avait le nez velu et de grands bois plats. Un soir comme celui-là, jugea Ninon, Reynald n'aurait pas dû se trouver ici. Il aurait dû sillonner la nuit glacée, tirant un traîneau plein de jouets et de cadeaux.

Ils arrivaient les derniers. Dans le salon aux airs de fête, avec son arbre de Noël enguirlandé et sa longue table chargée de vaisselle rutilante, deux couples attendaient. Sur le premier canapé, Jean-Félix et Félicia, sur le second canapé Stuart et Odile. Un peu à l'écart, à califourchon sur une chaise de style, Urbain interrogeait le fond de sa coupe vide.

Dominique leva le sac qu'il tenait à bout de bras pour indiquer qu'il portait le champagne au frais. Dans la cuisine, il huma des odeurs qui le réconcilièrent avec la vie. Il resta un instant accroupi devant le frigo ouvert à s'emplir les narines d'un mélange délicieusement écœurant de saumon fumé, foie gras et crème au beurre.

Derrière la porte fumée du four chantait une énorme volaille. Tous les parfums de Noël étaient réunis et, bon sang, ça faisait du bien.

— Je croyais qu'il fallait venir sans les enfants. Impérativement.

Dominique se retourna pour faire face à Jean-Félix. Ce petit homme bedonnant à la calvitie prononcée était le plus âgé des neveux de tante Magali. Il avait épousé une Félicia et baptisé sa fille Félicité, comme s'il suffisait de nommer le bonheur pour vivre sous sa protection. Pourtant, le couple battait de l'aile et la gamine fuguait tous les deux mois.

Dominique faillit répondre que sa fille à lui n'avait pas encore l'âge de réveillonner à la marijuana dans un squat pourri. Mais il se contenta de hausser les épaules.

– Viens, lui dit Jean-Félix, je crois que Magali nous a préparé un discours. Plus vite elle en aura terminé, plus tôt on pourra se mettre à table.

– Bien parlé. Je crève de faim.

Sandrine s'était assise auprès de sa sœur Odile. Elle adressa un signe à son mari pour l'inviter à les rejoindre sur le grand canapé bleu. Sandrine et Odile étaient les deux nièces de Magali. Jean-Félix et Urbain étaient ses deux neveux.

Engoncée dans sa houppelande rouge, la vieille dame se tenait debout derrière la longue table au centre de laquelle étaient disposés trois plateaux d'huîtres. On aurait dit qu'elle s'apprêtait à dîner seule, sous les yeux de son maigre public.

Tous étaient tournés vers elle. Pourtant, elle prit un couteau et fit tinter un verre de cristal pour réclamer leur attention.

– Il y a quelques jours, commença-t-elle, je me suis rendu compte que j'allais avoir soixante-seize ans et qu'il était grand temps pour moi de mourir. Je suis lasse. Être riche, vieille, veuve et rhumatisante ne m'amuse plus. Vous me connaissez, je suis une femme d'action. Quand j'ai pris une décision, je l'exécute. Je vais donc mourir.

– Ma tante ! se récria Jean-Félix. C'est Noël. Ce n'est pas un jour pour les idées noires.

Magali réduisit son neveu au silence d'un regard plus sombre encore que ses idées.

— Vous aussi vous êtes las, je le sais. Las des caprices et des extravagances de cette vieille toquée de Magali. Las surtout d'attendre votre part d'héritage.

Trois nouveaux coups de couteau contre le verre de cristal firent taire les protestations.

— J'ai bien réfléchi. Ces affaires de succession sont un cauchemar. D'ailleurs, comme vous l'avez probablement constaté avec amertume, je déteste partager.

Toujours à l'écart dans son coin, Urbain émit un petit rire. Urbain était le plus jeune des neveux et nièces de tante Magali, le seul encore célibataire. Personne à vrai dire n'envisageait qu'il ne le reste pas.

— Ce n'est pas toi qui me contrediras, mon cher Urbain. Car tu t'es efforcé de m'inculquer le sens du partage sans lésiner sur les efforts. En vain, il me faut l'admettre. Eh bien, mes enfants, sachez qu'au moment où je vous parle, je n'ai plus rien.

Une lueur d'inquiétude passa d'œil en œil.

— J'ai tout vendu, y compris cette maison, dont le nouveau propriétaire prendra possession au premier janvier prochain. Rassurez-vous, je n'ai rien bradé. Et au total, ma foi, cela fait une assez jolie somme. Mon défunt mari avait un don pour les affaires. Dommage qu'il n'ait pas eu beaucoup d'autres qualités.

— Et si on mangeait pendant que la maison est encore à toi ? proposa Urbain d'un ton délibérément insolent.

— Ne me raconte pas que le sort de mon argent t'indiffère, je ne te croirai pas. Tout est dans un coffre, à Genève, à l'Union de banques suisses. Comme je n'aime pas le partage, j'ai décidé que tout reviendrait à celui qui l'ouvrirait. Il n'y a presque rien à trouver. Une clé et un numéro de huit chiffres. Pour cela, chacun d'entre vous va recevoir un indice. L'un de ces indices sera le bon. À l'heureux gagnant d'être assez malin pour le déchiffrer. Vous voyez, c'est d'une simplicité enfantine.

Le regard de tante Magali se posa un bref instant sur la petite Ninon.

– Sandrine et Dominique... Jean-Félix et Félicia... Odile et Stuart, récita Urbain. Chaque couple aura deux chances. Et moi, recevrai-je deux indices ?

– Tu n'avais qu'à te marier, mon neveu. Maintenant, tu n'as plus qu'à prier pour avoir de la chance.

Tante Magali s'assit soudain, à la place qu'elle s'était réservée, au centre de la table. Elle allongea le bras et saisit une huître, dans le grand plateau placé devant elle. Posément, elle garnit son assiette d'une douzaine de coquillages.

Il y eut un froissement impatient du côté des canapés, comme si la vieille dame venait de donner le signal annonçant le début du repas de réveillon.

– Restez où vous êtes, dit Magali. J'ai encore une petite histoire à vous raconter. Ah... mais elle n'est pas destinée aux jeunes oreilles. Ninon, ma chérie, est-ce que tu veux bien sortir quelques minutes ? Ensuite, tes parents feront ce qu'ils souhaitent. Cela ne me concernera plus. Plus rien ne me concernera.

Sandrine se leva en bougonnant, prit sa fille par la main et la conduisit jusqu'à la porte.

– Tu regardes mais tu ne touches à rien, chuchota-t-elle à l'oreille de Ninon.

Ninon retourna sans protester dans la vaste entrée, parmi les vitrines chargées de bibelots. Elle préférait la compagnie de Reynald à celle des grandes personnes. Aucune d'entre elles ne lui avait souhaité un joyeux Noël ou ne lui avait offert le moindre cadeau. Cette soirée de réveillon était absolument nulle.

Tante Magali ne prêta pas attention à la sortie de sa petite-nièce. Elle scrutait l'huître qu'elle tenait entre deux doigts.

– Savez-vous que les huîtres ont les yeux bleus ? demanda-t-elle. Comme mon défunt mari. Il n'avait pas beaucoup de qualités, mais il avait de beaux yeux. Je me souviens de ce jour comme si c'était hier. Une terrasse au bord de la plage, sur l'île d'Oléron. Il faisait beau. On voyait les voiles au loin sur la mer. René et moi avons commandé des huîtres. Deux douzaines de spéciales.

Tante Magali s'empara d'une fourchette à huîtres et entreprit de séparer le mollusque de son pied. Elle le contempla un instant puis le goba.

– Et après... je ne suis pas sûre... je crois que j'avais choisi la sole meunière. Peu importe, car ce n'est pas moi qui l'ai mangée.

Magali tira sur les amples manches de sa houppelande. Quelques gouttes d'eau de mer tombèrent de la fourrure blanche qui lui couvrait les poignets. Elle avala une deuxième huître puis une troisième.

– C'est si bon pourtant.

La première demi-douzaine y était passée. Magali ferma les yeux et souffla longuement, comme si elle venait de surmonter une épreuve difficile. Des perles de sueur apparurent sur son front.

– J'attendais ma sole. La dernière image dont je me souvienne est celle de l'écume sur l'océan. Tout s'est mis à tourner. La suite, on me l'a racontée. Les sauveteurs en maillot de bain puis les pompiers. Et après, l'hélicoptère. Je n'ai repris conscience que dans une chambre d'hôpital, à La Rochelle.

Magali semblait à présent perdue dans un autre monde, le monde de ses souvenirs et de sa jeunesse. Elle ne voyait pas le sourire sarcastique d'Urbain, pas davantage la mine préoccupée d'Odile ou les grimaces perplexes de Jean-Félix. Les mains agitées d'un léger tremblement, elle se hâta de manger les six huîtres restantes. Visiblement, elle n'y prit aucun plaisir.

– Il était beau, ce petit interne, vous ne pouvez pas savoir. Je me rappelle chacun des mots qu'il a prononcés. « C'est la dernière fois que vous mangez des huîtres, madame Kléber. Vous vous en êtes tirée de justesse. La prochaine fois, probablement, personne ne pourra vous sauver. »

Les traits de tante Magali se crispèrent.

– J'ai chaud, tout à coup. Cette houppelande m'étouffe. Je n'avais jamais été allergique, auparavant. Il a suffi d'une huître. Je les ai regardées souvent au cours de ces trente dernières années. Parfois, j'ai été tentée. Aujourd'hui, c'est le jour.

Son visage se décomposa et son buste s'affala brusquement sur la table parmi les coquilles vides. Puis, lentement, tante Magali glissa de sa chaise.

Stuart, le mari britannique d'Odile, fut le premier à jaillir du canapé. Mais il ne put que recueillir l'ultime spasme de la vieille femme. Magali gisait à plat ventre sur le beau parquet, le nez dans une flaque verdâtre.

Stuart se retourna. Odile se tenait juste derrière lui, les yeux agrandis par l'horreur.

– Elle n'est pas... elle n'est pas... Stuart, ce n'est pas possible, pas le soir du réveillon.

Odile éclata en sanglots. Elle attrapa la jolie serviette brodée qui faisait comme un cornet sur une assiette et se tamponna les joues pour sécher ses larmes.

– Qu'est-ce que c'est ?

Elle venait d'apercevoir le petit carton posé sur l'assiette, sous la serviette. Elle le prit et lut le mot écrit dessus, un unique mot tracé à l'encre violette en grandes lettres penchées, comme sur un cahier d'écolier.

– Bûche, dit-elle.

Elle haussa les épaules.

– Qui va encore avoir envie de la bûche, à présent ?

Jean-Félix s'était approché. Il avait les yeux fixés sur une autre serviette, placée sur une autre assiette, si intensément qu'il semblait vouloir la déplacer par la seule force de sa volonté. Il allongea le bras et la souleva comme un magicien qui veut faire constater que les dés enchantés ont réapparu.

Il lut sans toucher le petit carton.

– Sapin ! Félicia, c'est mon indice. Sapin. Vite, prends-en un, dépêche-toi !

Neveux et nièces, hommes et femmes, tous se précipitèrent soudain. Tous sauf un, Urbain, qui ricanait dans son fauteuil, une bouteille de champagne à la main.

– Dinde ! annonça Félicia.
– Île déserte, annonça Stuart.
– Renne, annonça Sandrine.
– Père Noël, annonça Dominique. Qu'est-ce que ça veut dire ?

– C'est là, dans la maison. Il faut trouver, lui répondit Sandrine.

Jean-Félix fut le premier en action. Sapin. L'indice était limpide et prometteur. Sapin, l'arbre aux cadeaux. Mais, au pied de celui de tante Magali, il n'y avait pas le plus misérable paquet.

– Jean-Félix, gémit Félicia, et Magali ? On ne peut pas la laisser...

Mais son homme ne l'écoutait pas. Grimpé sur une chaise, il avait entrepris de déshabiller l'arbre de Noël. Méthodiquement, il décrocha les guirlandes dorées et argentées, les boules miroitantes et les silhouettes de feutre, il décrocha tout jusqu'à l'étoile qui brillait sur la cime.

– Ne reste pas les bras ballants ! cracha Odile à l'adresse de son époux. Ils vont trouver avant nous !

– Tu n'as rien compris, répondit Stuart. Pour trouver, il faut avoir le bon indice. Se presser ne sert à rien.

– N'empêche qu'il m'énerve, celui-là, dit Odile en jetant un regard mauvais en direction d'Urbain.

D'un geste rageur, elle souleva la dernière serviette.

– Tempête de neige ! cria-t-elle. Tu ne voulais pas savoir, eh bien tu sauras quand même ! C'est tempête de neige. Débrouille-toi avec ça, mon vieux.

Urbain remplit son verre et le vida, remplit son verre et le vida. Puis il se leva et marcha d'un pas incertain jusqu'à la baie vitrée. Dehors, la neige tombait de plus en plus fort.

– Tempête de neige ! s'exclama-t-il. Sacrée Magali.

En vain, il scruta les flocons blancs.

À l'autre bout du vaste salon, Jean-Félix auscultait les guirlandes centimètre par centimètre tout en achevant de piétiner les boules de Noël. Déjà, sous ses efforts brutaux, le sapin avait perdu la moitié de ses aiguilles. Il lança vers sa femme une chaussette rouge garnie de grelots.

– Qu'est-ce que tu attends ? Dinde ! La dinde ! Tu devines où elle est, non ?

– Commence par tes poches, Félicia ! suggéra Urbain. C'est peut-être sur toi.

– Sors de cette pièce ! hurla Félicia. La neige, c'est dehors !

Sandrine eut l'impression de reprendre brusquement ses esprits, après deux ou trois longues minutes d'hébétude. Mais elle ne se sentit pas concernée par la compétition délirante qui venait de s'engager. Il y avait quelque chose de beaucoup plus important, de beaucoup plus urgent.

– Ninon ! gémit-elle comme si elle ne l'avait plus vue depuis des heures.

Elle se rua vers la porte du salon.

– Sandrine, où vas-tu ? cria Jean-Félix. Elle va à la cuisine, je suis sûr qu'elle va à la cuisine. Grouille-toi, bon sang, Félicia. Sandrine va à la cuisine ! La dinde ! La dinde !

– La bûche ! fit Odile.

Sandrine les ignora. L'espace d'un instant, elle crut que sa fille avait disparu. Elle ne l'apercevait nulle part dans l'immense entrée. Mais Ninon était bien là, roulée en boule sur le sol, au pied d'une console dorée. Elle dormait.

Sandrine ôta son châle et en recouvrit la gamine. Mieux valait la laisser là, ne pas risquer de la réveiller.

– Ils sont tous fous, murmura-t-elle en entendant le tumulte hystérique qui provenait de la cuisine. Et moi, qu'est-ce que je deviens, avec mon renne ? Il ne devait pas être prévu au dîner, celui-là.

Elle songea aux silhouettes de feutre accrochées aux branches du sapin. N'y avait-il pas un renne ? Elle haussa les épaules. Jean-Félix avait dû le déchiqueter, comme le reste.

— Je m'en fous du pognon de la vieille tante, poursuivit-elle. Tout ce que je veux, c'est partir d'ici. Et...

Elle s'était tournée vers la porte à double battant, grande ouverte sur le salon. Au-dessus, deux yeux brillants la regardaient. Le trophée, l'énorme tête velue.

— J'ai toujours pensé que c'était un élan ou un caribou... Est-ce que c'est un renne ?

Dominique errait à quelques pas d'elle, de l'autre côté de la porte.

— Dominique ! Viens voir ! Est-ce que tu crois que c'est un renne ?

Dominique approcha, se tordit le cou, recula.

— Sûrement pas. Les rennes ont le... ils sont plus... bof, j'en sais rien.

— Peu importe, décida Sandrine. Magali devait prendre ça pour un renne. Rien d'autre ne compte. Aide-moi.

Ensemble, ils déplacèrent une petite vitrine. Sandrine ôta ses chaussures pour grimper dessus. En tendant les bras, elle pouvait attraper le trophée par les cornes. Non, on ne disait pas des cornes.

— Des andouillers ! s'exclama-t-elle. Tu sais, Dominique, plus il y en a, plus ils sont vieux. C'est bien un renne.

— Tu confonds avec les cerfs.

Sandrine poussa un gémissement.

— Ça pèse son poids. Avec l'écusson, il fait au moins quinze kilos.

Elle souleva, vers la droite, vers la gauche, cherchant comment la chose était accrochée. Soudain, le trophée se détacha du mur dans une pluie de plâtre et Sandrine faillit tomber avec lui. La grosse tête velue s'écrasa sur le sol, non sans fendre au passage d'un coup d'andouiller la vitrine sur laquelle se tenait la jeune femme.

Sandrine sauta sur sa proie.

– Il faudrait une hache, dit-elle.

Dominique se pencha auprès d'elle.

– Les yeux... on dirait des diamants, non ?

– Magali a parlé d'une clé et d'un numéro.

– Tu veux vraiment massacrer cette pauvre bête à la hache ?

– Non.

Sandrine se redressa en frissonnant.

– Ninon a le sommeil dur, constata-t-elle. Qu'est-ce que c'est que ce vacarme ?

– La dinde, devina Dominique. Tout le monde n'a pas les mêmes scrupules que toi.

Il frappa le museau du renne d'un violent coup de talon.

– T'as ramassé un indice pourri. Jamais la tante n'aurait eu la force de décrocher la tête de renne pour cacher quelque chose à l'intérieur.

– Comment ça, la dinde ? demanda Sandrine. Elle est cuite, la dinde. Ils sont en train de s'entre-tuer, oui. Ce n'est pas normal, ce qui se passe ici, Dominique.

– Il ne va rien nous rester à manger, lui répondit-il.

– Il est près de dix heures. On devrait en être au saumon fumé. En tout cas, pas question que je touche aux huîtres.

Après un instant de réflexion, Sandrine ajouta :

– Même la dinde... Je m'imagine mal en train de m'empiffrer de dinde aux marrons alors que la pauvre Magali n'est pas encore froide.

La dinde quant à elle fumait encore. La volaille dorée gisait déchiquetée sur la table de marbre de la cuisine. Félicia en achevait maladroitement l'autopsie, la main enveloppée dans un torchon. Tous étaient là, autour d'elle, à l'exception d'Urbain.

– Que se passe-t-il ? demanda Sandrine en entrant. C'est toi qui pousses ces hurlements, Félicia ?

– Félicia s'est brûlée en fouillant la farce, expliqua Stuart.

Stuart tenait à la main des lambeaux de chair blanche.

– Demandez-lui si vous voulez un morceau, ajouta-t-il.

Dominique fit un pas en direction de la table. Félicia lui jeta un regard hostile. Sans un mot, elle piqua une lanière de blanc bordée de peau croustillante à l'aide de sa longue fourchette à deux dents et la lui tendit. Puis, excédée, elle prit le long couteau de boucher grâce auquel elle avait commencé la dissection et poignarda la bête avec une insoupçonnable vigueur. Cinq fois, dix fois, elle lacéra la carcasse, faisant fuser autour d'elle des jets de graisse.

– Arrête ! s'écria Jean-Félix. Tu ne trouveras rien comme ça.

Félicia éclata en sanglots.

– Il n'y a rien ! gémit-elle. Magali m'a toujours détestée et toi tu ne m'as jamais défendue. Et maintenant elle est morte et je me suis brûlée et il n'y a rien dans la dinde.

– Fifi, dit Jean-Félix, écoute...

La voix de Félicia dérapa brusquement :

– Ta tante nous a déshérités et tu restes là sans rien dire ! Mais tu n'es qu'un minable, qu'un minable !

– Et moi ? Et moi, tu as vu ? lança Odile.

Odile achevait de nettoyer sa robe vert pomme avec une éponge, adossée à l'évier de grès. Près d'elle, sur la paillasse, la bûche de Noël n'était plus qu'une bouillie brunâtre où surnageaient un nain de plastique rouge et un champignon en meringue.

– Odile n'a rien trouvé dans la bûche, commenta Stuart à l'intention de Sandrine et Dominique. Elle a taché sa robe et... il y avait autre chose mais j'ai oublié quoi. Ah oui, il paraît que la crème au beurre avait un goût rance.

– Dommage, soupira Sandrine. Je veux dire : tant mieux.

Stuart haussa les épaules.

– Et toi, ton renne ? demanda-t-il comme s'il prenait des nouvelles d'un vieil ami à la santé précaire.

– Je n'ai pas faim, dit Sandrine. Je le mangerai plus tard. Franchement, Stuart, crois-tu que Magali se soit moquée de nous tous ? Je me disais... elle est capable d'avoir légué sa fortune à la Société protectrice des poissons rouges ou je ne sais quoi dans ce genre.

Stuart feignit de considérer l'hypothèse avec sérieux.

– Non, décida-t-il enfin. Je ne pense pas. Je pense que l'un des sept indices est le bon.

– Ah ? Et lequel ?

Stuart sourit béatement.

– On dirait que les choses sont en train de tourner en ma faveur, non ? Si ce n'est pas sapin, pas dinde, pas renne, pas bûche...

— Et toi ? Tu as eu quoi, comme indice ?

Le sourire de Stuart disparut.

— Île déserte. Et je ne vois pas du tout, du tout, du tout... Dix pour cent pour toi si tu me mets sur la piste.

— Île déserte, île déserte, l'île au trésor...

Sandrine réfléchissait tout haut.

— *Robinson Crusoé* ! s'exclama-t-elle.

— Jamais réussi à le lire jusqu'au bout, avoua Stuart.

— *Robinson Crusoé*, persista Sandrine. Magali adorait ce livre. Qu'est-ce qui lui prend, à ta femme ? On dirait qu'elle nous pique une crise.

La cuisine s'était vidée. Tous se retrouvèrent de nouveau au salon. Furieuse, Odile observait Urbain qui mangeait des huîtres en solitaire à la longue table de fête, avec une bouteille de champagne pour toute compagnie.

— Manger les huîtres d'une morte ! hurla-t-elle. Mais tu es un monstre !

— Moi, je l'aimais, tante Magali, dit Urbain. Il n'y a que moi qui l'aimais vraiment. Quand je mange des huîtres, je me sens plus proche d'elle.

— Il est fou, chuchota Dominique à l'oreille de sa femme. Ces huîtres sont peut-être empoisonnées. Tu as vu comment Magali est tombée raide ?

Sandrine et Dominique contemplaient le corps inerte de la vieille tante.

— Tu n'as pas l'impression qu'elle a bougé depuis tout à l'heure ? demanda Sandrine d'une voix blanche. Son bras... est-ce qu'elle n'avait pas le bras le long du corps ?

Dominique secoua la tête comme pour émerger d'un mauvais rêve.

— Depuis le début, j'ai un doute. Elle est capable

d'avoir manigancé tout ça pour nous pourrir la soirée. Pour nous obliger à nous dévoiler...

– Elle simule, c'est ça que tu veux dire ?

Sandrine parlait tout bas, comme si vraiment Magali pouvait l'entendre. Urbain, en tout cas, avait surpris leur échange. Il cessa un instant de manger pour lancer :

– De la catatonie ! Ou de la catalepsie ! Aucun d'entre vous n'a eu le courage de l'ausculter. Elle vous a dit qu'elle allait mourir et vous l'avez crue. On aurait peut-être pu la sauver...

Dominique s'agenouilla près du corps. Dans son poing crispé, il avait gardé le bristol froissé. Père Noël. Magali s'était déguisée en mère Noël.

– Dominique... murmura Sandrine.

Son mari avait pris le poignet de la vieille femme.

– Est-ce que tu sens quelque chose ? Dominique ?

Dominique essayait de masquer le travail de ses mains. La tante était partie pour un monde meilleur, il l'avait vu tout de suite. Ce qu'il voulait, c'était sonder discrètement les deux grandes poches de la houppelande. « Jamais je n'oserai avouer que j'ai fait ça, songea-t-il avec horreur. Même si je trouve, je ne pourrai le dire à personne. » Mais ses doigts continuaient de fouiller, comme s'ils agissaient de leur propre initiative. Indice, mon bel indice, es-tu là ?

– Vicieuse comme elle était, tu as toutes tes chances !

Dominique se redressa, la figure blême et dégoulinant de sueur. Urbain l'observait d'un œil narquois.

– Dominique, oh mon Dieu, non !

– Elle est morte, dit Dominique en faisant un effort surhumain pour affronter le regard de sa femme.

Sandrine le considérait d'un air épouvanté.

– Nous aurions pu fêter Noël chez nous, tranquillement, avec Ninon, dit Dominique. Je crois qu'on ferait mieux de partir.

— Ninon, Ninon.

Pour la seconde fois, Sandrine eut le sentiment que la petite était en danger et qu'elle avait failli à sa mission de mère.

Stuart semblait monter la garde près de la gamine, assis sur le sol du grand hall. Il feuilletait compulsivement un bel ouvrage relié. *Robinson Crusoé*.

— J'ai tourné toutes les pages, dit-il à Sandrine. J'ai eu un moment d'espoir, un vrai coup au cœur.

Il tendait un morceau de papier jauni à la jeune femme.

— Un reçu de teinturerie. Je ne crois pas que ce soit ce que nous cherchons. Un manteau en zibeline, une veste en cachemire... il n'y a pas de sens caché, n'est-ce pas ?

— Non. On s'en va, Stuart. Nous ne restons pas une minute de plus.

— Je sais, dit Stuart. Odile se charge de récupérer les bouteilles de champagne. Elle veut partir aussi. Que font Félicia et Jean-Félix ?

Sandrine secoua doucement Ninon.

— Ninon, réveille-toi mon bébé. On rentre à la maison.

La voix de Jean-Félix la fit sursauter.

— J'espère que vous vous rendez compte de ce que nous laissons derrière nous ! brailla-t-il. Un cadavre et un poivrot.

— C'est vrai, dit Sandrine. Il faut absolument...

— Urbain prétend qu'il va se charger de tout. Il veut tout ranger. Faire comme si la tante avait eu un malaise en dînant seule avec lui. Il est trop mignon, non ?

— Adorable, répondit Sandrine.

— Et naturellement, vous avez compris ce qu'il a derrière la tête.

— Qu'est-ce qu'il a derrière la tête ? demanda Félicia.

Elle revenait de la cuisine, portant un grand sac de plastique d'où tombaient des gouttes de graisse.

— J'ai ramassé la dinde, dit-elle. J'ai cru voir un truc brillant sous le bréchet tout à l'heure. Qu'est-ce que tu disais, Jean-Fé ?

— Je parlais d'Urbain. Il attend qu'on soit tous partis pour passer la maison au peigne fin.

— Je croyais qu'il devait prévenir la police ou je ne sais quoi ? s'étonna Sandrine.

— T'inquiète pas. Le premier à perquisitionner, ce sera lui.

— J'en ai marre ! cria Sandrine. Dominique ! Dominique ! Lève-toi, Ninon.

— Est-ce que tu emportes le renne ? lui demanda Stuart. Si tu ne le prends pas, je le prends. On ne va pas tout laisser à Urbain.

— Bouffe-le ! Mais bouffe-le !

Sandrine souleva sa fille et traversa le beau dallage de l'entrée en la portant sous un bras.

L'air froid lui fit un bien fou. Sandrine attendit près de la voiture que Dominique daigne la rejoindre. Elle s'occupait de Ninon, lui caressait les cheveux, indifférente aux allées et venues. Neveux, nièces, cousins, cousines, épouses, maris... comme elle s'en moquait. Il ne neigeait presque plus.

— Maman, je n'ai pas dit au revoir à tante Magali.

— Monte. Couche-toi sur la banquette. Rendors-toi, Ninon.

Dominique arriva enfin, une tartine de foie gras à la main. Sans un mot, il prit place sur son siège et mit le moteur en marche.

— Démarre ! Qu'attends-tu ?

— Je pensais juste... on aurait pu faire quelque chose, dire une prière, allumer des bougies.

Une portière claqua à droite, une bordée de jurons déferla à gauche. Dominique ne démarrait toujours pas, comme s'il voulait être le dernier à partir.

— Qu'est-ce que tu regardes ?

Sandrine se pencha vers son mari, pour voir ce qu'il observait dans le rétroviseur. Urbain était sorti à son tour de la maison, une pelle à la main.

— Oh ! Seigneur ! Tu crois qu'il va...

— Quoi ?

Sandrine jeta un bref coup d'œil par-dessus son épaule. Ninon les écoutait.

De façon à peine audible, elle glissa à l'oreille de Dominique :

— Enterrer Magali ?

Dominique démarra.

— On repassera demain, décida-t-il. T'inquiète pas. Le sol est gelé. Non, je crois qu'il veut... hum... chercher. Tempête de neige.

— Chercher dans la neige ? Mais il va y laisser sa peau !

— On repassera demain, répéta Dominique. D'ailleurs, ils vont tous revenir. Avec des pendules, des lampes de poche et des tournevis.

Il tourna à gauche.

— Dominique ?

— Hon ?

— Tu n'as pas vraiment voulu faire ça, n'est-ce pas ?

— Quoi ?

De nouveau, Sandrine baissa la voix.

– Fouiller Magali.
– Il fallait bien que je...
– Tu comprends très bien ce que je veux dire. C'est ignoble, Dom. Quand je pense que je n'ai même pas eu le cœur de fouiller mon renne.

Le moteur de la voiture émit un cliquetis alarmant.
– Eh bien, ce n'est pas encore cette année que nous pourrons la changer, grogna Dominique. Ni l'année prochaine.
– Je n'ai embrassé personne, soupira Sandrine. Même pas Stuart. C'est un chic type, Stuart. Je m'entends mieux avec lui qu'avec ma sœur, finalement. Oui...

Elle renifla, sentant les larmes lui monter aux yeux. Alors, le silence se referma sur la voiture comme si on tirait un rideau et dura jusqu'au terme du trajet.

Dans la petite maison de banlieue, Sandrine s'empressa d'aller coucher Ninon, lui promettant une pleine hotte de cadeaux pour le lendemain matin. Puis elle redescendit au rez-de-chaussée et, dans la chambre conjugale, la dispute éclata.

Ninon les entendait. Il était tard mais elle avait déjà beaucoup dormi, et n'avait plus sommeil. La douleur qui l'avait tenaillée pendant tout le retour en voiture tardait à s'estomper. Durant ces longues minutes, elle était restée couchée sur la banquette et avait senti la boule lui comprimer l'estomac.

Elle se releva et alla palper les vêtements négligemment entassés sur une chaise. Elle extirpa l'objet qui gonflait la poche de sa jupe-culotte bleu marine. Sur son bureau d'enfant, dans la lumière de la lampe

Snoopy, Ninon examina longuement le paysage miniature enfermé sous un globe de plastique.

Quand enfin elle le retourna, grande fut sa déception. La tempête de neige espérée ne s'abattit pas sur les chalets minuscules. Alors Ninon secoua la boule, une fois, deux fois, de plus en plus énergiquement. Elle poussa un cri de détresse. La cloche de plastique transparent était restée dans sa main mais le socle était tombé sur le bureau, avec son ravissant paysage montagnard de nacre et d'argent, ses personnages pareils à des fourmis.

Plus triste encore, le paysage lui-même s'était déboîté et avait quitté le socle lourd de la grosse boule. Vu ainsi, sans sa coque miroitante, sans sa mini-tempête de neige voltigeante, il n'avait plus l'air de rien... que d'un vilain morceau de plastique. Ninon le saisit entre deux doigts pour tenter de le remettre en place. Mais quelque chose empêchait de l'insérer correctement dans son logement. Sous le paysage, il y avait une petite clé plate et un bout de papier plié en huit.

Ninon perçut soudain l'ampleur du désastre. Elle avait volé la boule magique de tante Magali, elle avait cassé la boule magique de tante Magali. Et la neige avait disparu. Et, demain, c'était Noël. Et si le père Noël apprenait ce qu'elle avait fait, elle n'aurait pas de cadeaux. Et...

Ninon fondit en larmes. Mais son désespoir passa vite. Elle savait ce qu'il fallait faire. Masquer son forfait. Elle prit une vieille boîte à chaussures et y enferma les restes de la boule brisée, la clé et le papier. Puis elle cacha la boîte dans un lieu secret où personne, pas même le père Noël, ne pourrait la découvrir.

Jamais, jamais, jamais.

Lettres au père Noël

Stéphane Daniel

Vendredi 20 décembre

Cher papa,
Maman est encore au téléphone ! Elle parle à tous ses amis du réveillon qui approche. Elle cherche à nous faire inviter, comme d'habitude, mais les gens se réunissent plutôt en famille. Ça ne me gênerait pas qu'on le passe juste toutes les deux à la maison. Maman nous servirait un morceau de charbon dans un plat doré et me demanderait, comme il y a trois ans : « Chérie, que penses-tu de ma dinde ? » Elle était tellement réussie celle-là que je l'ai prise en photo. Elle est dans mon album, mélangée à la série avec le père Noël d'en face. De les regarder, ça me rappelle l'époque où je croyais qu'il existait. Mais j'ai déjà dû te le raconter, je me répète. Si tu étais devant moi, tu aurais souri et j'aurais compris. Mais par écrit, ce n'est pas pareil. J'espère que tu vas bien et que je te verrai bientôt.
À demain. Je t'embrasse.
Fanny

– Un petit café, Noël ?
Il se retourne. Dans l'épaisse nuit de décembre, Sabrina trône sous son dais farci de lampions. Elle a sorti le thermos et profité d'un creux dans la vague

des promeneurs pour remplir le couvercle en plastique. Elle le tient serré entre ses mitaines d'où s'échappe une fumée odorante.

– Je veux bien, dit-il en s'approchant de l'étalage.

Le gobelet change de main. Elle sourit en le voyant tirer sur sa barbe blanche pour porter le café à ses lèvres.

– Fait pas chaud, ce soir, hein ?

– C'est rarement la canicule quand je bosse, admet-il entre deux gorgées. Et l'inactivité n'arrange rien.

Lorsqu'il l'a vidé, il lui tend le gobelet par-dessus le peuple de montres sur lequel elle règne. Étalées sur un drap mauve, elles attendent le poignet qui les emportera contre la modique somme de quinze euros la pièce, vingt-cinq les deux, quarante-cinq les quatre, offre spéciale familles nombreuses.

Depuis sept ans, à chaque fin d'année, Noël Penmarch est bercé par le boniment de sa voisine. Ils sont installés devant les Galeries Lafayette du boulevard Haussmann, près de la bouche de métro, elle en parka bourré de duvet d'oie et bonnet marine, lui en houppelande et bonnet à pompon. Un père Noël parmi tant d'autres, doté d'un prénom prédestiné et protégé par un statut d'intermittent du spectacle avec, à la clé, très peu de spectacle et une intermittence qui lui prendrait presque une année entière s'il ne comblait le ravin entre deux réveillons par un emploi régulier d'éclairagiste au théâtre des Nouveautés, boulevard Poissonnière. Il reste dans le quartier. Pas par hasard.

Ils sont une bonne vingtaine comme lui sur les trottoirs des grands magasins, plantés devant les vitrines qui attirent chaque année une foule nombreuse pressée d'admirer les animations offertes par les pantins articulés. Tous les trente mètres, un complice photographe propose aux bambins de poser en compagnie du père Noël. Ce dernier touche un fixe sur le prix du cliché, ce qui rapporte à Noël, les bons soirs, entre deux cents et deux cent cinquante euros. Cette année, les photographes ont augmenté leurs tarifs, mais la rétribution des pères Noël n'a pas bougé. Alors ils ont décidé de faire une grève surprise, et de manifester. La plus petite manif du monde, vingt bonshommes rouges regroupés en collectif lapon autour d'une pancarte proclamant que les pères Noël, on ne leur fait pas de cadeau ! Assez ! Les enfants ouvrent de grands yeux devant ce rassemblement saugrenu et cherchent auprès de leurs parents dépassés une explication rationnelle à ce clonage inattendu. La troupe est emmenée par Louis Girard, leur doyen. En dehors des périodes de fêtes, il travaille au zoo de Vincennes où il nourrit une horde de quadrupèdes végétariens en les appelant par leurs petits noms.

Noël rejoint ses frères manifestants en traînant les pieds. C'est un solidaire en manque de motivation. Il ne reprend même pas les slogans isolés qui sont comme assourdis par la fumée blanche des haleines. Son regard reste fixé sur la fenêtre du premier étage en face. Une seule pensée le préoccupe : « Pourvu qu'elle ne vienne pas ce soir, mais demain, oui demain, quand tout sera rentré dans l'ordre. »

Une sirène interrompt sa rêverie. Plutôt une alarme qui mugit du côté de Havre-Caumartin. Quelques minutes plus tard, c'est un attelage curieux qui attire son attention : deux motards juchés sur une petite cylindrée remontant le trottoir de la rue Glück, juste en face de sa position. Ils stoppent en catastrophe et abandonnent leur engin sans même prendre la peine de poser la béquille. Le passager ouvre un sac à dos et en extrait deux tenues de père Noël qu'ils enfilent en vitesse en cherchant à s'abriter des regards sous le porche d'une entrée d'immeuble. La moto repose en équilibre instable contre la façade lorsqu'ils traversent le boulevard dans sa direction.

Sans doute des retardataires du mouvement de protestation, se dit Noël. Il secoue la tête. Qu'on se montre aussi acharné à grossir les rangs d'une si maigrelette démonstration de force syndicale le laisse perplexe. Avalées par la foule, leurs silhouettes disparaissent. Noël est distrait par l'arrivée d'un représentant de la direction des Galeries. Il vient parlementer, outré par le déballage à ses portes de « revendications tellement déplacées en pareil moment ». Les manifestants se regroupent autour de lui.

— Vous pensez un peu aux enfants qui vous regardent ? les sermonne-t-il. Et la magie de Noël, vous en faites quoi ?

Louis, le doyen, s'avance vers lui. C'est un père Noël XXL, sa barbe chatouille le front de son interlocuteur.

— On échange nos fiches de paie, le magicien ? propose-t-il aussitôt.

Avant que cette conversation ait le temps de prendre davantage de hauteur, elle est brouillée par l'agitation qui envahit soudain le boulevard. Des berlines de police, toutes sirènes hurlantes, pilent en travers de la chaussée, libérant des lots de civils portant brassards qui convergent droit sur eux.

— Il nous envoie les flics, le salopard ! hurle Louis en empoignant le délégué patronal par le revers de sa veste en tweed.

Celui-ci s'égosille.

— Ce n'est pas moi, je vous jure ! Lâchez-moi, espèce de brute !

Stéphane Daniel

Noël sent qu'on lui frôle le dos. Il tourne la tête et voit s'éloigner deux pompons immaculés qui sentent le costume neuf à plein nez. Il reconnaît les deux motards. Le premier croise son regard, longuement, les gyrophares allument et éteignent ses yeux froids. Le contact se rompt, les hommes se concertent et fendent lentement l'attroupement créé par l'événement. Deux lieutenants les repèrent.

– Là ! crient-ils soudain avant de se caler dans leur sillage.

Les fuyards bousculent alors les malheureux qui les entourent pour se ménager un passage. Gênés par leurs costumes, ils ne vont pas loin. Les lieutenants les rattrapent au milieu du boulevard et les plaquent au sol. Une minute plus tard, menottes aux poignets, et accompagnés par les murmures d'une foule ravie de s'être trouvée aux premières loges, ils sont embarqués sans ménagement.

– Pourquoi qu'y vont en prison les pères Noël ? demande une petite fille près de Noël.

– Peut-être parce qu'ils ont mal garé leurs traîneaux, chérie, répond sa mère inspirée.

Cette voix fluette efface en Noël la sale impression laissée par les deux hommes. Son regard se pose à nouveau sur la fenêtre en face. Les rideaux sont écartés et quelqu'un regarde la rue.

Les mains dans les poches de son manteau, une brusque lassitude le cueille à froid. Près de l'étalage de Sabrina, Louis époussette le costume fripé du délégué en bafouillant des excuses, le flot des voitures s'ébranle au pas sur la chaussée, les klaxons ponctuent les saccades du trafic. Elle ne viendra pas ce soir. Autant rentrer.

Il adresse un salut discret à Sabrina, s'écarte du groupe et marche en direction de Bonne-Nouvelle.

Il habite un studio niché au dernier étage du 5 boulevard Poissonnière. La porte-fenêtre donne sur un balcon rachitique où une jacinthe tente depuis plusieurs semaines de durer sans tousser. Beaucoup de circulation en bas, du bruit, des odeurs d'échappement, c'est presque toujours fermé. Un double vitrage préserve un calme trompeur.

Noël enlève son déguisement – hotte, manteau, bonnet, barbe – et le jette sur son lit. Il branche la radio et passe derrière le comptoir de son coin cuisine pour préparer deux œufs au plat. France-Info meuble le silence : « Noël au balcon, Pâques au violon ! Deux hommes suspectés d'être les auteurs du casse d'une bijouterie du boulevard Haussmann viennent d'être appréhendés par la police près du lieu de leurs exploits. Ils auraient brisé la vitrine à l'aide d'une masse qu'on a retrouvée sur place, et raflé pour environ soixante-dix mille euros de montres, colliers et bracelets de valeur avant de s'enfuir à moto. Rapidement repérés, et ayant manifestement prévu cette éventualité, ils ont préféré se déguiser en pères Noël et intégrer une manifestation de barbus à manteaux rouges devant les grands magasins du boulevard pour échapper aux poursuites. Un vigile en faction devant une banque toute proche aurait assisté à la séance d'habillage express et prévenu les forces de l'ordre qui n'ont eu aucun mal à les arrêter. Le butin n'aurait pas été retrouvé. »

L'huile crépite au fond de la poêle. Noël casse ses œufs et les regarde au fond du jaune. Pendant qu'ils cuisent, il éteint la radio et allume la télé posée en face du lit sur un bureau ; près d'un cliché de Photomaton perdu dans un cadre trop grand pour lui, deux visages rieurs. Un dandy cravaté présente à l'écran une météo pessimiste. Les œufs dans une assiette et un morceau de pain en main, il s'assoit sur le lit sans prendre la peine de repousser son costume. Et se relève aussitôt, les fesses meurtries. Il pose son assiette par terre et soulève son manteau rouge étalé près de la hotte renversée. Son front se plisse. Dessous, il y a un sac de toile souple fermé par une cordelette. Il défait le nœud et en vide le contenu.

Son cœur s'arrête de battre un moment.

Samedi 21 décembre

Cher papa,
Le programme est fixé pour le réveillon. Nous allons chez tonton Charles rue du Quatre-Septembre. Petit comité. Je trouve ça un peu triste, c'est avec toi, pas avec son frère, que maman devrait se retrouver, mais c'est la vie. Personne ne sait où tu es en ce moment, la ville, le pays. Est-ce un pays avec des sapins ? Une région où il fait chaud ? Dans ce cas, tu as de la chance car ici, c'est carrément le pôle Nord. Tout à l'heure, j'irai retrouver mon père Noël. Quand je te reverrai, je te montrerai ma collection de photos. Avec celle-là, ça fera sept. En les regardant, tu me verras grandir en accéléré. Je t'en ferai cadeau. J'attends toujours de tes nouvelles. Je suis patiente.

Je t'embrasse.
Fanny

– Maman ! Photo !

Le môme engoncé dans son anorak offre à la ronde une tête rubiconde. Son index potelé est presque posé sur le manteau de Noël, il le désigne à bout portant.

– D'accord, mon ange.

Noël s'assoit sur une chaise et hisse le garçon sur ses genoux tandis que la mère se poste face à son enfant, près de Martial qui a déjà armé son Minolta.

– Ouistiti ! Avec moi, mon costaud : ouistiti !

– Ouistiti ! exulte le petit avant que le flash ne l'aveugle.

Noël est tellement ailleurs qu'il se demande s'il apparaîtra sur la photo. On se bouscule sur les trottoirs du boulevard où deux files se sont créées. Les vitrines sont prises d'assaut, c'est la cohue. Derrière lui, Sabrina débite son discours en pilotage automatique, inlassablement. Elle est très forte au contre la montre. Le petit garçon descend et retrouve les bras de sa mère, Martial leur indique l'endroit où les photos seront exposées dès le lendemain. Noël ébauche quelques pas maladroits. Au fond de ses yeux dansent des reflets dorés et des éclats de gemmes.

Il se repasse l'épisode de la veille en boucle. Les deux hommes ont profité de l'attroupement pour glisser le sac de bijoux dans sa hotte. Avec l'intention de le récupérer, évidemment, mais quand ? Combien de temps les flics les garderont-ils ? Ils n'avaient rien sur eux au moment de leur arrestation, personne ne pourra les identifier, il serait prêt à le parier. Dès la fin de leur garde à vue, ils lui rendront visite. La seule chose qu'il demande, c'est qu'on lui laisse cette soirée. Celle-là, il ne peut pas la manquer.

Il se redresse soudain. En face, la porte d'entrée s'ouvre. Sa gorge se serre. C'est elle.

Il jette des regards paniqués autour de lui. Pas question qu'un autre enfant le sollicite, il doit rester libre pour elle. S'occuper, le temps qu'elle traverse.

Il recule jusqu'au comptoir de Sabrina et s'agenouille pour explorer sa hotte, l'air concentré. Du coin de l'œil il la suit. Elle zigzague maintenant parmi les voitures. Il doit déployer des efforts surhumains pour ne pas lui crier de faire attention. Elle est seule. L'année dernière déjà elle était seule. Elle a grandi. Sa mère ne l'accompagne plus. Marie.

Vite il regagne son poste. Elle l'a repéré et lui sourit.
— Une photo, mademoiselle ? demande-t-il.
Elle se campe devant lui, les mains dans le dos.
— Comme d'habitude ! répond-elle.
— Comme d'habitude ? Nous nous sommes déjà rencontrés ?

Elle éclate de rire, il la mange des yeux, essaye d'imprimer l'arc de ses sourcils, le dessin de ses fossettes, il est tout près aujourd'hui, et tellement heureux qu'il en a presque mal.
— Vous me posez la question chaque année ! le reprend-elle. Vous n'avez pas la mémoire des visages !
— Vous savez, des visages, il en défile...

Elle se rapproche et se place contre son épaule. Elle est trop grande pour grimper sur ses genoux. Martial est déjà en position. « Prends ton temps, imbécile ! brûle-t-il de lui lancer, tu ne sais pas ce qu'ils valent pour moi, ces instants-là. » Martial leur épargne le ouistiti de rigueur, le flash les illumine, elle s'écarte, c'est déjà fini.
— Merci ! dit-elle en s'inclinant légèrement, prête à s'esquiver.
— Je peux vous poser une question ?

La retenir encore un peu.
— Pourquoi vous faites tous les ans la même photo ? Je veux dire, avec moi... Il y en a d'autres, des pères Noël... Et même, vous ne devez plus y croire beaucoup...
— C'est pour offrir.

Il fronce les sourcils, perplexe. Elle précise.
— Je la mets de côté pour quelqu'un qui ne me voit pas souvent. Il me regarde grandir dessus. Et puis c'est vous parce que vous êtes juste en face de chez moi et que... enfin, je trouve que vous êtes gentil...
— Ah...

Elle est déjà au bord du trottoir, un pied sur la chaussée, comme si elle goûtait la circulation avant de se décider à plonger dedans. Elle se retourne.
– Vous faites quoi pour le réveillon ?...
Puis elle éclate de rire en posant sa main sur sa bouche, consciente de l'incongruité de sa question.
– ... À part distribuer des cadeaux, je veux dire...
– Rien de spécial.
– Dommage. Moi, je vais chez mon oncle. Il habite juste à côté. J'aurai une pensée pour vous. Au revoir et joyeux Noël ! À l'année prochaine, peut-être.
– Peut-être... lâche-t-il en agitant doucement la main.
Deux minutes plus tard, de l'autre côté du boulevard, la porte de l'immeuble se referme sur elle.

– Un café, Noël ?
– Non merci.
Sabrina a vu que Noël ne tenait pas la forme mais, les soirs d'affluence, on ne quitte pas son poste. Il se tient raide, les bras ballants, le visage battu par les rafales de vent glacé. Les yeux fermés, il essaye de souffler sur l'image de Fanny comme sur une braise sur le point de s'éteindre. Et tout remonte...
C'était il y a plus de douze ans. Il avait rencontré Marie au bal du 14 juillet de la place Gambetta, dans le XXe arrondissement. Ils s'étaient plu. Avaient dévalé les marches du métro pour trouver une cabine de Photomaton où se serrer joue contre joue. La machine leur avait livré un sourire à deux têtes. Il avait vingt-deux ans et elle vingt-trois. Deux mois après, à la terrasse d'un café turc de Ménilmontant, elle lui avait annoncé qu'elle était enceinte. À

l'époque, son travail n'avait rien de spécialement officiel, ni de particulièrement légal ; il revendait du matériel HiFi qui avait une tendance certaine à tomber du camion de livraison dans son emballage d'origine. Des bricoles qui assuraient des rentrées au jour le jour sans assurance de jours meilleurs. Son horoscope avait beau lui promettre régulièrement des rencontres favorables et un afflux d'argent soudain, il savait qu'il roulait droit dans un mur et qu'un enfant sur le siège passager aurait fait désordre. Alors il s'était enfui. Lâcheté instinctive. Après moi le déluge. Il avait déménagé, changé de téléphone, de quartier, de relations. Il avait mis sa honte sous plusieurs couches de plumes pour en étouffer les cris. Ce qui avait marché un temps. Puis, un matin, cet enfant inconnu qu'il avait porté pendant deux ans sans le savoir était né pour lui, creusant un grand trou dans son existence. Quant à Marie, elle n'avait cessé de briller dans un recoin de sa tête comme une petite lumière. Alors, frénétiquement, des mois durant, il s'était mis à leur recherche, écumant le XXe, les lieux qu'ils avaient fréquentés ensemble, mû par l'espoir insensé de réparer ses erreurs, d'effacer ces années perdues comme on passe un chiffon sur une ardoise magique. En vain. Brisé, il avait tiré un trait sur ses activités parallèles en trouvant un emploi stable dans un théâtre. Et tenté de survivre à ses regrets. Les Galeries Lafayette embauchant des pères Noël pour la période des fêtes, il s'était inscrit, histoire de s'offrir un treizième mois. C'est là qu'une veille de réveillon, sur le boulevard, il les avait retrouvées.

Elles avaient surgi d'un porche et traversé la rue dans sa direction, Marie, reconnue sans peine, toujours aussi jolie, presque aussi jeune qu'avant, et cette petite fille qu'elle tenait par la main. Il n'avait pas prononcé une parole pendant la séance photo, observant Marie à la dérobée. Elle était vêtue d'un manteau chic et jetait de fréquents coups d'œil à sa montre. Quant à Fanny – sa mère l'avait appelée par son nom au moment où Martial l'installait sur ses genoux –, elle avait plongé ses yeux noirs dans les siens et avancé sa main vers sa barbe pour en éprouver la souplesse. Il avait cueilli cette main dans la sienne et l'avait repoussée avec d'infinies précautions.

Elles étaient reparties aussitôt. Noël les avait revues le lendemain, alors qu'elles venaient récupérer la photo. Martial lui en avait conservé un tirage. Il les avait observées de loin, sans oser approcher. Car entre-temps, la honte dont il croyait s'être débarrassé était revenue, plus forte et plus paralysante que jamais. Que leur aurait-il dit ? Qu'avait-il comme excuses à présenter ? Il n'avait pas une situation reluisante, pas d'argent, habitait dans un studio minuscule et personne n'aurait pu constater, en regardant son visage durci par le froid d'hiver, qu'il avait changé à l'intérieur.

Parfois il les croisait dans la rue en dehors des périodes de Noël. Il se cachait derrière les abribus, les cabines téléphoniques, se précipitait sous un porche en remontant le col de sa veste. Marie l'avait sans doute effacé de sa mémoire mais il ne voulait pas courir de risque. Et puis chaque année Fanny revenait se faire prendre en photo avec son père Noël attitré.

Les années avaient passé ainsi, dans une lente digestion du désastre. Chez lui, les photos accrochées au mur permettaient de les compter. Il n'espérait rien d'autre de l'avenir que ces rares moments volés, sinon, sans se l'avouer, un coup de pouce du destin.

Et cela venait d'arriver.

– Eh ! Papa Noël ! Tu descends du ciel ?

Il ouvre les yeux. Deux trognes grimaçantes lui font face. Celle de droite, cheveux rasés, sourcils épais, lui rappelle un mauvais souvenir. Il avait vu juste, les flics n'ont pas réuni assez d'éléments pour les garder. Saleté de bonne intuition !

– Que puis-je pour vous ? parvient-il pourtant à demander.

L'homme de droite ne sourit que d'un côté.

– Que tu n'oublies pas mon petit soulier.

L'autre apprécie l'humour subtil de son complice, il ricane sur pied en tressautant des épaules.

– Je ne comprends pas.

Les sourires disparaissent instantanément.

– Je n'ai pas de temps à perdre, reprend le premier. Tu as une minute pour me rendre le sac. Pas deux, papa, une !

Noël hésite. Nier ne le mènera nulle part. Ils ne le lâcheront pas. Il faut gagner du temps.

– Je ne l'ai pas.

Les deux visages se rapprochent. Noël sent leurs haleines lui fouetter les narines. Il recule son visage et ajoute :

– Il est chez moi.

– Eh bien on va aller le chercher tous les trois, tranquilles !

– Je ne peux pas quitter le magasin maintenant.

– Mais si, tu peux ! Il te suffit de poser tes frusques par terre, de faire un pas, puis un autre, le tout dans la bonne direction.

– Messieurs !

Ils se retournent dans un même mouvement. Le visage de Sabrina, qui a noté l'attitude menaçante des deux inconnus, exprime de l'inquiétude. Elle a crié. Noël en profite. D'une bourrade, il déséquilibre les braqueurs et fonce à l'intérieur du magasin. Il se faufile entre les clients qui embouteillent les caisses, emprunte l'escalator jusqu'au premier et, sans se retourner, rejoint au pas de course un local réservé au personnel. Là, il se déshabille, bourre son costume dans un sac en plastique et gagne une sortie de service qui le rejette rue de la Chaussée d'Antin, essoufflé. Dix minutes plus tard, il pénètre dans son studio et s'allonge sur le lit, la tête en feu.

Dimanche 22 décembre

Cher papa,
Ils annoncent une tempête de neige sur Paris. J'ai hâte de voir ça. Les tempêtes ont ça de bien qu'elles vident les rues des voitures. Et comme on ira au réveillon à pied avec maman, ça m'arrange plutôt.
Hier, j'ai fait ma photo. Je l'ai récupérée tout à l'heure et rangée avec les autres. Le père Noël m'a fait une drôle d'impression cette année. Il me regardait bizarrement, pas avec un regard qui fait peur, au contraire. J'ai même cru un moment qu'il allait se mettre à pleurer. Je l'aime bien, ce bonhomme. Je le vois une fois par an, mais j'ai l'impression de le connaître depuis toujours. Il m'a dit qu'il ne faisait rien le soir du réveillon. C'est triste un père Noël tout seul. Aujourd'hui, il n'est pas là. C'est la première fois qu'il abandonne son poste, devant la marchande de montres. Il est peut-être malade.
Et si tu revenais de voyage cette année ? Parce que tu es en voyage, n'est-ce pas ? C'est ce que m'a dit maman le jour où je lui ai demandé pourquoi je n'avais pas de papa. Elle s'en tient à cette version. Une autre fois, elle a ajouté qu'on avait peu de chances de te revoir. Je pense qu'elle se trompe. J'en suis sûre, même. Quand tu sonneras à la porte, je te donnerai toutes mes lettres d'un seul coup, avec les photos. En les lisant, tu

apprendras tout ce que tu as besoin de savoir sur moi. C'est Noël. Une période qui me rend nerveuse. Normal : on s'offre des cadeaux, et j'ai l'espoir chaque année de te retrouver au pied de mon sapin.

À bientôt.
Fanny

Par la fenêtre, Noël contemple les eaux noires. Quelques dizaines de mètres plus loin, il aperçoit le continent, une plage du Finistère massée par des vagues huileuses. Il est sur son île, déserte en son absence, artificiellement protégé du monde par une bande d'océan qui le sépare des hommes. Kemenez, une île comme un caillou, quelques dizaines de mètres du nord au sud, un peu plus d'est en ouest, avec, plantée dessus, une unique maison aux murs couverts d'un crépi mangé par le sel des embruns. Maison de famille, héritée de sa tante Ursule morte deux ans auparavant. Il s'y réfugie parfois quand il a besoin de se sentir vraiment seul au monde, de préférence à la belle saison, celle où il pleut moins. Pas de chauffage, excepté celui produit par une cheminée modeste.

Le matin même, il a pris le TGV jusqu'à Brest, puis le car pour Le Conquet. À l'embarcadère, il a sauté sur le pont du bateau de Loïc Plouvelin, un cousin pêcheur qui partait en mer, ce qui lui a évité de passer par l'île Molène. Il se sent à l'abri. Les affreux ne viendront pas le trouver là.

Il a obéi à une impulsion. Ici, c'est le bout du monde. Sur la table en bois marquée de coups de couteau, allumés par les flammes de l'âtre, les bijoux lui transpercent les yeux. Bracelets, montres, pendentifs, bagues, colliers, il n'a aucune idée de leur valeur, sinon qu'elle est grande. Voilà sa chance.

Il trouvera bien parmi ses anciennes relations un revendeur capable de lui fourguer la marchandise. Avec l'argent, il s'achètera quelques vêtements. Être présentable l'aidera sûrement. Il les emmènera en voyage toutes les deux, l'argent, ça aide, ça ne fait pas tout mais ça aide, à proposer par exemple autre chose pour fêter des retrouvailles qu'un bonjour de revenant et une main calleuse avec rien dedans.

Il tire une chaise près de la cheminée et s'assoit face aux flammes. Son corps est coupé en deux, le chaud sur le visage, un froid humide dans le dos. Il examine sa situation en se forçant au calme. Et tout ce qu'il s'est fabriqué de fausses vérités part peu à peu en fumée.

Il n'est pas à l'abri. Sabrina connaît l'existence de cette maison. Les autres, ne le voyant pas devant les Galeries ce soir, ne manqueront pas de la cuisiner. Elle parlera. Ils rappliqueront et, pris au piège de son isolement, il ne donne pas cher de sa peau. Quant aux bijoux, ils sont volés. On n'efface pas la honte avec une honte nouvelle. Cela fait des années qu'il marche droit, il ne veut pas replonger, se salir les mains au moment de les tendre à Fanny.

Il faut rendre les bijoux.

Il se retourne et les contemple. Les rendre, les garder. Il ne sait plus. Il pousse un gémissement que couvre le ronflement des vagues au-dehors.

Et s'il en gardait deux, et rendait le reste ?

Il se redresse. Deux bijoux seulement. Les braqueurs ne les ont sans doute pas comptés. Il a deux cadeaux à faire pour Noël, c'est important, ses mains ne doivent pas rester vides, avec ça il se donne une chance. Deux cadeaux.

Son téléphone portable est posé près des bijoux. Il le saisit et compose le numéro de Sabrina. Il lui annonce une visite désagréable. Qu'elle ne fasse pas d'histoires et communique son adresse de Kemenez, non il n'y a rien à craindre, il lui racontera plus tard.

Il pose le téléphone et étale les bijoux sur la table. Il les prend en main, les soupèse un à un, imagine celui qui conviendra le mieux au cou de Fanny, au poignet de Marie, change d'avis plusieurs fois. Son choix se porte sur une chaînette avec rubis pour la petite et un bracelet serti de diamants pour sa mère. Il déniche au fond d'une armoire un reste de papier cadeau avec lequel il confectionne deux paquets rudimentaires tenus par de la ficelle. Il range le tout dans une boîte à chaussures qu'il bourre de papier journal avant de la fermer avec du scotch.

Il repasse un coup de téléphone chez les Plouvelin. Marianne, sa cousine, l'informe que Loïc devrait croiser près de Kemenez dans la soirée. Elle peut le contacter par radio s'il veut qu'il le récupère au passage. Cela réglé, il retourne s'asseoir près de la cheminée. Il nourrit le feu de deux bûches supplémentaires et regarde les flammes en lécher les flancs avec gourmandise. Reste un détail à régler.

Dans l'un des tiroirs de la table, il pêche un bloc de correspondance et commence la lettre qu'il compte laisser à ses futurs visiteurs, près du sac de toile contenant les bijoux. En quelques phrases il leur dit qu'il a réfléchi, qu'il ne se sent pas de taille à lutter et qu'il leur restitue leur bien en les priant de l'oublier ensuite. Écriture malhabile de celui qui panique, phrases lapidaires, ils doivent absolument y croire.

Puis il attend Loïc.

Le temps se gâte dehors. Le vent s'est levé, et un souffle de glace balaie les terres du Finistère. Les deux hommes ne seront pas sur place avant le lendemain, ils vont se croiser, tant mieux, Noël a besoin d'un délai, d'une journée supplémentaire. Bientôt il effacera des années d'errance, se présentera à sa fille, et même si on doit le rejeter, il prononcera ces mots qu'il répète dans le vide de son studio depuis tellement de temps, des mots tout simples, je suis ton père, ou encore pardonne-moi.

Les bûches crépitent, projetant des flammèches à ses pieds. Les deux hommes ne le croiront jamais. Il le comprend brutalement. Jamais. Ils ne le laisseront pas s'en tirer à si bon compte. Il peut témoigner contre eux. Quoi qu'il fasse des bijoux, il restera sur leur liste noire.

Mardi 24 décembre

Cher papa,
Ce soir, réveillon ! Paris est bloqué par la tempête qui se déchaîne depuis ce matin. Des trombes de neige, comme si on avait pris un de ces Paris en bocal qu'on trouve chez les marchands de souvenirs et qu'une main géante l'ait secoué, avec nous à l'intérieur. Les rues sont quasiment désertes.

Je n'ai pas pu t'écrire hier parce qu'il a fallu que je trouve un cadeau pour maman. Je m'y prends toujours en retard. Je suis allée en face. En passant, j'ai demandé à la vendeuse de montres où était passé mon père Noël préféré. Elle m'a répondu que décidément, tout le monde en avait après lui en ce moment ! Je n'ai rien compris. Elle ne savait pas où il était parti. Il manque au paysage. J'espère le revoir bientôt.

Je ne m'attarde pas trop, je dois faire mon paquet avant que maman rentre de courses.

Je me sens fébrile, comme tous les ans. Quelle idée, aussi, de s'appeler Noël !

Je t'embrasse.
Fanny

Le feu passe au vert. Noël claque la langue, deux fois, c'est le signal. Olaf se dandine en cadence, ses bois fièrement dressés sous les rafales qui affolent les flocons tombant depuis le matin sur la capitale.

Son étrange équipage est passé porte de Vincennes, puis place de la Nation transformée en place du Kremlin et glisse maintenant sur le boulevard Saint-Martin. Derrière lui, plusieurs véhicules ont dérapé en quittant la place de la République et se sont transformés en sculpture à la César, bouchant cette artère désormais livrée à un étonnant silence que déchire en sourdine le frottement de ses patins sur la poudreuse. Débordés, les véhicules de la voirie ont abandonné cette portion de Paris à l'hiver déchaîné. Trottoirs et rues sont envahis de marcheurs en tenues de gala, les bras chargés de sacs débordant de cadeaux. Sur son traîneau, Noël ne passe pas inaperçu.

Louis a accepté de sortir Olaf du zoo. Le vieux renne n'a pas eu l'air de s'opposer à la promenade.

– Tu ne le brusques pas, hein ? a supplié Louis en refermant la barrière réservée au service par où ils ont opéré une sortie discrète, deux heures plus tôt. Ce n'est pas une première main, pépère !

Noël a promis. Comme il a promis de rapporter l'ensemble avant minuit, traîneau compris, une antiquité remisée dans un local poussiéreux, vestige d'une parade sur la pelouse de Reuilly à l'occasion d'un carnaval organisé deux décennies plus tôt par la mairie. Louis l'attendrait, il était réquisitionné pour la circonstance. Le convaincre n'avait pas été facile, mais quand un ami qui ne vous demande jamais rien vous supplie avec un tremblement dans la voix de lui rendre un service, vous finissez par céder.

Le traîneau va son chemin. Les enfants hurlent de

joie à son approche, c'est le père Noël en personne qui conduit. Il y a même le tintement des clochettes à moitié attaquées par la rouille qui pendent en grappes sur les flancs du chariot.

Noël a posé un sapin derrière lui. Il l'a récupéré porte de Vincennes, encore dans son pot ; sans doute abandonné par des réveillonneurs au long cours qui n'avaient pas envie de balayer les épines à leur retour.

Il approche, la gorge serrée. Les vitrines des grands magasins jettent des lueurs colorées sur la neige. Des passants sur les trottoirs lancent des éclats de voix dans le silence comme des cailloux sur une vitre. Il range le traîneau en double file devant chez Fanny et pose les rênes à côté de lui.

Voilà. Il est tôt, sans doute se préparent-elles encore. Il met pied à terre, dissimule ses deux cadeaux sous les branches du sapin et regagne sa place de cocher. Son regard s'attarde sur les véhicules à l'arrêt le long des magasins, parvenus là avant la paralysie générale. Certains sont occupés, leurs essuie-glaces chassent à intervalles réguliers la neige accumulée sur les pare-brise.

Il patiente en frottant ses mains gantées sur ses cuisses. Le froid ne le gêne pas, c'est à peine s'il le sent, il a juste besoin de bouger, ça le calme.

Il va rencontrer sa fille. Il mesure l'importance qu'elle a prise dans sa vie. Parfois, occupé à autre chose, il pensait ne pas y penser, mais il se trompait. Celles qui semblaient consacrées à autre chose n'étaient que des pensées camouflées. Des trompe-l'œil.

Bruit de clenche électrique sur sa gauche. Il tourne la tête. Fanny débouche la première sur le trottoir et se fige en découvrant le traîneau.

– Maman, regarde !

Elle prend sa mère par la main et l'entraîne. En approchant, elle reconnaît celui qui les attend.

– Bonsoir ! Qu'est-ce que vous faites là ? Je croyais que vous aviez disparu ?

– Je suis revenu, souffle-t-il.

Il n'ose pas les regarder en face, tripote ses rênes. Fanny contourne le traîneau et caresse l'encolure d'Olaf.

– Qu'il est beau ! dit-elle.

– J'avais pensé que... Ça vous plairait que je vous dépose à votre réveillon ? reprend-il d'une voix raffermie.

– Vous êtes le père Noël du magasin, n'est-ce pas ? demande Marie qui s'est avancée à son tour. Celui des photos ?

– Oui. Vous pouvez monter si vous voulez.

Marie semble hésiter, mais sa fille décide pour elle.

– Allez, maman, on y va ! Ce n'est pas loin !

Et elle grimpe dans le traîneau. Sa mère la suit. Noël émet un bruit de baiser qu'Olaf interprète aussitôt comme un signal de départ.

Le sang bat à ses tempes, il a l'impression qu'une main énorme lui emprisonne le crâne et serre sans relâche. Il se racle la gorge et gonfle ses poumons d'air glacé. Le cortège remonte lentement le boulevard.

– À gauche rue Scribe, puis encore à gauche, vers la place de l'Opéra, ordonne Fanny d'un ton enjoué.

– Bien mademoiselle.

Avant qu'il ait pu exécuter la première consigne, le regard de Noël accroche deux silhouettes râblées qui tournent au coin de la rue de Mogador. Elles progressent de front et marquent un arrêt en l'apercevant.

– Il y a un cadeau pour vous au pied du sapin, dit

Noël à ses passagères sans quitter les deux hommes des yeux.
– Pour nous ? demande Fanny.
– Oui. Un pour chacune.
Là-bas, ils se regardent et commencent à traverser la place Diaghilev d'une foulée franche. Ils ont parcouru la moitié du chemin quand les portières de deux voitures à l'arrêt devant les magasins s'ouvrent en même temps. Une poignée de lieutenants en surgit. Ils se déploient calmement en demi-cercle autour de la place. Au milieu, les deux hommes se pétrifient. Ils font volte-face, mais un autre groupe les a pris à revers par la rue de Mogador. Alors ils semblent capituler et restent immobiles, laissant la neige se poser doucement sur leurs cheveux.

Noël ne les regarde déjà plus. Derrière, sa vie se joue. Ses pensées virevoltent. Les flics vont les emmener, très bien. Par chance, tout s'est passé comme il l'avait espéré. Il a déposé anonymement dans l'après-midi la boîte à chaussures au commissariat du IXe, accompagnée d'une lettre à l'attention d'un gradé : les deux auteurs du casse de la bijouterie commis le 20 décembre se trouveraient devant les Galeries Lafayette le soir même. Il leur suffisait de vérifier l'origine des deux pièces dans la boîte pour se convaincre qu'il ne s'agissait pas d'une plaisanterie. S'ils se déplaçaient à l'adresse indiquée, les flics auraient de bonnes chances de récupérer sur les suspects déjà relâchés le reste du butin. À Kemenez, une autre lettre attendait les casseurs ce matin, dont le texte avait été modifié avant de quitter l'île. Noël laissait le sac, mais précisait qu'il gardait un bracelet et un pendentif pour les ennuis occasionnés. Il était sûr qu'ils essaieraient de les récupérer. Le seul endroit où ils étaient susceptibles de le retrouver,

c'était ici même. Ils avaient honoré le rendez-vous. Les flics remonteraient certainement jusqu'à lui, mais il saurait leur prouver sa bonne foi. Il verrait ça plus tard.
— Que se passe-t-il ? s'inquiète Fanny en constatant l'agitation qui règne sur la place.
— Rien, des petits voleurs, je présume.
Elles n'ont pas encore ouvert leur paquet. Il ne se retournera pas. Il ne peut pas. Impossible. Le bruit des papiers qu'on arrache. Puis un silence qui lui glace le cœur. Le poids de la neige. Pour Marie il y a le Photomaton, tout abîmé, corné, jauni, et pour Fanny les doubles des clichés de Martial. Avec un petit mot.

Fanny,
Je ne sais pas faire des cadeaux. Je te donne juste tout ce que j'ai.

Ton père, Noël

Il ne se retournera pas. Au-dessus de ses forces. Trop difficile.
Noël se retourne.

Minuit en rouge et noir

Christian Grenier

– Le serial killer de Noël frappe toujours au même moment : très exactement à minuit, pendant le réveillon !

Le commissaire Delumeau s'interrompit pour foudroyer du regard les dix lieutenants de police réunis dans son bureau. L'un d'eux, la jeune Logicielle, se sentit coupable – comme si le crime avait déjà eu lieu et qu'elle en eût été responsable.

– Il nargue mes collègues depuis cinq ans ! poursuivit Delumeau, exaspéré. Une semaine avant le 24, il envoie au commissariat d'une ville de France un message énigmatique...

– Oh, on parvient toujours à le décoder ! lança du fond de la pièce Max, l'adjoint de Logicielle.

– Certes, mais seulement une fois son crime accompli ! tonna le commissaire. Eh bien j'ai une mauvaise nouvelle : cette année, c'est à nous, la brigade de Saint-Denis, que le serial killer vient d'envoyer un courrier !

Il jeta sur son bureau ce que Logicielle prit pour une carte postale. Elle eut un geste pour la saisir, il l'y encouragea.

– Oh, allez-y, cette lettre n'est pas piégée. Nos services techniques l'ont analysée. Pas de poudre suspecte, aucune empreinte...

– Quand et où a-t-elle été postée ? demanda Max.
– Hier, à Paris. Mais l'essentiel est de savoir où le crime aura lieu. Et qui est la future victime. Pour le découvrir, il suffirait en principe de décoder ce message...
– Au moins, nous connaissons déjà le jour et l'heure du crime, déclara Max, satisfait.

Logicielle lui lança un regard de reproche. Elle savait que ses interventions exaspéraient Delumeau. Bien qu'ils aient tous deux débrouillé pas mal d'affaires, le commissaire ne leur faisait pas de cadeau. Il reprit :

– Eh bien, Logicielle, qu'en pensez-vous ?

La carte postale représentait, de face, un père Noël souriant. En l'inclinant légèrement, l'image se modifiait et révélait un personnage couvert d'une cape noire qui bondissait sur une proie invisible en brandissant un couteau.

– On m'a donné une carte identique l'an dernier, à la poste ! déclara Max penché au-dessus de l'épaule de Logicielle. Seulement elle représentait des chiffres. Quand on la faisait pivoter, elle traduisait les euros en francs. Euh... et inversement.

– Ce procédé technique est banal ! affirma Delumeau en haussant les épaules. Il date d'un demi-siècle.

Logicielle retourna la carte et lut :

*Dans la nuit, je rendrai visite au père Igor
Où mon pire ennemi périra, roux geai noir.
Toi qui vas cheminer, crains donc le péril gore !
Je vivrai cette année Noël en rouge et noir.*

– Eh bien Logicielle ? grommela Delumeau.

Elle leva la main pour lui signifier qu'elle avait besoin d'un petit dixième de seconde pour réfléchir. Le commissaire était ainsi : bougon, exigeant, impatient. De toute façon, jamais content.

– Joli quatrain, dit Max. Énigmatique... mais les rimes sont riches.

– Je ne vous demande pas de juger sa qualité littéraire, beugla le commissaire, mais d'en découvrir le sens et surtout l'auteur !

– Puisqu'il nous a adressé cette carte, commissaire, risqua l'un des lieutenants du groupe, c'est qu'il va frapper à Saint-Denis ?

– Si vous aviez suivi cette affaire, répliqua Delumeau en fusillant l'autre des yeux, vous sauriez que le serial killer agit toujours loin du lieu où il a envoyé son message !

– Donc, ni à Paris ni dans sa banlieue, déduisit Max. Ouf, il ne frappera pas chez nous !

– Mais c'est à nous qu'il lance ce défi ! rétorqua Delumeau. S'il commet un nouveau crime, nous serons la risée de la police. Sans parler de la presse ! Eh bien, Laure-Gisèle, est-ce que vous auriez un programme spécial Noël killer dans le disque dur de votre super-ordinateur ?

Logicielle se reprocha d'avoir saisi la carte la première. C'était comme si elle s'était désignée d'elle-même pour l'enquête.

– Commissaire ? fit Max en pointant son doigt sur les mots Igor et gore. En principe, une rime masculine ne peut pas être associée à une rime féminine ! Vous croyez que ça pourrait être un indice ?

– Sans doute, grogna Delumeau. C'est la preuve que l'assassin est nul en poésie. Et que vous cherchez la petite bête là où il n'y a rien.

– Ce genre de faute est parfois autorisé ! protesta l'adjoint de Logicielle, piqué au vif. On appelle ça une licence poétique !

– À propos de faute et de licence, rétorqua le commissaire, je vous trouve plutôt inefficace ces derniers temps, mon cher Max ! Bien, nous sommes le mercredi 18. J'exige du nouveau lundi matin.

D'un signe, il congédia les membres de sa brigade. Max avait saisi la carte et l'examinait. Il la triturait entre ses doigts, faisant tour à tour apparaître le père Noël et l'assassin.

– Notre homme a pris un gros risque, dit-il à Logicielle dans un sourire. Son nom figure forcément sur le carnet d'adresses de sa victime puisqu'il s'agit de son pire ennemi.

– Sauf que nous devons l'arrêter avant qu'il ne frappe, Max.

– Comment traduis-tu ce petit poème ?

Il tendit la carte à Logicielle qui la relut attentivement.

– Ce qui semble clair, déduisit-elle, c'est que l'assassin tuera son pire ennemi chez le père Igor. Le reste est plus obscur...

– Oui. Pourquoi la victime serait-elle un roux geai noir ? C'est absurde ! Cet oiseau est de quelle couleur ?

– Je crois qu'il est multicolore, répondit-elle en saisissant sur un rayonnage un tome de son encyclopédie Quillet. Ses ailes sont plutôt bleu clair. Ah, voilà : « On l'apprivoise facilement et on peut lui apprendre à parler. Il imite d'ailleurs de lui-même les bruits qu'il entend et les mêle à son chant. »

– Génial ! lança Max en grimaçant. Voilà qui nous éclaire énormément.

– C'est peut-être une licence poétique ? ironisa-t-elle. Une façon de créer une rime particulièrement riche avec rouge et noir ?

– Et à quoi correspond le verbe cheminer ? Peut-être à une vraie cheminée puisqu'il agira à Noël ?

– Tout est possible, Max, le crime aura peut-être lieu sur un chemin du Périgord...

– Ah oui, très ingénieux, le père Igor serait le Périgord !

– ... ou dans un cinéma où l'on projettera un film d'horreur, ce qui justifierait le péril gore.

Ils passèrent le reste de la matinée à se perdre en conjectures sur l'éventuelle signification cachée de rouge et noir. Après un bref repas au self, Logicielle prit les choses en main :

– Max, trouve-moi les dossiers relatifs aux cinq crimes précédents. Et tâche de me dénicher *Le Rouge et le Noir* en deux exemplaires.

– *Le Rouge et le Noir* ?

– Le roman de Stendhal, évidemment.

– D'accord. Mais pourquoi en deux exemplaires ?

– Parce que nous allons le lire chacun de notre côté. Soyons attentifs à tout. Notamment aux oiseaux.

L'adjoint de Logicielle fit la moue.

– Moi qui pensais que tu viendrais dîner chez moi...

– Écoute, Max, je te promets que si nous parvenons à débrouiller cette affaire, nous passerons le réveillon ensemble !

Toute l'après-midi, Logicielle éplucha les dossiers des meurtres précédents. Les victimes, quatre hommes et une femme, n'avaient aucun rapport entre elles. Leurs âges, leurs métiers, leurs goûts étaient différents, ainsi que leur lieu de résidence : la campagne, la ville, la banlieue... L'arme des crimes n'était jamais la même : batte de base-ball, poison, flèche, couteau, lance-flammes. Seul point commun, la date, le 24 décembre à minuit. Chaque serial killer avait ses petites manies. Pourquoi celui-ci avait-il choisi Noël ?

Elle relut attentivement le rapport du premier meurtre qui livrait, de loin, les indications les plus intéressantes. Il avait eu lieu à Paris, cinq ans auparavant. L'inspecteur qui l'avait rédigé révélait qu'il était parvenu à décoder le message du futur meurtrier et qu'il avait bien failli l'empêcher d'agir. Arrivé sur place alors que l'assassin, vêtu d'une tenue de joueur de base-ball, s'acharnait encore sur sa victime, il s'était lancé dans la rue à sa poursuite. L'auteur du rapport précisait : *Il a tiré sur moi et j'ai aussitôt répliqué. Je l'ai blessé puisque nous avons retrouvé des traces de son sang – mais il est parvenu à s'enfuir. Son costume rembourré et le casque qui recouvrait son visage rendaient son identification impossible. L'analyse ADN a révélé qu'il s'agissait d'un homme. Un inconnu des services de police : il n'est pas fiché au grand banditisme.*

Soudain, l'attention de Logicielle fut attirée par le nom de celui qui avait signé le dossier : Germain Germain-Germain !

– Bon sang ! s'exclama-t-elle.

Son vieil ami était devenu commissaire à Bergerac[1]. Du coup, la piste du père Igor-Périgord devenait plus que vraisemblable.

– Incroyable... Il faut que je joigne Germain au plus vite !

Hélas, au commissariat de Bergerac, on lui apprit qu'il était en congé pour huit jours. Son numéro personnel ne répondait pas.

– Il aurait pu au moins brancher son répondeur ! bougonna-t-elle.

Elle lui envoya un e-mail, sans grande conviction : elle savait que Germain, chez lui, ne se branchait qu'une ou deux fois par semaine.

---

1. Lire du même auteur *Coups de théâtre, L'ordinatueur, Arrêtez la musique !, @ssassins.net* dans la collection Cascade Policier.

Le jeudi matin, Logicielle nota que Max avait une petite mine. Elle lui demanda s'il avait lu le roman.

– Oh, j'avance ! affirma-t-il. J'ai fini *Le Rouge* dans la nuit et j'attaque *Le Noir* dès ce soir.

– Trêve de plaisanterie, Max. J'ai une piste sérieuse.

Elle lui révéla sa découverte. Quant à Germain, il n'était toujours pas joignable. Elle enrageait.

Bien qu'ils ne soient pas de garde ce week-end-là, Logicielle et Max revinrent au commissariat pour y travailler. Ils avaient lu le roman de Stendhal sans y découvrir d'indice évident.

Le quatrain du serial killer devenait obsédant. Logicielle se le répétait sans cesse, essayant d'en découvrir les sens cachés. Elle tentait régulièrement de joindre Germain chez lui. Le dimanche, elle tomba sur son répondeur ! Germain y précisait le numéro de son téléphone portable. Malheureusement, à deux reprises, elle eut affaire à la messagerie. Elle laissa à chaque fois un message lui demandant de la joindre de toute urgence.

Le lundi 23 décembre au matin, Delumeau convoqua ses lieutenants dans son bureau. En les voyant tous tête basse, il brailla :

– J'ai compris, aucun de vous n'a du nouveau ! Je vous félicite !

Le commissaire, plutôt du genre bouledogue, commença alors à virer au pitbull. Plus Noël approchait, plus il harcelait ses subordonnés en grondant ou en aboyant des ordres.

– Ma parole, disait Max à Logicielle, il va finir par mordre !

Le 24 à dix-huit heures, Delumeau capitula. Mais avant de quitter le commissariat pour regagner sa niche, il lança, hargneux, à la cantonade :
– Je vous donne rendez-vous pour l'enquête !
– Joyeux Noël, commissaire !
– Max, jeta Delumeau, je n'apprécie pas du tout votre humour.
– Attendez... qu'est-ce que j'ai dit ? plaida le coupable en se tournant vers ses camarades une fois leur supérieur parti.
Un silence général embarrassé lui répondit. Les lieutenants de garde rejoignirent leur poste ; les autres quittèrent le commissariat sur des vœux prononcés à mi-voix qui avaient des allures de condoléances.
– Tu viens ? fit Max à Logicielle. Je nous ai préparé un petit réveillon sympa.
– Navré, mais je passe la soirée chez moi.
– Hé ! Tu m'avais promis que nous réveillonnerions ensemble...
– ... si l'affaire était résolue. Hélas, elle ne l'est pas ! Crois-tu que je suis d'humeur à danser ou à boire du champagne en sachant qu'un crime sera commis dans six heures ?
Butée, elle se replongea dans la lecture du dossier posé sur son bureau. Elle ne vit même pas Max quitter le commissariat. La sonnerie du téléphone lui fit lever la tête, elle décrocha.
– C'est vous, Logicielle ? Ici Germain, de Bergerac.
– Germain... Enfin ! Ah, comme je suis contente de vous avoir au bout du fil ! Où êtes-vous ?
La liaison était très mauvaise.
– En Dordogne, sur la route. Comme chaque année, je me prépare à fêter Noël dans mon cabanon de luxe avec des amis.

– Des amis ?
– Oui, William Blackjay, sa femme Jenny et Tom, un vieux copain à eux. Ils sont partis de Lyon et doivent arriver un peu avant minuit. Je n'ai pu écouter vos messages qu'aujourd'hui, en allant faire les courses à Lalinde. Eh oui, je n'ai pas le téléphone dans mon cabanon ! Et il n'existe aucun relais à proximité pour les portables.

Elle voulut l'interrompre, mais Germain ne l'entendit pas et poursuivit :

– Je passe mes vacances à trente kilomètres de chez moi, près de Rougeaix où je possède une résidence sans confort. Il n'y a pas même l'électricité. Je ne vous y ai jamais emmenée ?

– Si. Je me souviens d'un hameau avec une magnifique petite église romane du XIIe siècle. Écoutez, Germain, j'enquête sur...

– Ah non ! Le Rougeaix que nous avons visité ensemble est dans le Périgord blanc. Ici, je suis au bord de la Dordogne, dans le Périgord noir. Dans un lieu-dit qu'on appelle Rougeaix-Noir pour le différencier de...

– Comment ? fit Logicielle en pâlissant. Quel nom avez-vous dit ?

– Rougeaix-Noir. Pourquoi ?

Les premier et dernier vers du quatrain s'éclairaient soudain :

Dans la nuit, je rendrai visite au père Igor...
Je vivrai cette année Noël en rouge et noir.

– Germain ? Surtout ne coupez pas ! C'est très important. Mon Dieu... vous êtes en danger !

Un rire léger lui répondit.

– Il est vrai que le temps se gâte ! Le niveau de la Dordogne monte et je devrai prendre la barque pour rentrer chez moi. On annonce un gros coup de vent et de la neige pendant la nuit. Mais rien de comparable à la tempête du 27 décembre 1999 !

— C'est très sérieux, Germain ! Dites-moi, vous connaissez le serial killer de Noël, n'est-ce pas ? C'est bien vous qui avez failli l'appréhender, il y a cinq ans ?

— En effet.

— Oh, écoutez-moi, par pitié... Je crois qu'il veut se venger !

Elle tenta de lui résumer l'enquête que Delumeau avait confiée à la brigade. Mais Germain l'interrompait sans cesse :

— Que dites-vous ? Je vous entends très mal...

— Vous avez blessé l'assassin, Germain ! C'est vous qu'il veut tuer. Cette nuit !

Car c'était bien sûr Germain, son pire ennemi !

— Comment, Logicielle ? Ah, je ne vous entends plus. Essayez de me joindre demain matin vers...

Le portable de Logicielle émit un bip de détresse ; cette fois, la liaison avait été coupée. Définitivement.

Elle appela le commissariat de Bergerac. Mais le lieutenant de garde ne voulut rien entendre.

— Non, je n'ai pas les moyens d'envoyer une brigade sur le lieu de vacances du commissaire. Vous savez que nous sommes le 24 et qu'il sera minuit dans quelques heures ? Rappelez plutôt le 26...

Dans le commissariat, deux collègues passèrent en adressant un sourire à Logicielle. L'un d'eux portait une dinde fumante et l'autre une bûche glacée. Ils lui lancèrent joyeusement :

— Si le cœur t'en dit...

Elle ne leur répondit pas. Elle réfléchissait, cœur battant. Une seule solution s'imposait : se rendre sur place !

Elle fila au rez-de-chaussée et emprunta une sirène qu'elle posa sur le toit de sa Twingo. Elle rattrapa l'autoroute d'Aquitaine en moins d'une demi-heure. Après quoi elle chercha à joindre Max. Il était absent. Où avait-il décidé de noyer son chagrin ? Elle laissa sur son répondeur un message qui résumait la situation et lui révélait son départ précipité pour Rougeaix-Noir. Où se trouvait ce lieu-dit ? Au péage, elle étudia la carte et le dénicha, isolé sur un cingle[1] de la Dordogne.

Après Orléans, elle tenta de joindre Germain. En vain. Elle supposa qu'il avait regagné son cabanon et y attendait ses amis. C'est alors que leurs noms lui revinrent en mémoire. Avec une précision diabolique : William Blackjay, sa femme Jenny et Tom.

– Blackjay ! murmura-t-elle, atterrée. Blackjay signifie geai noir.

Au fil des kilomètres, elle fut certaine que la future victime n'était pas Germain mais William Blackjay. Et elle aurait mis sa main à couper qu'il était roux !

C'est à vingt-deux heures trente, après Limoges, qu'un crachin se mit à tomber. Puis la neige fondue prit le relais. Bien que la circulation fût fluide, Logicielle dut ralentir l'allure.

– Il me faut absolument arriver avant minuit ! grommelait-elle.

Elle ruminait mille éventualités : et si l'assassin était Tom ? Ou la femme de William ?

1. Terme régional qui désigne la courbe d'une rivière. Dans le Périgord, le cingle le plus célèbre est celui de Trémolat.

En atteignant Périgueux, elle réprima l'envie de se rendre au commissariat de la ville. Chercher à convaincre ses collègues ? Perdre ainsi de précieuses minutes ? Elle y renonça.

Elle était parvenue en vue de la Dordogne, qu'elle longeait à présent. Elle constata que la rivière, très haute, effaçait de sa crue les cingles qui, l'été, en faisaient le charme.

Enfin, après Trémolat, elle repéra sur un vieil écriteau la direction de Rougeaix. Un kilomètre plus loin, elle reconnut le quatre-quatre de Germain, garé près de trois maisons en ruine. Presque aussitôt, le chemin se noyait littéralement dans la Dordogne !

– Bon sang, les amis de Germain ne sont donc pas encore arrivés ?

L'obscurité était épaissie par la neige qui, à présent, tombait dru.

– Et la maison de Germain, où est-elle ?

En effectuant une manœuvre, elle parvint à la piéger, au loin, dans les phares de sa voiture. Le cabanon de luxe se révélait un vrai manoir de pierre ! Coupé de la rive par la montée des eaux, il se dressait sur une île. Une clarté minuscule se devinait derrière une fenêtre à meneaux. Logicielle frissonna. Elle avisa, sur la berge, la barque qu'il fallait utiliser pour gagner la maison. Un dispositif ingénieux – un câble d'acier et deux cordes reliées par des poulies – permettait d'effectuer le va-et-vient sans être emporté par le courant et de ramener la barque vide à son point de départ. C'est la technique que Germain avait utilisée puisque, comme le laissait croire la lueur, il se trouvait déjà là-bas...

– Et si c'était l'assassin qui m'attendait ? murmura Logicielle.

Bah, elle était armée. Elle enfila son anorak et sortit

de sa voiture. Un vent glacé faillit lui arracher la portière des mains.

— Bigre... et on n'y voit rien ! Pourquoi n'ai-je pas pensé à emporter une lampe de poche ?

Il était vingt-trois heures trente. Elle hésita : fallait-il attendre ici ou rejoindre Germain ? Aveuglée par la neige, elle pataugea dans la boue jusqu'à la barque, y monta. Là, risquant à chaque mouvement de perdre l'équilibre, elle tira sur la corde. Elle avait vingt mètres à franchir. Dans l'obscurité, la Dordogne avait des allures de fleuve Amazone. Parvenue à destination, Logicielle tremblait d'excitation. Sur cette île minuscule entourée par les flots puissants, neige et vent redoublaient d'ardeur.

Elle renonça à renvoyer la barque.

Elle franchit dix mètres dans la gadoue, dégaina son arme d'une main et de l'autre saisit le heurtoir de la porte d'entrée. On lui ouvrit aussitôt. Germain apparut sur le seuil ; il était en costume-cravate, une tenue qui dissimulait mal son début d'embonpoint. Sa bouche s'arrondit de stupeur.

— Logicielle ? Vous ? Bon sang, mais... que faites-vous ici ?

— Il fallait que je vienne. Un meurtre va être commis ! Et l'assassin est peut-être déjà là.

— Quoi ? Vous plaisantez ?

— Vous êtes armé ?

— Non. Attendez...

Il alla vers le buffet et sortit un revolver d'un tiroir. Logicielle, sur ses gardes, jeta un coup d'œil sur les vieux meubles en chêne qui garnissaient l'immense pièce du manoir. Au centre, une table était dressée, éclairée par deux chandeliers. Logicielle aperçut du foie gras et du magret coupé en tranches ainsi qu'un grand cru de Sauternes et des bouteilles de Bergerac

et de Pécharmant. Au fond de la salle, perdue dans l'ombre, se devinait une imposante cheminée Renaissance ; mais le chauffage était assuré par un gros poêle à mazout qui ronflait sous la fenêtre.
– Faites-moi visiter les lieux, dit-elle, toujours en alerte. Vous avez une chambre ? Une cave ?
– Non. Je dors ici, sur le canapé qui fait lit. Allons voir le cabinet de toilette...
Il était vide. La fenêtre, une sorte de meurtrière, aurait à peine laissé passer un chat. Revenu dans le séjour, Germain expliqua :
– Cette maison de gardien est tout ce qui reste d'un château qui a été rasé à la Révolution. Je l'ai achetée une bouchée de pain. Pour y amener l'électricité, il faudrait investir une fortune. Par surcroît, elle est inondable... Évidemment, elle doit vous paraître sinistre. Mais l'été, c'est un lieu idyllique, je vous assure !
– Je n'en doute pas, mentit-elle.
– Je ne m'attendais pas à vous voir, Logicielle ! Je n'imaginais pas que la situation était grave.
– Si nous n'avions pas été interrompus, tout à l'heure...
– Asseyez-vous. Expliquez-moi tout ça...
Elle lui résuma ses déductions récentes.
– Incroyable ! ne cessait de murmurer Germain en tournant et retournant la carte du serial killer entre ses doigts. William serait donc menacé ? Car il est roux, vous avez raison !
– A-t-il un portable ?
– Oui. Mais on ne peut appeler personne d'ici. Et puis mes amis devraient arriver, ajouta-t-il en consultant sa montre, il est minuit moins dix !
– Vos amis... fit Logicielle en domptant sa nervosité. Parlez-moi d'eux !

– Je sais qu'ils sont amis d'enfance, tous les trois. William et Jenny sont mariés depuis vingt ans. Je fréquente leur couple depuis dix ans mais je n'ai vu Tom que deux fois. William et lui sont avocats. Un métier où l'on se fait des ennemis...

– Tom pourrait-il être le serial killer ? Ou même... Jenny ?

Germain marqua le coup, Logicielle avait semé le doute dans son esprit ! Le commissaire réfléchit avant d'affirmer :

– Jusqu'ici, William et elle m'ont toujours semblé très unis.

– Vous passez souvent le réveillon avec eux ?

– Oui. Un célibataire comme moi ne peut fêter Noël qu'avec des gens seuls ou des couples sans enfants... Sinon il lui faut masquer sa solitude avec un décor approprié et quelques amusements !

Il désigna la pièce avec une amertume mal dissimulée. Au-dessus du canapé, un trophée de renne empaillé semblait surveiller le sapin installé sur la table basse.

– William, Jenny et moi avons établi deux traditions, reprit-il. La première : réveillonner ici ! La seconde : organiser une surprise.

– Une surprise ?

– Oui ! Voyez-vous, William adore mettre au point des petits spectacles. L'an dernier, il avait préparé un feu d'artifice que Jenny et lui ont fait éclater à minuit. C'était splendide.

– Je crains que la surprise ne soit macabre, cette année ! Ah, que faire pour empêcher ce crime d'avoir lieu ? Quelle heure est-il ?

– Minuit moins quatre.

Germain saisit son arme qu'il avait posée sur la table basse, près du sapin.

– À mon avis, la tempête a retardé la venue de mes amis et bouleversé les plans de votre assassin. Il n'arrivera rien cette nuit.

Au même instant, trois coups furent frappés contre la porte.

– Qu'est-ce qu'on parie ? fit Logicielle entre ses dents.

De sa main libre, Germain ouvrit brutalement la porte.

Sur le seuil, jaillissant d'une nuée de flocons blancs, apparurent... deux pères Noël !

Tous les deux étaient identiquement barbus, le visage recouvert d'un masque rubicond, tous les deux étaient vêtus d'une pèlerine rouge et chaussés de bottes noires.

Au milieu des tourbillons de neige que le vent poussait dans la pièce, Logicielle les vit lever les bras dans un geste débonnaire et cordial. Les nouveaux venus se précipitèrent vers Germain qui recula, son arme braquée vers eux.

Ébahis par cet accueil inattendu, les pères Noël se figèrent sur place.

– Hé, Germain ? déclara le plus petit d'entre eux d'une voix fluette, c'est nous qui devions te faire une surprise ! Que se passe-t-il ? Tout va bien ?

Un père Noël retira son masque, sa perruque et sa barbe. C'était une femme, la cinquantaine épanouie et sportive.

– Bonsoir Jenny ! répondit Germain sans abaisser son revolver. Et vous, allez donc poser ce paquet sur la table basse, près du sapin.

– Mais enfin, protesta Jenny. C'est notre ami Tom !

– Eh bien doucement Tom ! ordonna Germain en le menaçant de son arme. À pas lents, s'il vous plaît, sans gestes brusques.

Interdit, le compagnon de Jenny obéit : il avança jusqu'à la table basse et y plaça en évidence le cadeau qu'il avait en main.

– Vas-tu nous expliquer, à la fin ? dit Jenny, irritée, en enlevant sa pèlerine.

– Je te présente Logicielle, une amie lieutenant de police.

– Où est votre mari, madame ? demanda Logicielle, saisie d'un méchant pressentiment.

À ce moment précis, une pendule invisible sonna minuit. Soudain, venant du conduit de la cheminée, des exclamations étouffées jaillirent. Puis un coup de feu éclata. Il y eut un cri terrible. Et le silence...

– Qu'est-ce que c'est ? bredouilla Jenny.

– Bon sang, hurla Logicielle, l'assassin a réussi ! Où est votre mari ?

– William, fit-elle en blêmissant. C'est William !

Tous se précipitèrent vers la cheminée Renaissance. De la suie en tombait, recouvrant les chenets d'une fine poudre noire. Quatre gros paquets entourés de rubans tombèrent à leur tour.

Logicielle repoussa les cadeaux du pied ; elle s'empara d'un des chandeliers posés sur la table et s'accroupit sous le linteau. Elle distingua, quatre mètres plus haut, un père Noël recroquevillé contre les parois tel un alpiniste en difficulté. Un liquide sombre et gluant tombait goutte à goutte sur le sol, se mêlant à la suie – et Logicielle, bien malgré elle, pensa : sang et suie, rouge et noir.

– Mon Dieu ! hurla Jenny. C'est épouvantable !

Déjà son compagnon toujours déguisé en père Noël ouvrait la porte et s'élançait à l'extérieur. Germain n'eut que le temps de crier :

– Tom... ne commettez pas d'imprudence ! Attendez !

Arrivée sur le seuil, Logicielle recula. Les bourrasques de neige soufflèrent d'un coup les bougies de son chandelier. Elle l'abandonna, sortit et aperçut la silhouette de Tom qui escaladait une échelle dressée contre le manoir. Il se hissa sur la corniche ; puis, les pieds calés dans la gouttière, le corps plaqué contre les tuiles, il entreprit de faire le tour du toit en rampant pour gagner le pan opposé où se dressait la cheminée. Logicielle voulut suivre sa manœuvre en contournant la maison ; elle fut arrêtée par une haie de barbelés. Dans son dos, Germain criait :

– Tom ! Ça va ? Vous avez besoin d'aide ?

Il avait disparu derrière le toit. Logicielle escalada l'échelle à son tour. Quand elle atteignit la gouttière, elle vit une forme inerte vêtue de rouge qui basculait par-dessus le faîte, tête la première. La silhouette du père Noël rescapé jaillit à son tour : il tenait son compagnon par les pieds.

– Je n'en peux plus ! hurla-t-il. Je le lâche, vous l'attrapez ?

Le cadavre glissa sur les tuiles et tomba dans les bras de Germain. Emporté par le poids, il chuta lourdement avec lui, se releva, examina le corps et hurla à Logicielle restée accrochée à l'échelle :

– Il est mort ! Un coup de revolver en plein cœur... Venez !

Elle aida Tom à la rejoindre près de l'échelle. Blême, la barbe et les habits noirs de suie, celui-ci demanda :

– William est mort, n'est-ce pas ? Il n'y a plus rien à faire ?

Ils rejoignirent Jenny qui sanglotait près de son mari défunt. Germain l'obligea à se relever.

– Rentrons au chaud ! ordonna-t-il. Cela ne sert à rien de rester ici !

Le cadavre fut transporté dans le manoir. L'obscurité, la tempête, cette étrange maison et ses visiteurs costumés rendaient la scène digne d'un film d'horreur. L'un des vers du quatrain obsédait Logicielle. Un vers dont le sens s'était soudain éclairci :

Toi qui vas cheminer, crains donc le péril gore !

Avant de rentrer dans la maison à son tour, elle jeta un coup d'œil vers la rivière et étouffa une exclamation :

– La barque !

Elle n'était plus là. Un sentiment de panique et d'impuissance la submergea. Elle se morigéna à mi-voix :

– Stupides que nous sommes... évidemment, l'assassin a filé !

Elle envisagea de rapatrier l'embarcation pour se lancer à ses trousses. Elle se rendit compte que c'était absurde : il avait trop d'avance. Cependant, une question la tourmentait : quand avait-il bien pu arriver ?

La force de la tempête l'obligea à rentrer. En elle, l'humiliation le disputait à la colère : elle avait échoué. Quand elle pénétra dans la salle, elle vit le père Noël ensanglanté, allongé sur le canapé, que semblait veiller le trophée du renne. Jenny sanglotait en caressant les cheveux roux de son mari. Germain, lui, revolver en main, contenait mal sa fureur.

– Il a tué William, grommelait-il sans cesse. Il va me le payer !

En se dépêtrant de son costume, Tom bouscula le sapin. Il ne remarqua pas qu'une branche basse recouvrait à présent le paquet déposé là dix minutes plus tôt. En quelques mots, Logicielle révéla à Tom et Jenny les projets du serial killer et comment il venait de leur échapper. Par réflexe professionnel, elle leur déclara enfin :

– Je sais que le moment paraît mal choisi. Mais j'aimerais que vous m'expliquiez ce que vous avez fait juste avant d'arriver ici.

Comme Jenny continuait de pleurer, Tom prit la parole :

– En fin d'après-midi, mes amis sont passés me prendre dans mon pavillon de la banlieue de Lyon. William et moi nous nous sommes relayés au volant. Vers vingt heures, nous nous sommes arrêtés dans une station-service et avons acheté des sandwichs...

– Qui d'autre savait que vous viendriez réveillonner ici ?

– Je n'en ai parlé à personne, dit Tom en se tournant vers Jenny.

Elle n'avait pas entendu la question. Tom haussa les épaules en grommelant :

– Mais William, lui, a pu en parler autour de lui.

Logicielle approuva.

– Pourriez-vous nous expliquer cette étrange mise en scène ? demanda-t-elle en désignant les costumes de père Noël.

– C'est simple ! murmura Tom d'une voix lasse. Nous voulions apparaître à minuit, déguisés, pour l'échange des cadeaux.

– Il était prévu que William jouerait les acrobates, avoua enfin Jenny en reniflant. Nous savions où Germain rangeait l'échelle. Quand nous sommes arrivés sur l'île, il a escaladé le toit alors que nous frappions à la porte de la maison. N'est-ce pas, Tom ?

– Oui. Grâce à une corde, William devait descendre de la cheminée avec les cadeaux.

– Quelqu'un vous a-t-il suivis ? insista Logicielle. Durant votre trajet en voiture ou en barque ? Réfléchissez bien.

– Je n'ai rien remarqué, dit Tom. Qui était censé nous suivre ?

– L'assassin ! répliqua Germain. Il était sans doute derrière vous. Mais à l'heure qu'il est, il doit être loin !

À cet instant, trois coups secs furent frappés à l'entrée...

Logicielle sursauta et pointa son arme vers la porte.

– Le coupable revient-il sur les lieux du crime ? murmura Tom.

Germain ouvrit. Et Max apparut. Il enleva son casque de motard et lança à la compagnie :

– Bonsoir ! Et joyeux Noël ! Oh, ajouta-t-il en apercevant le cadavre, je vois que j'arrive trop tard...

Germain, à voix basse, résuma les faits à l'adjoint de Logicielle.

– Comment es-tu venu ? lui demanda-t-elle, stupéfaite.

– En moto, pardi ! Je suis parti après avoir écouté ton message sur mon répondeur. Pas facile à trouver, Rougeaix-Noir...

– Attends, je veux dire, comment es-tu arrivé jusqu'ici ?

– En barque ! Existe-t-il un autre moyen ? Il m'a fallu un bon quart d'heure pour découvrir l'embarcation sur la berge de l'île, et comprendre que la corde fixée sur la poulie permettait de la faire revenir... Eh bien, ajouta-t-il en désignant William Blackjay, où est l'assassin ?

Logicielle faillit lui rétorquer : tu as dû le croiser ! Un quart d'heure... Max était donc arrivé en moto vers minuit, au moment du crime. Et l'assassin n'avait pas eu le temps d'emprunter la barque. C'était Max qui l'avait tirée jusqu'à lui pour les rejoindre sur l'île !

– Bien sûr ! s'exclama-t-elle. Et cela change tout !
– Que voulez-vous dire ? demanda Germain.
Logicielle leva la main. Et affirma d'une voix forte :
– Je pense que l'assassin est encore là ! Oui. Il est parmi nous.
– Comment ? fit Tom stupéfait.
Un silence persistant pesa sur l'assemblée.
– S'il avait fui en barque, il aurait croisé Max ! À quelle heure es-tu arrivé ? demanda-t-elle à son adjoint.
– À minuit cinq, très exactement.
– Et la barque, où se trouvait-elle ?
– Du côté de l'île, hélas ! Je vous l'ai déjà dit !
– L'assassin a pu s'enfuir juste avant l'arrivée de Max, suggéra Germain.
– Non. Il n'en a pas eu le temps. Et puis pourquoi aurait-il pris la peine de renvoyer l'embarcation vide sur l'île ? Pour nous permettre de nous lancer plus vite à sa poursuite ?
– Évidemment ! grommela Germain. À sa place, j'aurais même plutôt coulé l'embarcation en arrivant sur la terre ferme !
– Donc l'assassin n'a pas fui, s'entêta Logicielle. Il est ici !
– Vous voulez dire qu'il se cache sur l'île ? demanda Tom.
– Non. Je ne pense pas qu'il se cache à l'extérieur.
– Pourquoi pas ? insista Tom. Pourquoi n'aurait-il pas envisagé un autre moyen pour regagner la berge ?
– Lequel ? répliqua Germain qui devinait les soupçons de sa collègue. Avec l'inondation, la nuit et les intempéries, il n'a pu utiliser qu'un hélicoptère. Ou un transmetteur de matière !
Max crut bon de venir à la rescousse en affirmant :
– De toute façon, il n'ira pas loin. Avant d'arriver

ici, j'ai alerté les brigades de Bergerac. Plusieurs estafettes me suivaient. À l'heure qu'il est, trente hommes encerclent l'île.

– Mais... comment pourrait-il être parmi nous ? demanda Jenny d'une toute petite voix.

– Tom ? s'écria soudain Logicielle en souriant, je pense que la clé du mystère se trouve dans le cadeau que vous aviez en main en entrant. Vous savez bien... ce fameux paquet que Germain a dû prendre pour une bombe et qu'il vous a aussitôt ordonné de poser.

À nouveau, un silence plana, tendu, prolongé. Chacun put voir la glotte de Tom descendre et remonter dans sa gorge – Tom qui partit enfin d'un rire forcé.

– Le paquet ?

– Mais oui ! affirma Jenny. Celui que William a laissé tomber quand il s'est dirigé vers l'échelle ! Le plus petit. Tu l'as ramassé, souviens-toi. Et en arrivant ici, Germain t'a demandé de...

D'un geste, Logicielle invita Jenny à ne pas en dire plus.

– Je ne me souviens plus de ce que j'en ai fait ! grommela Tom. Dans l'affolement... Bah, nous finirons par le retrouver, est-ce si important ?

– Très important ! insista Logicielle. Germain vous a précisé l'endroit où il souhaitait que vous le déposiez. Où était-ce ?

Tom balaya la pièce avec un regard de bête traquée. Il s'attarda sur le guéridon de l'entrée, la tablette de la cheminée, la table basse du salon... Nulle trace de paquet.

– Je l'ignore, balbutia-t-il. Et je ne vois vraiment pas pourquoi...

– Vous l'ignorez, dit Logicielle, parce que c'est vous, l'assassin !

– Vous êtes folle ! s'écria l'autre stupéfait. William était mon meilleur ami. Et puis je ne vois pas comment je m'y serais pris...

– C'est vrai, fit Jenny, troublée. Tom ne nous a jamais quittés, il était là quand on a tiré sur William.

– Nous avons même entendu des voix, des bruits de lutte ! ajouta Tom. Vous m'accusez parce que vous avez laissé filer le meurtrier !

Une goutte de sueur perlait sur le front du suspect. À présent, tous les regards étaient braqués sur lui. Même, semblait-il, celui du renne empaillé. Germain maîtrisait mal son impatience et sa fureur. Le meurtre de William l'avait mis hors de lui. L'ambiance était plus électrique que jamais. Soudain, Jenny leva la main et lança d'une voix désespérée :

– Tom... c'est dans le cabinet de toilette que Germain t'a demandé de poser ce paquet ! Tu ne t'en souviens donc pas ?

– Mais si ! s'écria l'autre en se frappant le front d'un air radieux. Bien sûr, et il doit toujours se trouver là-bas !

Tandis que Tom se précipitait, Logicielle lança un regard de remerciement à Jenny qui s'effondrait en murmurant :

– Mon Dieu... c'est donc lui.

Quand, dix secondes plus tard, le suspect ressortit les mains vides, les armes de Logicielle et Germain étaient braquées sur lui.

– Vous permettez, Tom ? demanda Max en décrochant la paire de menottes du mousqueton de sa ceinture. Nous serons plus à l'aise pour écouter les explications que Logicielle va nous livrer...

Tom semblait trop abasourdi pour réagir. Il eut cependant un regard de rancune pour Jenny qui lui avait tendu ce piège.

– Comme les cinq meurtres précédents, vous aviez préparé celui-ci depuis longtemps, asséna Logicielle. Car c'est vous qui avez suggéré l'usage de ces costumes et l'arrivée par la cheminée ! Mais en abordant l'île peu avant minuit, vous avez proposé à William de monter sur le toit et de descendre par la cheminée à sa place. À l'insu de Jenny bien sûr.

– À mon insu ? fit-elle sans bien comprendre.

– Vous avez dit à William que cette substitution créerait un nouveau coup de théâtre, poursuivit Logicielle, et vous lui avez recommandé le silence absolu.

– J'y suis ! s'écria Germain. Quand j'ouvre la porte, ce n'est pas Tom mais William – et Jenny – qui entrent... Mais que fait donc l'assassin sur le toit pendant ce temps ?

– Il mime une dispute. Puis il pénètre dans la cheminée, tire un coup de feu en l'air et pousse un cri. Après quoi il crève un sac de plastique qui contient du sang...

– Bien sûr ! approuva Germain. Mais William ne dit toujours rien... pourquoi ?

– Peut-être croit-il que Tom improvise une nouvelle mise en scène ? Voilà pourquoi il joue le jeu et ne révèle pas son identité... Mais comme il veut en avoir le cœur net, il s'élance à son tour sur le toit ! Il ignore qu'il se précipite tête la première dans le piège que Tom lui a tendu. Nous assistons à l'escalade de William et nous le perdons de vue. Dix secondes. Et cela suffit : derrière le faîte, il tombe nez à nez avec Tom qui est sorti de la cheminée...

– Mais nous n'avons entendu aucun autre coup de feu ! nota Jenny.

– Oh, il a utilisé un silencieux, affirma Logicielle. Il a recueilli sa victime dans ses bras et l'a balancée par-dessus le toit. Pendant que nous récupérions le cadavre, Tom a jeté son arme dans la rivière. Un crime presque parfait !

Germain lança un regard noir au meurtrier :

– Heureusement, Logicielle, que vous avez éventé la supercherie... et pensé à ce cadeau inespéré !

– Il était là, révéla-t-elle en soulevant une branche du sapin.

– Tom... c'est ignoble ! murmura Jenny. Pourquoi avoir tué William ?

– Tout cela est absurde ! plaida le coupable sans conviction. Vous m'accusez de meurtre parce que je ne me souviens plus avoir posé ce cadeau ici ?

– Crapule ! rugit Germain, de toute façon vous ne vous en tirerez pas. L'analyse ADN prouvera que votre code génétique est le même que celui du serial killer que j'ai blessé il y a cinq ans, dans sa fuite !

Tom grimaça ; il se tourna vers Logicielle et lui lança dans un sourire vaincu :

– Bien joué. Je me rends. J'aurais dû choisir un autre commissariat. Car si vous n'aviez pas été là, mademoiselle, personne n'aurait deviné l'énigme ni pensé à ce maudit paquet.

– Votre poème était trop explicite pour nous, mentit Max. Nous avons mis à peine une heure à le décoder. N'est-ce pas, Logicielle ?

Elle soupira sans répondre. Certes, le serial killer était pris. Mais il avait fait une dernière victime.

– Et puis, insista méchamment Max, ces rimes étaient ridicules. Voulez-vous savoir, Tom, ce qui vous a perdu ? Eh bien c'est la médiocrité de votre poésie !

À l'air hargneux qu'afficha le coupable, c'était la pire accusation qu'on pouvait lui porter.

Malgré les protestations de Jenny, Germain insista pour installer le cadavre à l'extérieur, sur le seuil ; le froid retarderait sa décomposition. Vers trois heures du matin, la tempête s'apaisa. C'est le moment que choisit Tom pour passer aux aveux.

– J'ai toujours aimé Jenny, révéla-t-il à mi-voix sans la regarder. Je n'ai jamais admis qu'elle m'ait préféré William. Longtemps, j'ai étouffé ma rancœur, aiguisé ma rancune. Et j'ai continué à fréquenter le couple en faisant bonne figure...

– Nous étions heureux, oui ! lui jeta la veuve Blackjay. En éliminant William, tu espérais me récupérer ?

– Tout cela n'explique pas les meurtres précédents, dit Germain.

– Tuer William était devenu une obsession, avoua Tom. Mais je ne m'en sentais pas capable. Et puis si j'étais passé à l'acte, les soupçons se seraient très vite portés sur moi, je le savais.

Logicielle réfléchit et risqua, incrédule :

– Attendez... ne me dites pas que vous vous êtes... exercé ? Fait la main en commettant des meurtres gratuits ?

– Mais si ! affirma Germain qui en avait vu d'autres et devinait la vérité. Notre ami Tom a fabriqué un serial killer de toutes pièces ! Il a froidement assassiné cinq personnes qui ne lui avaient rien fait ! Aucun mobile, aucun lien entre lui et ses victimes – ce qui était le meilleur moyen de noyer le poisson : les meurtres précédents n'étaient que des répétitions générales.

– Je... je me suis aperçu que ce n'était pas si difficile, avoua Tom. J'ai même failli prendre goût à ce qui était devenu un jeu. Et puis j'espérais toujours que Jenny se détacherait de William. Mais cette

année, quand tous deux m'ont proposé de fêter Noël à Rougeaix-Noir, dans le Périgord... quand je suis venu repérer les lieux au début du mois, j'ai compris qu'ils se prêtaient à une mise en scène idéale. Il me fallait saisir cette occasion inespérée.
— Tu es un malade ! cracha Jenny.
— Sans doute, avoua Tom en lui lançant un regard humide. Je crois que ma passion déçue pour toi m'a entraîné dans une folie meurtrière. Une folie dont je ne pouvais plus me sortir.
— Stop ! interrompit Max. Ce n'est pas nous qu'il faut convaincre, mon vieux, mais les psychiatres ou les jurés. Et à mon avis, mieux vaudrait que vous mettiez au point un autre système de défense...

Ils se partagèrent les tours de veille, mais aucun d'eux ne put dormir. Quand une aube rouge se leva, vers huit heures, ils se risquèrent à l'extérieur. Il régnait un silence ouaté. La température était redevenue presque douce. Le niveau de la Dordogne avait baissé. Ils durent cependant emprunter la barque ; ils y hissèrent le cadavre de William avant de s'y entasser.

Quand ils arrivèrent sur la berge, ils ne virent que trois voitures et une moto.
— Où est la police ? demanda Tom en écarquillant les yeux.
— J'ai raconté des bobards, avoua Max. Je n'avais prévenu personne. Je n'allais pas gâcher le réveillon de nos collègues de Périgueux ! Mais quand j'ai pressenti que Logicielle tenait le coupable, j'ai imaginé ce stratagème pour forcer ses aveux.

Menottes aux mains, l'assassin monta dans le

quatre-quatre. Avant de l'y rejoindre, Germain désigna à Logicielle l'île désormais déserte et le manoir dont la silhouette fantomatique se détachait dans le matin rose et blanc.

– Vous voyez que cette demeure et ce lieu ont leur charme !

– Peut-être, admit-elle sans conviction. Mais ces paysages, voyez-vous, je les préfère sur carte postale.

C'est seulement le 25 décembre à midi, après que les autorités eurent déféré le coupable au parquet, que Logicielle et Max purent quitter le commissariat de Bergerac.

Germain promit d'avertir lui-même son collègue Delumeau de l'arrestation du meurtrier.

– Hélas ! affirma Logicielle. Il ne me félicitera pas pour avoir démasqué le serial killer, il me reprochera ce nouveau crime que je n'ai pas su éviter !

– Je lui expliquerai que j'ai ma part de responsabilité. Au fait, déclara Germain en sortant un paquet de sa poche, je pense que ceci vous revient...

– Qu'est-ce que c'est ?

– Le cadeau providentiel que l'assassin me réservait... et qui a permis de le confondre ! Gardez-le donc. En souvenir. Pour ma part, je préfère rayer ce Noël de ma mémoire...

Quand Logicielle monta dans sa Twingo, Max l'attendait, déjà à cheval sur sa moto. Il lui jeta dans un soupir :

– On fait la course jusqu'à Paris ?

– Non, Max. Donnons-nous plutôt rendez-vous.

– Au commissariat de Saint-Denis ?

– Non. Pour le prochain réveillon. Maintenant que cette affaire est classée, nous pourrons le passer ensemble.
– Tu parles... du prochain Noël ? demanda-t-il avec un air de chien battu.
– Bien sûr que non, gros bêta. Je pense à la Saint-Sylvestre !
Elle laissa Max filer devant.
C'est à la sortie de Périgueux, arrêtée à un feu rouge, qu'elle déballa le paquet-cadeau.
C'était un magnifique ouvrage, relié de cuir fin. Une édition rare du *Rouge et le Noir*, de Stendhal.

Catherine Missonnier

Comment j'ai tué mon grand-père

C'est terminé, il est mort. Nous avons dispersé ses cendres au pied de ses chers rosiers, comme il l'avait demandé. Il ne nous tiendra plus à la merci de son sadisme et de sa fortune. Il est mort et c'est moi qui l'ai tué.
Ça a été terriblement facile.
— Tu verses le produit dans son vieux malt, il n'en changera pas le goût, m'avait prévenu François en me donnant le flacon.
Je n'ai eu qu'à lui tourner le dos pour préparer les boissons. Il a bu avec ce claquement de langue satisfait qui accompagne toujours la dégustation de son whisky de luxe. Nous avons continué à parler de ce stage qu'il me proposait, il s'est mis à respirer difficilement, s'est recroquevillé sur lui-même dans un râle terrible et il s'est effondré, les mains crispées sur la poitrine. Il n'a pas fallu plus de dix minutes au docteur Lomond pour arriver. Il avait l'habitude de ces appels soudains. D'ordinaire, ses soins remettaient le malade sur pied, plus ou moins vite. Cette fois, il n'a pas pu.
— C'est fini, le cœur vient de lâcher, nous a-t-il annoncé en sortant de la chambre où l'on avait réussi à le transporter.
Marie-Anne, l'assistante de grand-père depuis vingt

ans, la seule sans doute à avoir de l'affection pour lui, a poussé un cri de détresse et s'est précipitée pour lui prendre les mains. Bella a baissé les yeux, François a adopté son air des grandes circonstances.

– Je vais prévenir la famille, a-t-il déclaré, comme si ce devoir lui pesait lourdement.

Et il a réussi à garder sa voix de gendre navré pour appeler les autres, qui attendaient en trépignant à côté de leur téléphone.

Le docteur Lomond a établi le certificat de décès et Marie-Anne s'est occupée de tout le reste : de la mise en bière, de la cérémonie dans la chapelle de Monfort et de la récupération des cendres au crématorium. Il n'y a pas eu d'enquête puisque c'était une mort naturelle. Mais il y a eu des questions, car le disparu laissait quand même beaucoup d'argent. Le commissaire Lécuyer, qui était venu sceller le cercueil comme pour tout décès à domicile, nous a pris un par un « pour un entretien informel ».

Chacun a récité correctement sa leçon, nous l'avions assez répétée. Le commissaire s'est contenté d'écouter. Sauf quand je l'ai averti de mon départ pour passer Noël au bout du monde sans attendre la lecture du testament, parce que cette histoire m'avait trop bouleversé. Un soupçon d'incrédulité est apparu dans ses yeux, il a noté les coordonnées de l'hôtel et m'a demandé quand je revenais.

C'était le cadeau des autres, en remerciement du service rendu : un séjour dans un palace de l'île Maurice.

– Pour récupérer, avait insisté Michel.
– Penser à autre chose, avait renchéri Bella.
– Draguer un peu, avait ajouté oncle Arthur.

Il veulent surtout m'éloigner, ils ont peur que je craque. Je ne crache pas sur leurs vacances tropicales, mais ils se trompent, je ne risque pas de craquer. C'est sans doute moi qui avais le compte le plus lourd à régler avec lui. Il m'a volé trois vies : celles de mes parents, et celle de l'enfant heureux que je n'ai jamais pu être. Lui prendre la sienne pour l'empêcher de continuer à nuire n'était qu'une maigre compensation.

Grand-père était un homme dur. Son flair, son astuce et sa férocité ont fait de la petite entreprise artisanale de son père la principale société de bâtiment et travaux publics de la région. Comme beaucoup de gens qui ont bâti leur fortune par la seule force de leur volonté, il avait un mépris viscéral pour qui n'était pas capable d'en faire autant. Les faiblesses de ses enfants le mettaient en rage, mais il ne s'était jamais demandé si son impérialisme féroce et son indifférence affective n'avaient pas étouffé, chez eux, toute velléité d'autonomie. Comme il ne supportait pas non plus d'étaler au grand jour l'incurie de sa famille, il nous entretenait. Au prix de notre asservissement.

Michel, son fils aîné, qui n'a jamais tenu plus de six mois dans d'autres entreprises, a été pourvu d'un poste de directeur du développement qui lui permet d'afficher aux yeux du monde une vie de famille honorable. Bella, sa fille cadette, s'est offert un mari hobereau breton, François de Kermanech, nanti d'un manoir du XVIe siècle à moitié en ruine. Devenir châtelaine compensait peut-être dans le cœur de Bella ses frustrations d'enfant. Le hobereau avait des compétences en tennis et en navigation, indispensables pour tenir son rang, mais peu rémunératrices. Grand-père a fini par lui offrir un poste dans son service des ressources humaines pour éviter à sa fille de se retrouver à la rue, mais le château est un gouffre et Bella doit chaque année mendier quelques milliers d'euros supplémentaires. Arthur, le frère cadet de grand-père, a toujours vécu dans l'ombre de son aîné et n'a eu aucun scrupule à accepter des miettes de la fortune fraternelle. Moi, je ne suis encore qu'étudiant. Le jour je suis les cours d'une brillante école de gestion dont grand-père paie les frais de scolarité, je loge dans un studio qui lui appartient et, la nuit, je joue du saxo avec un groupe d'amis aussi fondus de musique que moi. Nous commençons à nous produire dans quelques manifestations modestes. Cette année je me suis mis à jouer aussi le jour, à la place des cours les moins importants. Si grand-père l'apprenait, il me couperait les vivres. Or j'ai encore besoin de son argent. Il m'a privé d'enfance, il me doit bien son aide pour réaliser mon rêve d'adulte.

À chacun de ses anniversaires, je me prépare au pire. Depuis la mort de grand-maman, qui servait d'écran entre lui et nous, grand-père a progressivement transformé cette fête en mise en scène de son pouvoir et de notre soumission. Le repas somptueux nous réunit autour de lui dans la grande maison de Monfort, on le couvre de cadeaux pour lesquels chacun s'est creusé la tête pendant un mois, car il attend de nous qu'on le surprenne au moins ce jour-là. Et, à partir du café, il nous prend à part, l'un après l'autre, dans sa bibliothèque, pour « parler de notre situation ».

C'est son moment de jouissance. Il sait extorquer à chacun l'aveu de ses dettes, du montant ruineux des écoles des enfants, du poste de direction dont il rêve, du coût des travaux pour entretenir le manoir de Bénodet... Et il distribue ses présents, selon son humeur, dans le seul souci, dirait-on, de créer le plus de tensions et de rancœurs entre nous.

Rituellement, début septembre, il se régale de sa toute-puissance, de notre angoisse et de notre humiliation. Mais cette année, pour son soixante-douzième anniversaire, il s'est surpassé.

– Ça suffit, a hurlé Bella en jetant par terre le précieux collier de grand-maman qu'il venait de lui offrir à la place des trente mille euros nécessaires pour réparer le toit de Bénodet.

C'était l'heure sacrée de la sieste de grand-père, la seule qui nous permette de nous défouler.

– Il sait pertinemment qu'aucun bijoutier ne m'en donnera plus de dix mille euros, a-t-elle ajouté amère.

– C'est la dernière fois que je viens, a annoncé Arthur péremptoire, quitte à me replier dans une chambre de bonne et à bouffer des nouilles.

Arthur répète tous les ans la même chose. Il ne continue à fréquenter ses restaurants, son club de bridge sélect et à s'offrir quelques compagnes occasionnelles que grâce à l'aumône que lui fait grand-père en lui conservant un poste de vice-président bien rémunéré pour ne rien présider.

– Cette année, il m'a tout refusé, a grondé Michel. Il me bloque dans ce rôle fantoche de directeur du développement, avec ce salaire dérisoire, sans me laisser accéder au moindre projet. Le développement, c'est lui, et lui seul.

– Et toi Cédric ?

– Mon viatique habituel : le strict nécessaire pour continuer mes études.

Je ne demande jamais plus, et jusqu'à présent je l'ai toujours obtenu, assorti bien sûr de la traditionnelle remarque : « J'espère que tes résultats se maintiendront à la hauteur de mon aide. » Autrement dit, si je flanche, l'aide flanchera aussi. Mais il est moins cruel avec moi qu'avec les autres. Sans doute a-t-il un soupçon de remords à mon égard. C'est à cause de lui que je suis orphelin.

Il y a dix-huit ans, par une froide journée de janvier, maman, qui était la plus tendre de ses enfants, était venue jusqu'à Monfort avec son jeune mari et son fils de deux ans pour passer le week-end auprès de lui. Elle voulait aussi lui demander son aide pour remplacer leur vieille guimbarde, plus assez sûre pour me transporter. Il avait bien sûr refusé, arguant qu'ils auraient dû y penser avant de faire un enfant. Il avait ajouté que, dans Paris, il y avait suffisamment de bus et de métros pour se déplacer. De rage, mes parents sont partis dans la nuit, sous la neige. Les pneus étaient usés et mon père pressé de fuir. Dans un virage il a dérapé. Ils sont morts tous les deux. Bien sanglé à l'arrière, j'ai survécu. Depuis grand-père a payé mes nurses, mes vêtements, mes vacances et mes études. Je n'ai jamais manqué de rien, sauf d'amour. À l'âge de huit ans, quand Bella m'a révélé comment j'étais devenu orphelin, je me suis promis qu'un jour il me le paierait.

– Ça suffit, a répété Bella, en ramassant quand même le collier.

– Cette année il a été horrible, a gémi Chloé, la femme de Michel.

– C'est pour nous préparer au pire, a annoncé François, de son ton précurseur de catastrophe.

– Il vend ! a crié Michel.

– À ce renard de Petrossian, les négociations sont en cours.

On sentait le coup venir depuis ses premiers

malaises cardiaques. Grand-père ne veut pas que les entreprises Forget, son œuvre, soient démantelées. Conscient qu'aucun de ses enfants n'est capable de prendre sa suite, il préfère céder son groupe à un concurrent dynamique qui poursuivra son œuvre mais sera libre de virer qui il veut.

– Puis il partira claquer son fric aux Bahamas, a conclu Michel qui rêve d'en faire autant.

– Pire, a continué François jouissant de son pouvoir d'initié, d'après Froment, le directeur juridique, il ne cède qu'une part à Petrossian. Le reste il nous le laisse en héritage, sous la forme d'un pacte d'actionnaires avec interdiction de vente pendant au moins dix ans.

– Ça veut dire quoi ce charabia ? s'est énervée Bella.

– Que même s'il meurt, on ne pourra rien vendre, ni même décider de dividendes à nous verser. On sera propriétaires d'actions dont on ne pourra rien tirer avant longtemps. Pour ne pas affaiblir sa chère entreprise.

Chacun a alors médité sur les conséquences de la révélation de François.

– On va se retrouver sans un, a conclu Arthur, le plus prosaïque.

– Dès l'instant où ce sera signé, a ajouté François.

Un long silence a suivi sa remarque.

– C'est pour quand ? a finalement questionné Michel.

– D'après Froment, la fin de l'année.

– Tu crois que ses crises cardiaques l'emporteront avant ? a demandé ingénument Arthur.

– Lomond n'est pas optimiste. Mais bien soigné, il peut durer encore un moment.

– Quelques mois de plus ou de moins, dans une

longue vie, qu'est-ce que ça change ? a pensé Chloé à voix haute.

— On pourrait parler de tout ça dimanche prochain à la maison ? a suggéré Bella.

C'est ainsi que je suis devenu un assassin. Bien sûr il a fallu quelque temps pour en arriver là. Il convenait d'abord de trouver le produit capable de provoquer une crise cardiaque fatale. C'est François qui l'a découvert.

— Il aura juste l'air d'avoir eu une crise plus forte que d'habitude, a-t-il expliqué sobrement.

— Lomond n'arrête pas de répéter qu'un jour ou l'autre il ne s'en remettra pas. Il ne sera pas surpris.

Restait à désigner l'exécuteur. C'est là que je me suis fait piéger. Il fallait que le bourreau paraisse le plus innocent possible, qu'il soit convoqué chez grand-père de façon inattendue – afin d'éliminer tout soupçon de préméditation – et pour un motif sympathique : se voir offrir un cadeau, une gratification...

— Tu as bien un stage en entreprise à effectuer cette année ? s'est informé François, le troisième dimanche de notre conspiration.

— D'une durée de trois mois, je suis en train de chercher.

— On a justement besoin de renfort à la direction du marketing. Ton grand-père serait sûrement heureux de t'offrir cette opportunité de t'initier à ses affaires. Et puis, dans un CV, un stage chez Forget, c'est valorisant.

— Il n'y a qu'à toi qu'il ferait un pareil cadeau, a glissé perfidement Bella.

— Tu ne pourras que lui en être reconnaissant, a ajouté Arthur.

— Donc insoupçonnable, a conclu Michel.

Le terrain sera préparé par François qui laissera à grand-père le plaisir de m'annoncer la nouvelle. Il adore ce rôle de bienfaiteur des siens, il ne résistera pas à l'envie de me convoquer à Monfort pour me faire part de sa générosité, comme si ses cadeaux prenaient plus de valeur dans le cadre solennel de sa bibliothèque.

– Je m'arrangerai pour que ce soit vers dix-huit heures, à l'heure de son whisky. En le préparant, tu n'auras qu'à verser le produit dans son verre, a continué François.

– Pendant ce temps, je distrairai Marie-Anne, m'a affirmé Bella.

– Et moi je préciserai avec lui les conditions de ton embauche. Il ne te prêtera plus attention.

Ils avaient pensé à tout, y compris à s'attribuer des rôles secondaires pour me donner le sentiment qu'ils partageaient les risques avec moi.

– On appellera Lomond au secours, bien sûr.

– Et le soir, il aura cessé de nous tyranniser, a murmuré Chloé, le regard mouillé de reconnaissance.

Autrement dit, je serai le héros qui les aura libérés. Et qui leur permettra, accessoirement, de mettre le grappin sur cette fortune qui les nargue.

Deux mois plus tôt, je ne serais pas entré dans leur combine. Mais depuis son dernier anniversaire, mon aversion pour grand-père avait pris des teintes de haine. Je suis toujours le dernier au défilé de la distribution de gâteries. D'ordinaire il se contente de reconduire ma pension annuelle. Je remercie et je me sauve, en rêvant au jour où je serai libre de refuser ses cadeaux. Mais cette fois, il a voulu faire dans le raffinement. Alors que je ne lui avais rien demandé, il n'a pas pu s'empêcher de me lancer au moment où j'allais fermer la porte :

– Pour une voiture, tu attendras. Dans Paris, ça ne sert à rien.

C'était à quelques mots près ce qu'il avait dû dire à maman, sur le même ton de mépris ironique, j'en suis sûr. Ce fut comme une gifle salutaire. Il m'a semblé tout à coup que je m'étais endormi dans le confort, que j'avais oublié la promesse que je m'étais faite à huit ans. J'étais mûr pour accepter la mission.

Les jours qui séparaient cette réunion chez Bella de la convocation de grand-père pour le stage ont été difficiles. Entre détester quelqu'un et le tuer, il y a un fossé que je n'avais pas mesuré. Chaque nuit, en regardant la photo de mes parents sur ma table de nuit, je me répétais que grand-père était un assassin, et moi l'instrument de la justice. Je me conditionnais à le haïr. Les nuits où je parvenais à évoquer l'insouciance heureuse de mes parents, que tous décrivaient comme un couple délicieux qui m'adorait, j'étais prêt ; mais les nuits où cette image ne se formait pas, c'est moi que je voyais en meurtrier. Je ne m'aimais pas beaucoup et puis je n'étais pas rassuré : le scénario était certes habilement monté, mais c'est moi qui verserais le produit, c'est moi qu'on arrêterait si la police soupçonnait un assassinat.

Bizarrement, dès que Marie-Anne m'a appelé pour me fixer un rendez-vous, mes doutes et mes angoisses ont cessé. Comme s'il ne servait plus à rien de tergiverser puisque la mécanique était en marche. François m'a remis le flacon la veille de ma visite à Monfort. C'est, comme toujours, Marie-Anne qui m'a accueilli.

– Il vous attend dans la bibliothèque.

Grand-père devait m'annoncer lui-même sa proposition, que j'accepterais bien sûr avec gratitude, puis, comme il est de coutume, je proposerais de préparer un verre pour fêter l'événement. Après avoir trinqué, j'étais censé discuter des modalités de mon stage avec François.

Les choses se sont passées exactement comme nous l'avions prévu. Grand-père m'a fait asseoir près de lui. François s'est écarté discrètement, Bella a accaparé Marie-Anne pour étudier l'organisation du réveillon, grand-père m'a expliqué son offre, avec son sourire satisfait de joueur d'échecs qui a un coup d'avance. J'ai remercié avec suffisamment de chaleur et je suis allé confectionner les boissons. Ma main n'a pas tremblé en versant le poison, ni en tendant le verre à grand-père. Nous avons bu. Vingt minutes après, le docteur Lomond sortait de sa chambre et nous annonçait sa mort.

Le commissaire Lécuyer ne s'est manifesté que le lendemain.

– Vu la fortune laissée par votre grand-père, il me faut quand même établir les conditions de son décès.

– Je croyais que son médecin l'avait fait.

– Certes, mais une crise cardiaque peut aussi être provoquée, par une émotion par exemple, surtout chez un homme très malade. Racontez-moi donc cette soirée.

C'est là que j'ai apprécié la qualité de préparation du clan familial. D'après mon récit, j'étais effectivement insoupçonnable.

– C'était inattendu, cette offre de votre grand-père ?

– Je n'avais pas songé à lui demander son aide. Je dépends déjà assez de sa générosité, ai-je répondu avec juste la confusion nécessaire.

– Ça vous tentait ?

– Beaucoup donneraient cher pour cette expérience.
– Mais vous ?
– Comment ça moi ?
– Les travaux publics, ça vous attire vraiment ?
Ce commissaire était-il au courant de mes activités nocturnes ?
– C'est un secteur en pleine mutation, ai-je affirmé du ton le plus convaincu possible.
Il n'a pas insisté, mais je n'aimais pas la lueur ironique dans son regard. Il a interrogé aussi François, Bella, Marie-Anne et Madeleine qui tient la maison de grand-père. Finalement, il a délivré le permis d'inhumer et Marie-Anne s'est occupée des obsèques.
C'est moi, le plus jeune adulte de la tribu, qui devais disperser ses cendres devant la famille, les représentants de l'entreprise et le commissaire Lécuyer qui n'arrivait pas à nous quitter. Ce fut un moment difficile. Toutes les nuits je revivais la scène de sa mort, ses soubresauts, son râle d'étouffement, toutes les nuits j'étais en nage. Je n'en parlais pas, mais mon visage fermé, mon mutisme, devaient me trahir. Les autres ont eu peur que le commissaire devine quelque chose et que, dans un accès de remords, je me mette à table.
– Tu pars demain, m'a annoncé François le soir même. Je t'ai réservé une place sur le vol direct d'Air France. Jeudi, tu seras à dix mille kilomètres d'ici et tu y resteras jusqu'à ce que tu te sentes mieux.
C'est ainsi que, pour me remercier de l'avoir débarrassée de grand-père, la famille m'a envoyé passer Noël au *Paradis*, un des hôtels les plus chic et les plus chers de l'île Maurice.

Je suis ici depuis cinq jours maintenant. Grand-père hante mes nuits, mais je parviens à dormir quelques heures, épuisé par des journées passées à nager, sur l'eau et sous l'eau, dans le lagon bleu turquoise qui entoure l'île. Et quand je ne suis pas à la trace les poissons multicolores qui circulent au-dessus des coraux, des naïades blondes à la peau dorée tentent de me distraire. Cet hôtel en est plein, j'en viens à penser que la famille l'a choisi pour ça. Jusqu'à présent aucune ne m'a retenu plus que le temps d'un bavardage au bord de la piscine. Je ne sais d'ailleurs pas si je pourrai un jour dire des choses tendres à une femme. J'aurais l'impression de la tromper sur moi-même.

– Je vous place à quelle table pour le réveillon, monsieur ?

Nitin, le maître d'hôtel, a dû remarquer le regard admiratif que je portais aux beautés de la piscine. Installé à côté de l'une d'elles, ma soirée de Noël n'en serait que plus agréable.

– Aucune. J'aimerais réveillonner seul. Mais pas ici.

– Souhaitez-vous que je vous conseille un restaurant ?

– Je voudrais passer la soirée sur un îlot désert. C'est possible ?

– Pas de problème, monsieur, je vous arrange ça.

C'est la phrase clef des Mauriciens. Dans cette île où le touriste est roi, aucune lubie n'est importune. Vous voulez du caviar à minuit dans votre chambre : pas de problème. Écouter un orchestre créole : pas de problème. Louer une Cadillac : pas de problème. Les choses mettent parfois du temps à arriver, mais elles arrivent. J'aurai donc mon île déserte.

– Avec un pêcheur qui ne s'occupera que de vous et vous fera griller des langoustes, ça vous irait ?

– Parfaitement.

La nuit de Noël a toujours été une corvée pour moi. Nous ne pouvions la passer autrement qu'à Monfort, autour de grand-père. Le même repas – croûte aux morilles, dinde truffée, bûche glacée du meilleur traiteur – nous tenait chaque année deux heures à table, à jouer le jeu de la famille unie, en redoutant les questions insidieuses de grand-père. Désormais, je passerai Noël seul. À la rigueur avec un pêcheur mauricien.

– Le pêcheur vous attend à dix-sept heures à l'embarcadère de l'hôtel *Touessrok*. Vous pourrez y être ? me demande Nitin un peu plus tard. Il vous emmène à l'île de l'Est, mais il voudrait partir avant le coucher du soleil.

J'ai juste le temps de prendre mes affaires. Je jette un dernier coup d'œil aux naïades avec qui je ne réveillonnerai pas, aux décorations de Noël dont l'hôtel a magnifiquement orné ses halls, ses salons, sa salle à manger, au sapin enguirlandé (venu de France par avion) qui trône devant la réception et au traîneau du père Noël, tiré par ses six rennes, naviguant au milieu d'une tempête de flocons neigeux agités par une soufflerie permanente. La direction l'a installé dans une sorte d'aquarium illuminé, pour le bonheur des petits enfants riches venus passer les fêtes au *Paradis*. Je serai mieux seul sous les étoiles, avec mon saxophone.

L'île de l'Est est située de l'autre côté de Maurice. Il me faudra près d'une heure pour parvenir à l'embarcadère, car la circulation est dense et la conduite à gauche déconcertante. Mais le trajet en vaut la peine, là-bas le lagon est somptueux quand le vent d'est ne souffle pas. Ce qui est le cas ce soir.

– Ni vent ni pluie, vous aurez une belle soirée,

m'annonce Nitin en plaçant dans mon coffre un casier d'osier rempli de choses délicieuses pour accompagner les langoustes.

Lorsque je l'atteins, le parking de l'embarcadère est déjà envahi par des cars de touristes venus fêter Noël dans les lagons de l'île aux Cerfs, voisine. J'espère que le bruit de leurs ébats ne parviendra pas jusqu'à nous.

La barque de mon pêcheur, rose et verte, avec son petit toit bordé d'une dentelle de bois découpé, a des allures de case créole. Je m'y étale à l'aise, laissant traîner ma main dans l'eau tiède, si transparente qu'on aperçoit les efflorescences de coraux roses qui tapissent le fond du lagon et leurs innombrables branches blanches, mortes, cassées par les piétinements de hordes de touristes irresponsables.

– Zety baigné, mi préparé lo manzé, m'annonce le pêcheur dans son créole chantant, en accostant sur une longue plage de sable blanc.

La soirée s'annonce aussi sublime que je l'espérais. Une brise légère, pas un nuage, le soleil qui descend lentement derrière les collines, les étoiles qui commencent à s'allumer, et personne pour perturber ce calme. Je caresse le cuivre poli de mon saxophone que je viens de sortir de son étui. Voilà une semaine que je n'en ai pas joué. Ce soir j'y parviendrai peut-être si je cesse de me fuir.

Il me semble n'être venu jusqu'ici que pour cela : une nuit de solitude, face à moi-même. Pas une nuit de cauchemars à me remémorer les derniers instants de ma victime, pas une nuit d'angoisse à redouter la venue de la police, une nuit de lucidité. Pour me voir tel que je suis devenu, un assassin de vingt ans, qui restera un assassin toute sa vie. Je ne regrette pas grand-père. S'il était mort sans mon aide, je m'en sentirais heureux et allégé. Je déteste l'acte auquel la famille m'a gentiment poussé. Mais je vais être obligé de vivre avec. Cette nuit, pour la première fois, je retrouve assez de calme pour affronter cette réalité. Je n'avais pas besoin de partir si loin pour parvenir à cet état, un îlot breton battu par l'océan aurait aussi bien convenu. Mais quand j'ai quitté Paris précipitamment, je n'en avais pas encore conscience. Et les autres étaient tellement pressés de m'expédier le plus loin possible qu'ils ne m'ont pas donné le temps d'y réfléchir.

Dans la douceur de cette soirée, le calme de cette plage vide qu'animent seuls le léger ressac des vaguelettes et les derniers cris des mouettes avant la nuit, la tension et la peur qui ne m'ont pas vraiment quitté jusqu'ici s'apaisent soudain, laissant remonter un doute qui aurait dû m'effleurer depuis longtemps : et s'ils ne me faisaient pas confiance ? S'ils me croyaient trop fragile pour assumer les conséquences de mon acte ? S'ils ne m'avaient envoyé jusqu'ici que pour se débarrasser de moi, définitivement ?

J'observe le pêcheur avec une méfiance soudaine. Il prépare tranquillement son barbecue, dresse une table et deux chaises sous un filao, bien que nous n'ayons pas besoin d'ombre à cette heure, mais c'est sans doute l'endroit où il s'installe d'habitude. Cette routine apparente me rassure. Le pêcheur est probablement un vrai pêcheur. Ce n'est peut-être pas ce soir que je dois disparaître. Avant de me supprimer, les autres attendront de connaître la teneur du testament de grand-père, pour être sûrs que je ne leur suis plus d'aucune utilité. Je dispose d'un sursis, jusqu'au rendez-vous chez le notaire prévu le 26, juste après les fêtes. J'ai encore deux nuits et un jour pour me prémunir contre leurs mauvaises intentions.

Peut-être que je fantasme, peut-être n'ont-ils aucune mauvaise intention, mais maintenant que le doute s'est insinué en moi, je ne peux le chasser. Ils n'ont guère eu de scrupules à éliminer grand-père, ils n'en auront pas davantage pour moi. Je commence à comprendre le mépris dans lequel il les tenait. Des parasites et des rapaces, voilà ce qu'ils sont, et voilà ce qu'ils ont fait de moi, en utilisant habilement mes frustrations d'orphelin et la rage dans laquelle m'avait mise la dernière perfidie de grand-père.

Ils comptaient sans doute sur la douceur des tropiques pour endormir ma méfiance. Ils me connaissent mal, ils n'ont pas compris que dix-huit ans de solitude m'ont forgé différent d'eux et que, cette solitude retrouvée, ma lucidité me reviendrait. Demain, j'envoie à un avocat une confession détaillant le rôle de chaque participant au complot, et je préviens ma chère famille que s'il m'arrivait malheur, elle irait tout droit chez le commissaire Lécuyer.

Un soulagement bienfaisant m'envahit.

Sur la partie haute de la plage, les braises du pêcheur rougeoient délicatement. Les bouteilles cliquettent dans la glacière.

– Bat en grog vié rhum ? me propose l'homme en me tendant un verre glacé que la tiédeur du soir embue très légèrement.

Ça doit être l'expression créole pour désigner un punch au rhum vieux, ce qu'on peut confectionner de meilleur avec le jus des cannes à sucre qui couvrent l'île Maurice. Je lève le verre à la santé du pêcheur qui retourne vers le barbecue sortir de son seau la langouste encore gigotante. Il me la tend pour m'en faire admirer la taille.

– Splendide ! dis-je admiratif.

Avec un large sourire satisfait, l'homme pose la langouste sur sa planche à découper, d'un coup de machette bien ajusté il la fend en deux et la pose sur les braises. Puis il jette négligemment la machette à terre, à portée de ma main, et allume une grosse lampe-tempête qu'il place sur la table. Si cet homme doit me tuer, ce sera juste d'une indigestion de langouste.

C'est alors que je distingue le bruit d'un moteur. Trop éloigné d'abord pour que je m'en inquiète. Sans doute des touristes pour l'île aux Cerfs. Mais le moteur ne semble pas nous contourner, on dirait même qu'il vient vers nous. Intrigué, le pêcheur délaisse son barbecue pour scruter la mer.

– Qui est-ce ? je lui demande lorsqu'on commence à distinguer la silhouette du canot à moteur.

– Pas conné.

Le canot fonce maintenant droit sur notre plage. Si c'est un tueur, il lui suffira d'un bon fusil à lunette pour me tirer comme un lapin. Et peut-être aussi le Mauricien, de façon à ne pas laisser de témoin. Le pêcheur, d'ailleurs, ramasse sa machette et recule de plusieurs pas, sous l'abri des filaos.

Je ne vais pas offrir une cible immobile plantée au milieu de la plage. Je m'aplatis sur le sable et rampe jusqu'à l'abri d'un rocher. S'il veut me tuer, il lui faudra accoster. J'aurai peut-être une chance de l'atteindre d'un jet de pierre bien ajusté.

Je vois maintenant deux occupants dans le canot : un qui conduit, l'autre plus en arrière, qu'on dirait enveloppé d'une houppelande. Plus le canot se rapproche, plus la houppelande se précise. C'est un manteau rouge à capuchon que vient compléter, sur le visage de celui qui le porte, une grande barbe blanche. Le père Noël !

Le conducteur coupe le moteur et le relève pour s'approcher du rivage en douceur. Le père Noël retrousse son manteau et saute dans les quelques centimètres d'eau qui le séparent de la plage. Le pilote remet les gaz et s'éloigne. Mon visiteur monte vers le feu et la lumière de la lampe, qui éclairent maintenant sa silhouette. Il n'a pas d'arme à la main.

Le pêcheur est toujours sur ses gardes, le poing crispé sur sa machette.

– Pas de souci, dit le père Noël d'une voix qui ne m'est pas inconnue. Je suis un ami.

Puis se tournant vers le rocher derrière lequel je me cache, il lance, jovial :

– Joyeux Noël, Cédric !

C'est comme si je recevais un uppercut en pleine poitrine.

– Grand-père ! je bredouille. Tu es vivant ?

– Comme tu vois, m'assure le père Noël en enlevant sa barbe.

Je ne sais ce qui l'emporte en moi d'un immense soulagement, d'une curiosité dévorante ou de la rage.

– Tu t'es bien fichu de nous !

– Je te trouve très susceptible pour un assassin. Nous nous sommes quittés sur un verre de whisky, si tu m'offrais un peu de ce rhum pour fêter nos retrouvailles ?

Le pêcheur, rassuré, nous prépare deux nouveaux punchs.

– Fameux, dit grand-père avec un sourire ravi. Je vois avec plaisir que, toi aussi, tu prends goût aux boissons fortes.

Son numéro de revenant satisfait est insupportable.

– Tu pourrais m'expliquer...

– Vois-tu, votre idée de me tuer m'est venue avant vous. Voilà un moment que je voulais lâcher l'entre-

prise et partir avec Marie-Anne, dans des lieux paisibles et tièdes, couler agréablement les quelques années qui me restent à vivre. À mon âge, il est rare d'avoir près de soi une compagne aimante et belle. Les moments passés avec elle sont devenus plus importants pour moi que ceux que je consacre à l'entreprise, mais elle continue à me dévorer malgré moi. Il était urgent de la quitter, de fuir et de laisser à la tendresse le soin de remplir mes journées qui en ont beaucoup manqué. Mais ma chère famille ne se laisserait pas si facilement abandonner, je pouvais lui faire confiance pour me harceler jusqu'au cœur de l'océan Indien. Je l'ai assez supportée, aidée, nourrie, je ne voulais plus en entendre parler. Le plus simple était donc de mourir, et pour être certain que vous prendriez ma mort au sérieux, que vous en soyez les artisans. Ce ne fut pas très compliqué. J'ai d'abord simulé des crises cardiaques, pour vous donner des idées. Puis j'ai lancé la rumeur de la vente à Petrossian. Après mon anniversaire, je savais l'affaire programmée...
– Tu nous espionnais ?
– Depuis un moment. Je devais m'adapter à vos plans. Pour vous conduire à la bonne décision, je me suis montré particulièrement odieux le jour de mon anniversaire, surtout avec toi. J'ai eu un peu de mal à jouer ce numéro, d'ailleurs, mais il le fallait. Toi seul étais capable de m'exécuter. Les autres sont trop lâches pour prendre un tel risque. Une fois la machine en route, le reste était une affaire d'organisation. Il suffisait de quelques détectives et de micros bien placés pour connaître les détails du complot et monter mon propre scénario avec Lomond et Marie-Anne.
– Ils sont au courant ?

– Contre vous tous, il me fallait quelques alliés. J'ai fait changer le contenu du flacon de François, j'ai bu ton whisky et j'ai simulé tous les symptômes d'une crise aiguë. Comme prévu, Lomond est venu constater mon décès, et Marie-Anne a organisé mes obsèques. Après, il n'y avait plus qu'à vous rapporter une urne pleine de cendres de bois de chauffage.
– Mais Lécuyer a enquêté sur ta disparition ?
– Lécuyer est un privé, à ma solde. Ses questions avaient seulement pour but de vous confirmer que vous aviez réussi.

C'est ainsi que grand-père a sciemment fait de moi un assassin. Car, même s'il n'est pas mort, il m'a poussé à le tuer.

– Pourquoi un tel machiavélisme ? De toute façon, maintenant, les autres vont hériter de ta fortune.
– C'est ce qu'ils croient. Après-demain ils déchanteront. D'abord j'ai quand même vendu quelques parts à Petrossian pour nous assurer, à Marie-Anne et moi, une existence confortable. Le reste, il faudra qu'ils continuent à en quémander des miettes. Certes ils posséderont les actions qu'ils guignent depuis toujours, mais, avec le pacte d'actionnaires que j'ai mis en place ils ne pourront rien vendre pendant dix ans sauf à l'un d'entre eux qui n'a pas un sou pour racheter, et sous réserve de l'autorisation du nouveau président qui, lui, gardera la main haute sur l'entreprise. Je n'allais pas offrir le travail de ma vie aux appétits d'une bande d'incapables.

– Tu as pu nommer un président avant de mourir ?
– En réunion extraordinaire du conseil d'administration, confirmé par mon testament. Il est propriétaire de vingt-huit pour cent des actions, sa part, et assuré du soutien inconditionnel des vingt-quatre

pour cent entre les mains de Petrossian. Le seul maître à bord. Toi.
— Moi ?
— C'est mon cadeau de Noël pour te remercier de m'avoir éliminé. Et réparer un long malentendu : je n'ai jamais refusé cette voiture à ta mère il y a dix-huit ans. C'est une fable montée par Bella pour te garder dans leur camp, que j'ai découverte en vous espionnant. J'aimais beaucoup ta mère, elle seule avait le courage de me tenir tête. Quand elle m'a demandé mon aide, j'ai protesté pour la forme, mais je lui ai donné l'argent. Je n'allais pas la laisser se trimballer plus longtemps dans son tas de ferraille. Tes parents sont repartis tout contents, trop contents, ils roulaient trop vite, tu connais la suite. Aujourd'hui je t'offre la place que ta mère aurait peut-être occupée. Tu es le seul capable de prendre cette affaire en mains.
— Et si je refuse ?
— La société passera sous le contrôle de Petrossian et tu seras réduit au rôle d'actionnaire passif, comme les autres. J'espère que ce ne sera pas ton choix, car tu as la carrure d'un chef d'entreprise, tu en possèdes le sang-froid, la détermination et l'habileté. Certes, tu es jeune, mais Petrossian sera ton allié. Pendant cinq ans, il te servira de mentor, c'est réglé avec lui. Il est plein d'idées et fiable. Écoute-le, tires-en des leçons, mais n'oublie pas que tu es le patron.

Du grand-père pur jus ! Il m'a conduit exactement où il voulait. Il ne sait pas que je me suis ménagé une autre porte de sortie.

— Et si tu choisis de te consacrer à la musique, dit grand-père en caressant mon saxophone, je ne t'en voudrai pas.

— Tu sais ça aussi ?

– Je t'ai dit que j'avais des yeux partout. Et maintenant, si nous attaquions cette langouste dont le fumet me chatouille les narines ?

Quand nous sommes repartis deux heures plus tard, sous les étoiles, j'étais incapable de savoir ce que j'allais décider : vivre modestement mais librement mon envie de musique, ou reprendre l'œuvre de grand-père et tenir à ma merci, jusqu'à la fin de leur vie, ceux qui m'ont poussé à devenir un assassin. Il me faudra plusieurs nuits de solitude pour trancher.

Jean Alessandrini

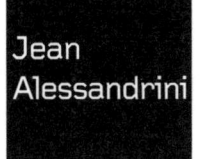

Pas de cadeau pour le père Noël

— ... Et, vous êtes bien sûr de n'avoir touché à rien ? insista Bertani en pénétrant dans la loge.
— À rien, je vous assure, commissaire, rabâcha le directeur du théâtre, sur la défensive.

La pièce pouvait mesurer quatre mètres sur quatre, image cent fois vue de la traditionnelle loge en sous-sol avec ses penderies mobiles, ses fauteuils avachis et son paravent hors d'âge punaisé de photos. Outre quelques éléments de décor, on avait entreposé là quantité d'accessoires dont certains étaient on ne peut plus d'actualité en cette soirée du 24 décembre. Il y avait un sapin de Noël saturé de guirlandes, un grand renne empaillé monté sur roulettes et, sur une planche à tréteaux, une énorme dinde appétissante qui aurait incité à la dégustation si elle n'avait été en carton-pâte verni.

Reléguée contre le mur de briques en contrebas d'un soupirail, la table de maquillage était surmontée du classique miroir entouré d'ampoules étincelantes. Beaucoup moins classique, en revanche, était le cadavre, assis sur l'unique chaise, le buste affalé parmi les pots de fards renversés et les têtes à perruques. Le miroir reflétait son bonnet rouge à pompon duquel débordait une opulente chevelure cotonneuse. Son poing droit pendait le long des volants de soie rose enrobant les montants de la table.

— Si je comprends bien, on nous joue le remake de *L'Assassinat du père Noël*, grinça Bertani à l'adresse de son jeune adjoint.

Très professionnellement ganté de plastique, l'inspecteur Bonaventure s'était approché du corps, une masse engoncée dans un costume rouge souillé d'un liquide plus rouge encore, et se livrait aux premières constatations.

— On dirait qu'il a reçu plusieurs coups de couteau dans le dos, patron, lança-t-il sans se retourner. Le vêtement est criblé d'accrocs en plusieurs endroits. À vue de nez une dizaine. Pas de trace du couteau.

Le commissaire fit jaillir un téléphone portable de la poche de son pardessus, pianota une série de touches et jeta quelques mots.

— Le légiste et les collègues de l'Identité sont en route. Les journalistes suivront de près... grommela-t-il en remisant l'appareil. *Meurtre sauvage au Palladium*, je vois déjà les gros titres des journaux de demain !

— Un meurtre... Chez moi... En pleine représentation, sembla réaliser le maître des lieux, consterné.

— Diable ! s'exclama Bertani en s'avançant à son tour. L'assassin n'a pas dû avoir la tâche facile... Ce type était un vrai colosse !

— ... 2 mètres 07 sans les semelles, indiqua sombrement le directeur. Bon comédien, en plus. Il s'appelait Vladimir Topalov. Russe d'origine. Étant donné son gabarit exceptionnel, nous lui avions donné la loge la plus grande.

— ... Donc, monsieur Clarieux, c'est vous qui avez enfoncé la porte, remâcha Bertani, inquisiteur, en montrant le chambranle hérissé d'éclats de bois au niveau des verrous.

— Bien obligé, commissaire, plaida l'intéressé. Nous

avions prévu un petit cocktail ici même après le spectacle, histoire de fêter la dernière. J'étais descendu préparer le terrain.
— La porte était par conséquent bouclée de l'intérieur... Pourquoi ? M. Topalov avait l'habitude de s'enfermer à double tour ?
— Non. Et c'est bien ce qui nous a surpris...
— Nous ? achoppa Bertani.
— Roger, le concierge de l'établissement, et Guy Vernesse, notre régisseur, étaient avec moi. Ils apportaient le champagne et les petits fours.
— Ensuite ?
— Ben... Ensuite, j'ai commencé par frapper le battant de plus en plus fort et, inquiet de ne rien entendre de l'autre côté, j'ai bien dû me résoudre à le forcer. Comme vous le voyez, le bois est massif, et nous n'avons pas été trop de trois pour réussir. J'ai contacté vos services aussitôt après avoir découvert le corps de notre malheureux ami.
— Mouais... grommela Bertani dans son absence de barbe. Ce qui est arrivé à « votre malheureux ami » tendrait à prouver qu'il n'avait pas tout à fait tort de se méfier... À propos, y a-t-il un autre moyen de sortir d'ici, à part la porte et le soupirail ?
— Aucun autre, commissaire. Et c'est justement ce qui est extraordinaire... Vérification faite – sans toucher à rien... –, il n'y avait pas âme qui vive dans la pièce. À croire que l'assassin s'est volatilisé !
— Le soupirail... s'informa Bertani en pointant l'index vers le haut du mur. Je suppose qu'il donne sur la rue ?
— En effet, mais...
— Pas la peine de chercher plus loin ! N'importe qui pourrait l'atteindre. Il suffirait d'approcher un tabouret, de se hisser... et hop ! Passez muscade !

— En temps ordinaire, peut-être, chipota Clarieux, mais aujourd'hui, comme par un fait exprès, c'est impossible...
— Ah bon ?
— Regardez mieux... Après la tempête de neige de ce matin et les averses du début de l'après-midi, l'ouverture est obstruée par un véritable mur de glace !
Méthodique, le policier récapitula :
— Un soupirail infranchissable... Une porte fermée de l'intérieur... Et aucune autre issue...
Il conclut, l'œil gourmand :
— ... Eh bien, mon petit Bona, voilà qui m'a tout l'air d'un meurtre en chambre close, hein ? Je me suis laissé dire que vous étiez assez amateur...
L'inspecteur, occupé à fureter, négligea de répondre. Repliant le volet du paravent qui touchait la table de maquillage, il découvrit, rencognée en pénitence contre le mur sur sa tranche dorsale, la hotte du père Noël. Elle regorgeait de paquets-cadeaux enrubannés.
— Un bagage impressionnant ! s'extasia Bonaventure. Tout à fait proportionné à la carrure de son propriétaire.
Il haussa brusquement le ton.
— Oh ! Venez voir ça, patron ! Je crois que je viens de découvrir l'arme du crime !
Bertani accourut, et son subordonné lui désigna le manche d'un poignard tarabiscoté estoquant l'osier de la hotte jusqu'à la garde.
L'inspecteur attira le pommeau délicatement à lui. Le couteau était de facture élégante. Une longue lame triangulaire avec une pointe redoutablement acérée.
— L'arme du crime, sans contestation ! statua Bertani. La lame est encore maculée de sang frais.

Nous sommes au théâtre, mais elle ne rentre pas dans le manche... Drôle d'idée, en tout cas, d'en avoir gratifié cette hotte. Mais, bah... Peut-être l'assassin a-t-il voulu laisser derrière lui je ne sais quelle signature...
— Si nous parlions un peu de la pièce ? suggéra Bonaventure en glissant consciencieusement le couteau dans un sac en plastique. Il s'agit d'une sorte de comédie, n'est-ce pas ?
— En trois actes, précisa Clarieux. Elle s'intitule *Le Père Noël et la Sorcière*. Le genre de spectacle auquel les enfants traînent leurs parents avant les fêtes... Elle tient l'affiche depuis un mois. Ce soir, c'était la dernière... (Silence éloquent.)... *Vraiment* la dernière.
Le directeur s'interrompit pour consulter sa montre.
— Ça me fait penser... Nous arrivons à la fin du deuxième acte... Il serait temps que je monte annoncer au public « qu'en raison d'un incident technique totalement indépendant de notre volonté, nous ne sommes pas en mesure d'assurer la dernière partie du programme »...
— Vous allez rembourser le prix des fauteuils ?
— Il faut bien... (Soupir.) Et ça, ce sera plutôt une première !
— Faites donc, mais revenez dès que possible.
Sortie du directeur.
Revenant à la victime, Bonaventure s'intéressa à son poing crispé.
— Un sacré battoir ! observa-t-il. Tiens... On dirait que notre ami Vladimir était un petit cachottier...
La rigidité cadavérique n'ayant pas encore fait son œuvre, l'inspecteur ouvrit le poing sans difficulté.
— Regardez ça, patron. Une matriochka...

– Logique, souligna Bertani. Topalov était d'origine russe. (Il détailla le complément de six poupées gigognes qui paradaient sur la table entre le miroir et la tête du défunt.) C'est du reste la plus petite de la série...

– En règle générale, la dernière matriochka ne s'ouvre pas, nota Bonaventure, mais je suppose que cette règle souffre des exceptions. Voyez, celle-ci se dévisse. Il y a quelque chose à l'intérieur...

Il dégagea entre pouce et index un objet brillant qu'il éleva à la lumière.

– C'est une bague, et la pierre qui la sertit ressemble à un diamant.

– Hé, hé... Voilà qui ouvre des horizons, subodora le commissaire. Le vol pourrait être le mobile du crime. Dans un ultime réflexe, Vladimir empoigne la matriochka pour protéger son bien...

L'inspecteur grimaça.

– Beaucoup d'efforts pour pas grand-chose, alors...

– Quoi... Un faux ? décrypta Bertani.

– Oh, oui ! Bien imité, mais un faux !

– Ça n'a pas de sens ! Pourquoi, à toute extrémité, se serait-il emparé d'un écrin abritant un bijou sans valeur ?

Le retour du directeur les dispensa d'épiloguer.

– ... Voilà qui est fait ! annonça Clarieux. Ça n'a pas été sans mal, mais contre la promesse de billets gratuits pour de futurs spectacles, j'ai pu dissuader les gamins de casser les fauteuils ! Où en étions-nous ?

– Nous parlions de la pièce, relança Bonaventure. En gros, quel en est le sujet ?

– Oh, ne vous attendez pas à du Shakespeare ! prévint loyalement Clarieux. En deux mots, ça raconte ceci : Sur le point de partir pour sa tournée annuelle, le père Noël reçoit la visite d'une sorcière. Une sorcière vieille et laide, comme il se doit, et dotée de pouvoirs particulièrement maléfiques. Son hôte étant réputé exaucer les désirs de tout un chacun, elle exige de lui qu'il la métamorphose sur-le-champ en top model. Le père Noël ne demanderait pas mieux que de la satisfaire mais, vu l'ampleur de la tâche, sollicite un délai, ce qu'entendant, la sorcière, vexée et furieuse, lui jette un sort, et c'est elle qui le transforme... en gnome. Naturellement, lorsque le père Noël prétend être ce qu'il est, son entourage le traite d'imposteur et l'accuse même d'avoir supprimé le vrai ! Fin du premier acte. Les deux suivants relatent les épreuves que traverse notre héros en réduction afin de rapporter à la sorcière le philtre de jouvence et de beauté, condition sine qua non pour recouvrer son aspect normal.

— Vous nous avez bien dit que le père Noël était transformé en gnome, releva Bonaventure. C'est donc un comédien de petite taille qui reprend le rôle à partir de cette métamorphose ?

— Exactement, opina Clarieux. Au moment crucial, notre ami Vladimir disparaît par une trappe au milieu d'un jaillissement de fumigènes, et il est instantanément remplacé par Minimus, notre acteur nain, 1 mètre 15 des orteils à la racine des cheveux.

— ... Un nain ? réagit Bertani au quart de tour. Dites, ça se faufile partout un nain... Je le verrais assez bien dans le rôle du suspect numéro un, moi, votre Minimus !

— Un suspect peu convaincant, commissaire, objecta Clarieux. Étant donné qu'il occupe la scène depuis la fin du premier acte, il possède un alibi absolument inattaquable !

— En arrivant au théâtre, j'ai vu dans le hall l'affiche du spectacle, se remémora Bonaventure. Elle mentionne Vladimir Topalov dans le rôle du père Noël, une certaine Tessa Rochelle dans celui de la sorcière... Et les frères Mignonnet. Minimus est-il un des frères Mignonnet ?

– Oui. Ils sont deux. Des jumeaux. Minimus et Microbus. Microbus n'a aucun talent de comédien, mais son frère exige par contrat sa participation à tous ses spectacles. Il double parfois Minimus dans les scènes muettes, mais nous l'employons surtout à des besognes d'intendance. Je ne me souviens pas l'avoir vu aujourd'hui.

– J'aimerais assez avoir un petit entretien avec le nommé Microbus, rumina le commissaire, accroché à son idée. Ce frère-là, si je ne me trompe, n'a aucun alibi.

À ce moment, une créature difforme qui avait tout de la fée Carabosse se présenta sur le seuil de la loge.

– C'est vrai ce que Vernesse m'a dit ? s'enquit-elle d'une voix rauque qui, abstraction faite de son physique peu avenant, aurait pu passer pour sensuelle. Vladimir serait...

– Hélas, oui, sympathisa Bertani en s'effaçant pour montrer le corps inerte. Mort... Assassiné... Nous sommes désolés.

La sorcière, à cette vue, se défit de son chapeau pointu et alla se répandre dans le fauteuil le plus proche.

– ... Désolés ! s'esclaffa-t-elle, railleuse. Pas autant que moi ! ... Nous devions annoncer notre mariage ce soir !

Les policiers se présentèrent.

– Madame... attaqua Bertani.

– Mademoiselle ! corrigea la mégère, vertement.

– Mademoiselle, croyez que nous compatissons sincèrement à votre chagrin...

– ... Mon chagrin ! ricana la « demoiselle ». Épargnez-moi vos jérémiades ! Pour moi, c'est fichu, mais j'espère que vous avez récupéré la bague !

– La bague ? finassa Bertani.

– Oui. La bague ! Une proposition de mariage assortie d'un diamant de trente-cinq carats, ça ne se refuse pas !

Les deux enquêteurs s'entre-regardèrent, médusés.

« Son costume ne lui rend pas assez justice ! songea Bonaventure. Enfin, laissons-la à ses illusions. »

– Bon, décida-t-elle, pratique. Puisque de toute façon le spectacle est dans le lac, autant me débarrasser de cet accoutrement.

Elle s'éjecta du fauteuil, ôta sa perruque de cheveux raides, arracha son gros nez crochu bourgeonnant, fit valser sa blouse de coutil noir, décrocha sa bosse. Et le miracle s'accomplit. Époustouflés, les policiers virent paraître devant eux une somptueuse créature en maillot dont les traits charmants et la plastique irréprochable, effectivement, auraient rendu malade de jalousie plus d'un top model.

Clarieux toussota.

– Cette transformation à vue est un des clous de la pièce, expliqua-t-il. Le père Noël miniature rapporte finalement le philtre de jeunesse et de beauté à la sorcière, et celle-ci, l'ayant bu, se transforme aussitôt en mademoiselle Rochelle ici présente. Ainsi qu'elle s'y était engagée, elle libère sa victime du maléfice, lui rend sa taille initiale, « ils se marièrent et eurent beaucoup d'enfants ». Rideau !

– Le problème, c'est que ce soir Vladimir ne remontera pas remplacer Minimus au dernier acte, inféra Bertani. Que pensez-vous de tout ça, mon petit Bona ? Bona...

L'inspecteur fouinait derrière le paravent. Il en émergea, dubitatif, pour empoigner les sangles de la gigantesque hotte qu'il s'essaya à soulever.

– Ma parole, elle pèse des tonnes ! haleta-t-il.

– Elle est pleine de paquets-cadeaux, justifia Clarieux.

– Des vrais paquets-cadeaux ?

– Non, bien sûr. Mais Vladimir, par souci de vraisemblance, mettait un point d'honneur à charger son bagage d'un poids conséquent. Notez que, costaud comme il était, cela ne lui coûtait guère...

– Il portait la hotte au premier acte ?

– Il la portait tout le temps qu'il occupait la scène ! Pour lui, elle faisait partie du costume.

– Une hotte pleine de paquets-cadeaux... bourdonna l'inspecteur en écartant complètement le paravent. Des paquets-cadeaux comme ceux-ci ?

Une quinzaine de colis enrubannés étaient entassés sur le sol.

– J'imagine, acquiesça le directeur. Pourquoi ? C'est important ?

– Nom d'un chien ! aboya Bertani, saisi d'un terrible pressentiment.

Suivi de près par Clarieux et Tessa Rochelle, il se précipita vers la hotte pour en retirer les premiers paquets.

– Aïe, aïe, aïe... C'est bien ce que je craignais...

– Microbus ! hurla Clarieux.

– Il est aussi mort que l'autre, constata le policier. Ce n'était pas seulement le sang du géant qui maculait la lame ; il y avait aussi celui du nain...

– On devrait le sortir de là, préconisa Bonaventure.

Ils tirèrent le cadavre encore arc-bouté par les épaules et le posèrent sur la planche à tréteaux, à côté de la dinde factice.

Un père Noël miniature flanqué d'une hotte en proportion parut à cet instant sur le pas de la porte.
– Que se passe-t-il ? se renseigna-t-il. J'ai entendu dire que Vladimir était...
– Pas seulement Vladimir, hélas, le ménagea Clarieux. Votre frère...
– Quoi ? ... Microbus ? Que lui est-il arrivé ?
Bertani prit le relais et déclara, abrupt :
– Mort. Poignardé lui aussi. Un seul coup de couteau lui a transpercé le cœur à travers la hotte de Vladimir.

Le nain se délesta de son propre bagage et, imitant sa partenaire, alla se ramasser dans le fauteuil qu'elle avait laissé vacant.
– Microbus... Mort... soupira-t-il. Tout ça devait mal se terminer...
– Expliquez-vous ! l'incita Bertani.

D'un geste lent, Minimus retira son bonnet rouge et ses postiches, puis il regarda l'un après l'autre les trois hommes accroupis autour de lui. Il aspira une large bouffée d'air et ouvrit la vanne aux confidences. En ces termes :
– Pour comprendre mon pauvre frère, il faut savoir que, contrairement à moi, il n'a jamais pu supporter sa taille qu'il considérait comme une disgrâce, un mauvais tour de la nature... Jeune homme, je le vis se ruiner en talonnettes, en jambières et en prothèses de toutes sortes, dérisoires palliatifs auxquels il renonça assez vite vu le piètre résultat qu'il en obtint... Et puis, un jour, comprenant enfin que son tourment venait de ce qu'il établissait constamment une comparaison avec les autres, « les normaux », il

résolut de se retrancher du reste du monde. Comme il n'était pas homme à faire les choses à moitié, il n'hésita pas à jouer les naufragés volontaires, et il partit s'exiler sur une île perdue de l'océan Indien. Une île *déserte*. Car sur une île déserte, n'est-ce pas, personne à qui se comparer, physiquement parlant... Il en revint au bout de cinq ans, apparemment apaisé, et je pus même croire qu'il était guéri, d'autant qu'il affirmait avoir entre-temps découvert un remède à son complexe. Deux autres années s'écoulèrent ainsi dans une sorte de statu quo, mais le malheur voulut qu'au début du mois dernier il rencontrât Mlle Rochelle et qu'il en tombât éperdument amoureux. (Tous les regards convergèrent vers la jeune femme qui se contenta de lever les yeux au ciel.) Celle-ci, par jeu, fit mine d'encourager ses avances, jusqu'à ce qu'elle lui annonce, ce matin, qu'elle lui préférait Vladimir. Vladimir... Un géant ! Ce fut la goutte d'eau ! Plus que jamais mortifié par sa taille, directement responsable selon lui de son infortune, il se laissa submerger par une fureur vengeresse, fureur dont nous voyons ce soir la triste conséquence...

— Tout s'éclaire ! trancha Bertani, catégorique, ils se sont purement et simplement entretués ! Voilà comment je vois les choses : juste avant le début de la représentation, profitant que chacun s'affaire dans les coulisses, Microbus s'introduit dans la loge de Vladimir, et là, déleste la hotte d'une quinzaine de paquets qu'il dissimulera derrière le paravent. Cela fait, il se glisse dedans sans oublier de se couvrir de quelques paquets afin de donner le change. Son poids, sensiblement égal à celui des colis déplacés, n'alarmera pas Vladimir, qui, descendu s'habiller, endossera son fardeau sans remarquer quoi que ce soit. Le spectacle commence, et le père Noël géant occupe la scène jusqu'à son remplacement par Minimus. Revenu dans sa loge, il s'y enferme. Question : pourquoi s'y enferme-t-il, lui qui ne le fait jamais ?

– Quant à cela, je peux vous renseigner, intervint Tessa Rochelle. Tout à l'heure, entre deux répliques, je l'avais averti de la haine farouche que nourrissait Microbus à son endroit et lui avais fait promettre de fermer sa porte à clé.

– ... Donc, il se barricade, mais, malheureusement pour lui, il ignore qu'il transporte son futur assassin. Se croyant à l'abri, il dépose son fardeau et va s'asseoir à sa table de maquillage. Microbus s'extrait alors subrepticement de la hotte, larde son rival de coups de couteau, puis regagne sa cachette. (Eût-il survécu qu'il n'aurait pas manqué de filer à l'anglaise après avoir remis les paquets à leur place, entre le moment de la découverte du corps et celui de notre arrivée.) Seulement, voilà... On peut supposer que sa victime, qu'il a laissée pour morte, ne l'est pas tout à fait... Dans un suprême effort, Vladimir, agonisant, arrache la lame plantée dans son dos et, ayant localisé la cachette de son agresseur, va se faire justice. Puis retourne mourir à sa table.

Un silence recueilli salua cette brillante reconstitution. Clarieux et Tessa Rochelle s'esquivèrent sur la pointe des pieds, abandonnant Minimus à son chagrin, Bertani à son triomphe, et Bonaventure, déçu de voir une affaire aussi prometteuse se dissoudre dans la banalité, à sa frustration.

– Et voilà le travail ! se rengorgea le commissaire. Les collègues ne tarderont plus, maintenant... Mais c'est égal, il fallait que cette affaire nous tombe sur le paletot un soir de réveillon ! Moi qui avais acheté une belle bûche glacée... J'espère que Mme Bertani m'en gardera une part au frais !

– Allons, patron, ne soyez pas défaitiste ! optimisa Bonaventure. Il n'est jamais que neuf heures moins le quart... Avec un peu de chance, vous serez chez vous pour découper la dinde !
– S'il en reste ! conjectura Bertani, sceptique. Parce que celle qu'a mitonnée ma femme ne sera certainement pas aussi grosse que ce bestiau ! (Il montra l'énorme dinde qui voisinait avec le corps de Microbus sur la table à tréteaux.)
Bonaventure, à ces mots, parut frappé par une subite inspiration et, dans la seconde, son regard se mit à voyager par saccades depuis la petite matriochka revissée qu'il tenait encore en main jusqu'à la porte fracassée en passant par le cadavre du nain et la dinde factice. En même temps lui revint en mémoire une phrase à laquelle, sur le moment, il n'avait pas prêté toute l'attention qu'elle méritait. Minimus n'avait-il pas dit : « ... d'autant qu'il affirmait avoir entre-temps découvert un remède à son complexe » ?
– Bon sang, patron ! s'exclama-t-il en se heurtant le front du plat de la main. Nous n'avons rien compris !
– Quoi ?
– Ce n'était pas le « diamant » que Vladimir faisait mine de protéger...
– Hein ? s'insurgea Bertani, interloqué. Qu'est-ce que c'était, alors ?
– Voyons, c'est évident : il essayait de protéger la plus petite matriochka !
– Mais, ça ne tient pas debout ! Pourquoi aurait-il voulu...
– Pas la matriochka en tant que telle, bien sûr... Le symbole qu'elle représentait ! C'était une indication que lui, la victime, nous transmettait à nous, les futurs enquêteurs, à savoir qu'il entendait protéger le plus petit de tous !

L'inspecteur désigna Minimus, prostré dans son fauteuil.

– Celui-là était au courant bien sûr, mais, c'est humain, il n'a rien dit pour ne pas noircir plus qu'il ne convenait la mémoire de son frère jumeau. Car ce que ce dernier, en définitive, avait découvert pour se délivrer de son complexe, c'était que la comparaison avec d'autres ne s'exerçait pas toujours, forcément, à son détriment !

D'un bond, Bonaventure se rua sur la dinde en carton-pâte et l'ouvrit par la fermeture éclair qui scellait la toile du croupion. Il la saisit par les pattes et en vida le contenu sur la planche. Il en tomba un personnage plus minuscule encore que Microbus, un personnage inanimé, dont le visage et les bras nus étaient couverts d'ecchymoses.

– Nom d'un petit bonhomme ! s'écria Bertani avec un sens consommé de l'à-propos. Encore un ! Cette loge est une véritable boutique de prêt-à-inhumer... « Choisissez votre cadavre, messieurs-dames ; nous en avons dans toutes les tailles ! »

– Négatif, réfuta l'inspecteur. Celui-là vit encore. Je l'entends respirer.

– J'appelle une ambulance !

– ... Une chance que je me sois souvenu de la rubrique « anthropologie » du *Livre des Records*, se félicita Bonaventure. C'est là que j'ai lu que les plus petits hommes sur Terre pouvaient mesurer dans les soixante centimètres et peser dans les dix kilos, voire moins.

– Ah... Il était là... susurra Minimus, sortant de sa torpeur.

– Nous ne l'avons pas trouvé grâce à vous ! le rembarra Bertani. Qui est-ce ?

– Un certain Ahmad Gulish. De passage à Calcutta,

au retour de son île, mon frère l'avait acheté à sa famille. Il le trimballait partout en grand secret, comme un animal, dans une valise percée de trous. Il l'appelait « son lot de consolation ». C'était abominable.

– Visiblement, il lui servait aussi de souffre-douleur, remarqua Bonaventure, sévère. Ces meurtrissures en attestent.

– Microbus l'a roué de coups cet après-midi pour se venger du refus de Tessa Rochelle. Je ne cherche pas d'excuse à mon silence, mais il faut reconnaître qu'il ne s'était jamais montré violent. Vladimir est brusquement survenu, attiré par les cris (nous occupons la loge voisine), et il a découvert le pot aux roses. Pendant que nous essayions de calmer mon frère, Ahmad s'est sauvé ; et celui-là, pour le retrouver... Pas étonnant qu'il se soit réfugié ici. Vladimir, scandalisé, a menacé d'alerter les autorités après la représentation. Comme vous voyez, Microbus n'était pas à cours de griefs contre son rival !

Les policiers connaissaient dorénavant tous les ressorts du drame. Bonaventure attendit que Minimus eût tourné les talons pour développer à son tour sa propre version des faits et argumenter comme suit :

– En se calfeutrant dans une dinde en carton-pâte, Ahmad Gulish ne prévoyait certainement pas de devenir le témoin privilégié d'un crime épouvantable depuis sa préparation jusqu'à son accomplissement. Pas seulement le témoin, d'ailleurs ; le justicier aussi, parce que, à mon avis, c'est lui qui, en plantant le couteau dans la hotte, a puni l'assassin. Il faut voir les choses en face, patron. Vladimir n'était déjà plus de ce monde à cet instant. Il était taillé en hercule, d'accord, mais ses blessures étaient bien trop graves et bien trop nombreuses pour lui autoriser un quelconque sursis. Je présume que Gulish, une fois son geste accompli, a tenté de sortir de la pièce ; cependant, trop affaibli sans doute par les mauvais traitements dont il avait été l'objet et les efforts qu'il venait de consentir, ne fut-il pas en mesure d'atteindre les verrous supérieurs de la porte. On peut imaginer que, résigné au pire, il ne lui restât plus qu'à réintégrer son étrange sarcophage.

Fut-ce pour avoir le dernier mot que Bertani ne résista pas à l'envie de citer La Fontaine ? Il lui sembla qu'on ne pouvait guère trouver plus adéquat que « on a toujours besoin d'un plus petit que soi » pour plaquer une morale sur cette sinistre affaire de meurtres gigognes.

En quoi il se trompait... Dicton pour dicton, il y en avait un autre à la tonalité plus juste. Bonaventure, donc, s'apprêtait à surenchérir d'un foudroyant « on est toujours le nain de quelqu'un », mais il n'en eut pas le loisir. Un concert de sirènes accompagné d'une rafale de claquements de portières se fit entendre à cette minute de l'autre côté du soupirail bouché.

Mauvaises fréquentations

Ségolène Valente

Le rêve du père Noël

Ce soir-là, comme tous les soirs, la même voix retentit dans le haut-parleur du supermarché : « Mesdames, messieurs, le magasin ferme ses portes dans quinze minutes. Vous êtes priés de vous diriger vers les caisses afin de régler vos achats. »

Il était dix-huit heures quarante-cinq, en cette veille de Noël, et les clients étaient encore nombreux. Dehors, à l'entrée du magasin, le père Noël consultait sa montre et faisait les cent pas pour se réchauffer face au vent glacial et à la neige qui tombait à gros flocons depuis le début de la journée.

– Bon courage ! lui lançaient les clients qui sortaient en poussant leur caddie. Et joyeux Noël !

Le père Noël répondait par un sourire. C'était son dernier jour de travail. À dix-neuf heures précises, il aurait fini. Il rentrerait le sapin, enlèverait son déguisement et se rendrait chez sa mère à la cité des Myosotis où il avait toujours vécu, pour manger la dinde aux marrons et la bûche glacée.

Le père Noël s'appelait Roméo. Il avait juste vingt ans. Il sortait de prison où il avait passé quatre mois à cause d'une histoire qui avait mal tourné. Un caïd de la cité lui avait proposé de livrer un paquet à l'autre bout de Paris en échange d'une somme importante. Et Roméo avait accepté, pour payer le voyage de ses rêves. Depuis qu'il était petit, il ne pensait qu'à ça, quitter la cité, fuir les embrouilles et vivre tranquille sur une île déserte au milieu du Pacifique.

Son séjour en prison l'avait convaincu que ce n'était pas le meilleur moyen de payer son billet. À son retour de Fleury-Mérogis, il avait juré à sa mère :
– Plus jamais je n'irai en prison, plus jamais.

Ses quatre mois d'enfermement avaient été un véritable cauchemar. Heureusement Freddy, son voisin de cellule, l'avait protégé et la pensée de son île déserte lui avait permis de tenir le coup.

Roméo s'était confié à Clara, une des caissières à qui il aimait parler.
– Je mets de l'argent de côté pour m'offrir le voyage de mes rêves, lui avait-il annoncé.
– Ah bon, où ça ?
– Une île déserte dans le Pacifique. Quand j'étais petit, ma mère me disait qu'il y en a plein là-bas et que mon père s'y trouvait certainement.

Clara avait secoué la tête et levé les yeux au ciel.
– Tu vas réussir à mettre assez d'argent de côté pour payer l'avion ?
– Pas besoin, j'y vais en traîneau tiré par mes rennes ! N'oublie pas que je suis le père Noël ! s'était-il exclamé.
– Sérieusement, le billet d'avion doit coûter drôlement cher, non ?

Roméo avait haussé les épaules et n'avait plus abordé le sujet. Les questions de Clara l'avaient déçu. Il détestait qu'on ne prenne pas ses rêves au sérieux. Il aurait tellement aimé les partager avec elle. Mais finalement, il s'était résigné : une île déserte, c'est fait pour être seul.

À dix-neuf heures, les clients étaient partis et les caissières faisaient leurs comptes. Roméo rentrait le sapin quand le directeur lui ordonna d'un ton sec :
— Tu viendras me voir dans mon bureau.
Roméo comprit que le patron ne le convoquait pas pour lui faire des compliments. Il ne supportait pas ses manières de petit chef. D'ailleurs, personne n'aimait cet homme courtaud et acariâtre qui faisait trembler de peur toutes les employées.
— Pourquoi je monterais là-haut ? Je n'ai pas que ça à faire, grogna-t-il dans sa barbe.
Mais le directeur, qui l'avait entendu, pointa son doigt dans sa direction et répliqua en postillonnant :
— Te fous pas de moi. Fais gaffe, petit con, un jour tu retourneras d'où tu viens.
Personne ne saisit à quel endroit faisait référence le directeur parce que Roméo n'avait jamais évoqué son séjour en prison, surtout pas à la belle Clara. Non, jamais il ne lui en parlerait, il se l'était juré.
— Tu le paieras un jour, sale tyran, marmonna Roméo en lui jetant un regard noir.
Il y eut un silence pesant dans le magasin. Le directeur monta dans son mirador. C'est le nom qu'on donnait à son bureau, un véritable poste d'observation muni d'une grande vitre d'où il surveillait son personnel. Les employés reprirent leur tâche. Ils n'osaient pas lui tenir tête de peur d'être mis au chômage, comme l'ancien boucher qui, poussé à

bout, l'avait menacé avec son gros couteau. Personne ne voulait gâcher son réveillon et l'on s'activait pour partir au plus vite. C'est dans cette ambiance sinistre, sous les néons blafards, qu'une voix rauque lança :
– Pas un geste ou vous êtes morts !

Un braquage sauvage

Tout le monde s'arrêta net. Les caissières poussèrent des cris aigus lorsqu'elles virent, dans le mirador, trois hommes en cagoule. L'un d'eux appuyait son revolver sur la tempe du directeur qui ordonna d'une voix tremblante :
– Donnez tout, ne faites pas d'histoires, je vous en supplie !
Deux bandits descendirent, équipés de sacs poubelle et raflèrent l'argent des caisses.
Roméo, dissimulé derrière le sapin, se pencha pour observer la scène. Les truands ne perdaient pas une seconde. L'un d'eux portait au poignet un bracelet en cuivre sur lequel était gravé un papillon aux ailes turquoise. Roméo le reconnut immédiatement. Il n'existait pas deux bracelets comme celui-là. C'était Freddy, son compagnon de cellule, celui qui l'avait pris sous son aile dès son arrivée à Fleury. Ils s'étaient promis de se retrouver dès la sortie de prison et de rester copains à vie. Ils s'étaient donné rendez-vous le 18 décembre à vingt-deux heures devant un hangar abandonné au bord du périphérique, mais Freddy n'était pas venu et Roméo l'avait attendu en vain.
Stupéfait de retrouver son ami dans de telles circonstances, il ne put s'empêcher de se manifester.
– Freddy ? souffla-t-il en s'écartant légèrement du sapin.

Le truand au bracelet en cuivre brandit son arme en direction du père Noël. Sa voix ne lui était pas inconnue, toutefois le déguisement l'empêchait de reconnaître l'homme qui l'apostrophait.
— C'est moi, Roméo ! Fleury, cellule 39.
Cette fois, le braqueur l'avait parfaitement reconnu mais ce n'était pas le moment de fêter leurs retrouvailles. Roméo retira sa fausse barbe et sa capuche rouge.
— Pas un geste ! lança le complice de Freddy dans le mirador.
Roméo s'immobilisa. Il attendait un signe de reconnaissance de la part de son ami. La main de Freddy qui tenait toujours le pistolet braqué sur le père Noël se mit à trembler.
— Tu me reconnais maintenant ? Roméo, cellule 39, les parties d'échecs !
— Encore un mot et je descends le patron ! hurla la voix dans le micro.
Roméo fixait Freddy dans les yeux. Malgré les menaces, il poursuivit :
— J'ai essayé de te joindre plusieurs fois...
Soudain, le coup de feu partit. Le bruit retentit dans tout le magasin, amplifié par le micro. Le corps du patron s'affaissa sur le bureau. Les caissières se recroquevillèrent à terre. Roméo était terrifié par la tournure sanglante que prenait le braquage et par le regard noir que lui adressait Freddy. Au loin, on distinguait la sirène de la police.
— Vite, on se tire ! cria l'un des truands.
Freddy lança à Roméo :
— Toi, je te retrouverai avant que tu me dénonces.
Les bandits, leur butin à la main, se précipitèrent vers la sortie, sautèrent dans une voiture et filèrent dans les ruelles sombres.

Quelques secondes plus tard, les voitures de police et les pompiers arrivèrent, prévenus par un client attardé qui avait vu des hommes suspects entrer dans le magasin au moment où il débarrassait son caddie. Le corps du directeur fut allongé sur une civière. Tout le personnel était sous le choc. Avant de laisser les employés partir à leur réveillon, les policiers les interrogèrent rapidement.

– C'est à cause du père Noël que le patron a reçu une balle dans la tête, lança l'une des caissières en larmes.

– Oui, le père Noël est dans le coup, renchérit le chef de rayon. Il connaissait l'un des malfaiteurs.

– Moi j'ai bien vu son manège, confirma la caissière en chef, il a regardé sa montre tout l'après-midi, il ne tenait pas en place, on aurait dit qu'il attendait quelque chose. Il s'est même permis de répondre au directeur ! Moi qui n'ai jamais osé le faire en vingt ans de carrière !

On entendit des murmures : « C'est vrai ça », « Elle a raison », « C'est lui le coupable ». L'inspecteur semblait embarrassé. Il balaya le supermarché du regard et demanda :

– Mais de quel père Noël parlez-vous ?

– Le père Noël ! Roméo ! Celui qui... mais où est-il passé ?

À côté du sapin, il n'y avait plus personne. Le père Noël avait disparu.

« Il s'est envolé pour son île déserte », pensa Clara. C'était la seule qui ne disait rien. Elle savait que la belle histoire d'amour qu'elle avait imaginée avec Roméo s'arrêtait là. Elle ne reverrait plus son père Noël. Alors que tout le monde l'accusait d'être le complice des trois bandits cagoulés, une larme coula sur sa joue.

Cavale dans la ville

Roméo arpenta les rues de la ville, les poings serrés au fond des poches de son blouson trop léger, en luttant contre la neige qui tombait à gros flocons. Il avait jeté son déguisement dans la poubelle du square. Il imaginait sa mère qui l'attendait, la police qui était peut-être déjà passée chez lui et la bande de Freddy à sa poursuite. Il était seul, dans le froid et la tempête. Il lui fallait trouver un endroit où se réfugier.

Il s'abrita sous le porche d'un immeuble et sortit un papier froissé de sa poche où était indiquée une adresse : « 3 allée des Alouettes ». C'était celle de Clara.

Il examina sa belle écriture, régulière, ronde et légèrement penchée. Elle lui avait donné son adresse la veille en espérant le revoir après son départ du supermarché. Elle avait lancé, avec son sourire qu'il aimait tant :

– Alors tu viendras ? C'est promis ?

Roméo avait promis. Ce n'était peut-être pas le moment idéal pour tenir ses promesses, mais il décida de passer chez elle.

Il sonna au numéro 3 de l'allée des Alouettes. Une voix murmura dans l'interphone :

– Oui, qui est-ce ?

C'était elle, Clara. Elle était là. Il était sauvé.

– C'est moi, marmonna Roméo après quelques secondes d'hésitation. Je peux monter ?

– Roméo ! s'écria Clara d'un ton sec. C'est au quatrième étage à gauche.

Après avoir vérifié qu'il n'était pas suivi, il ouvrit la porte. Il colla ses mains glacées contre le radiateur du hall. La voix de Clara n'était pas celle qu'il avait l'habitude d'entendre, douce et joyeuse. Lui cachait-elle quelque chose ? Elle n'avait pas dû comprendre pourquoi il s'était sauvé. Monter ou ne pas monter ? Et si c'était un piège ? Et si la police était chez elle, prête à le cueillir ? Certaines caissières avaient sans doute remarqué qu'ils s'aimaient bien et en avaient parlé à la police ? Et si Freddy et ses complices l'attendaient pour le descendre ? Ils étaient peut-être bien renseignés.

Roméo commença à gravir les marches. Les odeurs qui émanaient des appartements le faisaient saliver. Il avait faim et ne serait-ce que pour manger un morceau, il était prêt à courir le risque.

Quand il arriva au quatrième étage, la porte de l'appartement s'ouvrit avant même qu'il ait appuyé sur la sonnette. Il recula d'un pas. Clara se tenait devant lui, vêtue d'une longue jupe noire et d'un chemisier à paillettes.

– Tu es trempé ! s'exclama-t-elle sans le questionner sur cette arrivée inattendue.

Roméo entra et comprit pourquoi Clara lui avait répondu sèchement un peu plus tôt. Elle n'était pas seule. Dans le salon se trouvait toute sa famille. Les invités étaient au moins une dizaine, sans compter les enfants qui couraient partout. L'ambiance était au rire.

– C'est ton nouveau petit copain ? demanda un homme, le sourire aux lèvres.

Clara acquiesça pour ne pas donner d'explications hasardeuses sur cette venue inattendue.

– Quelle bonne surprise ! s'écria sa mère en le scrutant sous toutes les coutures. Pourquoi ne nous l'as-tu pas présenté plus tôt ?

– Vous faites quoi dans la vie ? interrogea son père.

Roméo eut un long moment d'hésitation. Que répondre ? Père Noël au chômage ? Ex-taulard en cavale ? Clara répliqua à sa place :
- Il travaille dans les avions.
- Dans les avions ?
- Oui... euh... il est steward.
- Ah ! vous devez beaucoup voyager, alors ?

Roméo hocha la tête. Il évoqua les pays où il était allé, dans ses rêves bien sûr, et son île déserte aux couleurs paradisiaques. C'était sans doute son dernier instant de bonheur.

Confidences

Les invités partis, Roméo s'assit sur le canapé du salon en se demandant si Clara accepterait qu'il dorme chez elle cette nuit-là. Elle le rejoignit et lui demanda d'un ton sévère :
- Où est l'argent ?

Elle avait le regard accusateur. Roméo ne saisit pas tout de suite où elle voulait en venir.
- L'argent, quel argent ?
- Celui du braquage.

Roméo comprit alors qu'il n'était pas plus en sécurité ici que dehors. Il la dévisagea avec perplexité.
- Je veux la moitié de ta part sinon je préviens la police, ajouta-t-elle, la main sur le téléphone.
- Mais je n'ai pas participé au braquage ! s'exclama Roméo. Comment peux-tu croire une chose pareille ?
- Ne me prends pas pour une imbécile ! C'était bien ton copain le type du braquage ?
- Un copain, pas vraiment... une connaissance plutôt.
- Drôles de fréquentations ! Enfin bon, passons. Et

pourquoi tu t'es sauvé comme un voleur au moment où la police est arrivée ? C'est bizarre pour quelqu'un qui n'a rien à se reprocher.

Roméo ne savait plus quelle explication fournir. Dire la vérité était le plus simple.

– J'ai eu peur, marmonna-t-il.
– Oui, évidemment ! s'exclama Clara. Et je vais te dire, moi, pourquoi tu as eu peur. Quand une de ses « connaissances » et sa bande de voyous viennent de tuer un homme et de partir avec la recette du magasin, on a plutôt intérêt à se sauver vite fait !
– Pas du tout... tu ne peux pas comprendre.
– Ah bon ? Je suis trop bête peut-être ? Et la police, tu crois qu'elle peut comprendre ?

Clara saisit le combiné. Roméo était au pied du mur. Il ne pouvait pas se dérober plus longtemps.

– J'ai passé quatre mois à Fleury, révéla-t-il enfin, la gorge nouée. Là-bas, j'ai fait la connaissance de Freddy, le caïd de la prison. Je l'ai reconnu ce soir pendant le braquage. Mais je ne l'ai pas revu depuis que je suis sorti. Crois-moi, je n'ai rien à voir avec ce casse. C'est vraiment le coup du hasard.
– Pourquoi n'as-tu pas raconté tout ça à la police ?
– Quand on sort de taule, c'est très facile de replonger. À la plus infime erreur, au plus petit soupçon, à la moindre coïncidence malheureuse, les flics pensent que tu es coupable.
– Et Freddy, pourquoi ne l'as-tu pas suivi ? Tu aurais pu négocier ta part.
– Tu parles ! Ils m'auraient flingué dès que j'aurais tourné le dos ! Je les connais, ils ne laisseraient jamais des témoins gênants dans la nature. Ils vont me tuer.
– Te tuer ? Tes copains ?

Roméo enfouit sa tête entre ses mains et soupira. Il comprenait maintenant pourquoi Freddy n'était

jamais venu au rendez-vous. L'amitié n'existait pas dans ce milieu lorsqu'il était question d'argent.
— Ils ne vont pas me lâcher. Et je ne peux aller nulle part.
— Reste ici alors.
La voix de Clara était redevenue douce. Elle s'approcha de Roméo et il la serra dans ses bras.
— Je savais dès le début que tu n'y étais pour rien, chuchota-t-elle.
— Alors pourquoi m'as-tu demandé où était l'argent tout à l'heure ?
— Pour voir ta réaction. Je sais très bien quand les gens mentent ou disent la vérité. Mais au fond de moi, j'étais persuadée que tu n'avais rien à voir avec cette histoire.
— Si, Clara, c'est à cause de moi qu'ils ont tué le directeur.
— Tu ne pouvais pas savoir qu'ils passeraient à l'acte. Tu n'y es pour rien, crois-moi.
Clara se rapprochait de lui et parlait d'une voix de plus en plus douce. Il avait envie de l'embrasser. Jamais il n'aurait pu imaginer être aussi amoureux et aussi désespéré en même temps.
Soudain, la sonnerie de l'interphone retentit. Clara sursauta et lança un coup d'œil inquiet à Roméo. Puis elle décrocha.
— Dis à Roméo de descendre. Faut que je lui cause.
— À qui ? Roméo ? Je ne connais pas de Roméo.
Comment avaient-ils eu son adresse ? Clara raccrocha. Que faire pour sauver Roméo ?
C'était trop tard. Ils allaient lui envoyer une balle dans la tête dès qu'ils auraient enfoncé la porte d'entrée. Et Roméo aurait beau leur jurer qu'il ne les dénoncerait jamais à la police, il savait qu'il était fichu.

SOS Police secours

Le répondeur du commissariat avait enregistré la scène. Le message commençait par « Allô police ? » puis la jeune femme avait lâché le combiné. Des cris, des claquements de portes et des phrases indistinctes avaient retenti. L'appel avait eu lieu dix minutes avant qu'on découvre le message. Les policiers le localisèrent : 3 allée des Alouettes. Et ils foncèrent.

L'inspecteur sonna à l'interphone. Personne ne répondit. Pourtant la lumière du quatrième étage était allumée. La porte d'entrée était fracturée, ainsi que celle d'en haut. Quand ils entrèrent dans l'appartement, un des bandits tenait la jeune femme et braquait son revolver sur sa tempe. Roméo était ligoté sur une chaise. Freddy avait refusé de le tuer froidement, incapable de supprimer quelqu'un qu'il avait protégé.

– Si vous bougez, on la tue ! Écartez-vous.

Ils prirent Clara en otage pour couvrir leur fuite. Les policiers les laissèrent descendre les escaliers, sans faire un geste. Avant qu'ils n'arrivent dehors, l'inspecteur contacta ses collègues postés dans la rue pour qu'ils tentent de négocier avec les truands.

– Lâchez-la et on vous laisse partir, proposèrent-ils.
– Va te faire voir !

C'était une véritable tempête. La neige était tombée si fort qu'elle bloquait la voiture des truands. Ils commencèrent à s'énerver les uns contre les autres. Le ton monta.

– C'est ta faute si on est dans cette galère, crétin ! hurla l'un d'eux en donnant un violent coup de pied dans la voiture.
– Qu'est-ce que j'y peux si l'autre abruti m'a reconnu ?

Soudain, un coup de feu partit. Freddy tomba à terre, mort. Les policiers profitèrent de cet instant de stupéfaction pour s'emparer de ses complices. Ils les menottèrent et les amenèrent au commissariat. Avant de les suivre, Roméo s'approcha de Freddy et détacha le bracelet qu'il mit dans sa poche en murmurant :
– Adieu Freddy.
Au commissariat, Roméo et Clara expliquèrent toute l'histoire telle qu'ils l'avaient comprise. Ils furent libérés et Roméo rentra rassurer sa mère.

Le lendemain, Roméo passa chercher Clara pour aller du côté du hangar dont avait parlé Freddy. Il y avait pensé toute la nuit : trouver le butin des voleurs. Alors ce serait la belle vie !
– Quelque chose me dit que l'argent est planqué ici, expliqua Roméo.
– Quelque chose me dit qu'on va encore s'attirer des ennuis, lança Clara lorsqu'ils entrèrent à l'intérieur.
Le hangar était immense. Ils enjambèrent les vieux sacs de ciment, les barres de fer et arrivèrent au bout sans rien remarquer de particulier.
– On s'en va ? demanda Clara qui n'était pas rassurée.
Roméo souleva des plaques de fer rouillées qui semblaient être là depuis une éternité. Derrière ces plaques se trouvaient des sacs poubelle. Et à l'intérieur : tout l'argent du magasin !
– Bonne pioche ! s'exclama Clara. Comment as-tu deviné ?

– J'étais sûr que c'était la planque des braquages. Quand j'ai attendu Freddy ici, j'ai cherché mais je n'ai rien trouvé.

Il plongea sa main dans le sac de billets et fut pris d'un remords en pensant qu'il allait le garder.

– Tu n'avais pas le projet d'aller sur une île déserte au milieu du Pacifique ?

Roméo secoua la tête. Cette solution ne lui convenait pas, même si son rêve le hantait toujours.

– On rend le fric au commissariat. Je ne veux rien avoir à me reprocher.

Clara secoua la tête. Cette solution ne lui convenait pas.

– On choisit à pile ou face. Pile, on garde et on s'en va. Face, on rend l'argent.

Roméo lança la pièce et la rattrapa : c'était sur face.

Clara le suivit au commissariat avec le sac poubelle rempli de billets.

En voyant entrer Roméo, un inspecteur le reconnut et lui expliqua sans même lui laisser le temps de s'exprimer :

– Vous n'êtes pas au courant ? On a retrouvé le butin du supermarché cette nuit. Il était caché sous la banquette arrière de la voiture. Le coup classique !

Clara et Roméo restèrent pétrifiés quelques instants.

– L'a... l'argent, vous... vous en êtes sûr ? bredouilla Roméo.

– Ce n'est pas une bonne nouvelle, ça ? insista le policier, le sourire jusqu'aux oreilles.

Roméo acquiesça et, hébété, se dirigea avec Clara vers la sortie.

– Au fait, vous veniez pour quoi ? demanda l'homme en désignant le sac poubelle. Ce n'est pas ici la décharge d'ordures !

— On voulait juste savoir s'il y avait du nouveau dans l'affaire, expliqua Clara.

Ils sortirent du commissariat et rentrèrent chez elle sans prononcer un seul mot. En refermant la porte, ils hurlèrent de joie. Clara saisit une poignée de billets et demanda :
— Mais alors, cet argent vient d'où ?
— Tu n'as pas compris ? Il y avait deux magots dans l'histoire. Celui du supermarché qui se trouvait dans la voiture et celui qu'on a trouvé dans le hangar. On l'a largement mérité, non ? Tu en penses quoi de mon île déserte ?
— Avec des palmiers ?
— Et du sable chaud.
— Et la mer bleue ?
— Et aucun nuage dans le ciel.
— Et des fleurs sauvages ?
— Et des papillons turquoise.

Clara se jeta dans ses bras et l'embrassa passionnément. Le père Noël avait encore de beaux jours devant lui.

Alain Surget

**L'ange
de
la mort**

La mort blanche

Il neige à gros flocons depuis le début de l'après-midi ; une neige épaisse et collante qui enfonce la ville dans une mousse glacée. Près d'un carrefour où les voitures tournent au ralenti, un vendeur de sapins occupe une petite place délimitée par quatre vieux platanes. Les sapins sont appuyés le long d'un grillage, en rangs serrés, regroupés par taille et par prix. Les clients les redressent, les secouent pour les débarrasser de la neige, les font pivoter en les tenant par la pointe afin d'examiner les rameaux : chacun désire un sapin bien touffu, au cône bien régulier.

En face de la placette, à l'entrée d'un porche donnant sur une arrière-cour, un homme à la barbe noire, installé à croupetons, taille le pied du sapin qu'il vient d'acquérir. La lame mord, incise, fait sauter les fragments de bois. L'homme passe et repasse sur les arêtes avec la patience d'un sculpteur. Quand il a obtenu une pointe effilée, il allume son briquet, durcit le bois à la flamme. Les copeaux s'embrasent, l'aubier noircit. L'homme procède alors à un rapide polissage, transformant l'extrémité du tronc en un véritable épieu. Un coup d'œil à sa montre ! Il a fini à temps, l'homme à l'écharpe jaune ne va pas tarder.

Trois trompettes de l'Armée du Salut achèvent de massacrer un air de Noël, puis l'un des musiciens fait tinter une clochette, invitant les piétons à déposer leur obole dans un chaudron suspendu à un trépied.

– Ah ! le voilà ! soupire l'homme qui taillait son sapin. Pile à l'heure !

Vêtu d'un manteau brun, une longue écharpe jaune enroulée autour du cou et retombant sur une épaule, un homme se dirige vers un marchand de châtaignes grillées. Il en achète un cornet, puis il descend lentement la rue qui mène à un canal.

L'homme au sapin le suit à cent mètres, son arbuste sous le bras. À l'approche du canal, le vent souffle plus fort, libre de filer le long des rives. Il pousse des rafales qui brassent les flocons, les soulèvent en torsades, les projettent en cristaux cinglants contre les rares passants qui, courbés en deux, le col du manteau relevé jusqu'aux yeux, se hâtent de regagner l'abri de leur appartement. Seul l'homme à l'écharpe jaune semble indifférent à la tempête : il décortique ses châtaignes et les déguste une à une.

L'homme au sapin presse le pas. Il ne tient pas à perdre la trace de l'autre dans cette poudre glacée qui aveugle et s'accroche à la barbe et aux cheveux. L'arche fumeuse d'un pont se détache des tourbillons de neige. Les taches laiteuses de phares de voitures surgissent et disparaissent au-dessus, immédiatement noyées dans la tourmente. L'homme au sapin regarde autour de lui. Personne à proximité. « C'est le moment ! » pense-t-il.

L'homme à l'écharpe s'arrête sous le pont. Il se secoue, tape des pieds pour faire tomber la neige de ses chaussures. Il reste une châtaigne au fond de son cornet. Il plonge deux doigts dans le cône de papier pour attraper le fruit quand une masse blanche jaillit du rideau floconneux et le bouscule. L'homme lâche son cornet, tombe sur le dos, la respiration coupée. L'autre se campe au-dessus de lui, un pied sur la gorge pour l'empêcher de se relever. Il brandit son sapin à deux mains et han ! enfonce l'épieu dans le cœur.

Le premier quart de l'alliance

Fidèle à son embonpoint, à son chapeau et à son long manteau gris, le commissaire Cremer descend de voiture à l'entrée du pont. La pipe aux lèvres, l'inspecteur Fanta sur les talons, il franchit la ligne des policiers qui retiennent les quelques badauds d'approcher.

– Alors ? demande-t-il au médecin légiste penché sur le corps.

– La mort remonte à deux heures environ. Voyez ce trou, l'assassin aurait voulu tuer un vampire qu'il ne s'y serait pas pris autrement. La victime avait ce sapin planté dans le cœur, ajoute le médecin légiste en montrant l'arbuste.

Et l'inspecteur de renchérir :

– Examinez ses dents, on ne sait jamais.

Le commissaire décoche un tel regard à son subordonné que celui-ci préfère s'éloigner pour interroger le jeune couple qui a découvert le cadavre.

Un policier approche, tend à Cremer une pochette en plastique.

– C'est tout ce que nous avons trouvé dans les poches du mort, annonce-t-il. Son portefeuille, des clefs et une enveloppe.

– Vous avez relevé son identité ?

– Il s'appelle Joseph Duras et habite le quartier. Sa carte de crédit est là, il n'y a que quelques euros dans le porte-monnaie.
– Le vol n'est pas le mobile du crime, suppose Cremer. Pas avec une arme comme celle-là ! C'est de la préméditation dans l'horreur.
L'inspecteur Fanta revient vers son supérieur.
– Déjà ? s'étonne le commissaire. Tu as eu le temps de relever la déposition des témoins ?
– Ils ont juste vu le corps et nous ont appelés de leur portable, répond Fanta.
– J'aimerais connaître le contenu de cette enveloppe. Trouve-moi des gants, que je ne laisse pas mes empreintes dessus.
– Je peux faire procéder à l'enlèvement du corps ? demande le médecin légiste.
– Si toutes les photos ont été prises, oui.
Un signe aux ambulanciers. Ils accourent avec une civière et une grande housse en nylon.
Dès qu'il a enfilé les gants de chirurgien apportés par son adjoint, le commissaire décachette l'enveloppe. Elle contient une feuille et un objet métallique.
– Tiens, qu'est-ce que c'est ?
Cremer fait tourner l'objet entre ses doigts.
– C'est en or, constate-t-il. On dirait un morceau d'alliance.
– J'ai l'impression qu'elle a été sciée, fait remarquer l'inspecteur, et que vous en détenez un quart.
– Le labo nous le confirmera. Voyons ce que nous réserve cette feuille.
Cremer la déplie, lit à haute voix :
– *Un cavalier suit l'autre. Le premier, monté sur un cheval blanc, attend l'homme au crabe.*
– C'est tout ?

— C'est tout, annonce Cremer en remettant la feuille et l'objet dans l'enveloppe. Je n'y comprends rien. Il faudra attendre les résultats de l'analyse pour savoir si le texte a été écrit par Duras ou si c'est son assassin qui le lui a fourré dans la poche. Les empreintes nous renseigneront.
— Le tueur portait sans doute des gants.
— Si on ne trouve rien, on pourra supposer que le mot vient de l'assassin. Emporte aussi le sapin. Il a pu conserver quelque chose collé à la résine, dans les branches, sur les épines : un filament de tissu, la marque d'un pouce, un poil de barbe, un cheveu... Qu'on me le passe au peigne fin !
— Qu'est-ce que c'est que ces cavaliers ? rumine Fanta. Font-ils partie d'un club hippique ? Le texte a-t-il seulement un rapport avec la mort de Duras ?
— Je veux qu'on mène une enquête sur la victime. Cela ne nous avancera peut-être à rien, mais on ne sait jamais. Et j'aimerais savoir d'où vient le sapin...
— Vous croyez vraiment que le vendeur va se souvenir de son arbre et de la tête de ses clients ?
— Le sapin a certainement été acheté dans l'après-midi tout près d'ici. J'imagine mal le tueur le porter à travers la ville. Le pied a été appointé, la coupe est fraîche là où le bois n'a pas été brûlé. Fouille sous les porches, retrouve les copeaux, fais parler les concierges. Quelqu'un a pu apercevoir l'individu. Dans le cas contraire...

Le commissaire a un geste d'impuissance ; il achève :

— En tout cas, d'après sa façon de tuer, nous voilà avec un cinglé sur les bras.
— Dénicher un cinglé dans cette ville... répète l'inspecteur sur un ton de dépit. Il y a des moments où je préférerais être sur une île déserte.

La mort rouge

Un groupe d'enfants fait cercle autour d'un père Noël qui distribue des friandises à proximité d'un kiosque à journaux.
- Encore ! Encore ! insistent les gamins en tendant la main.
- Hé ! C'est un faux père Noël ! s'exclame une fillette. Il perd sa barbe.
- T'occupe ! rétorque un garçon. L'important, c'est que les bonbons soient vrais !
- Ça va, dit l'homme, agacé, en remontant sa barbe jusqu'à la bouche. Vous en avez eu assez. Laissez-en pour les autres enfants.
- Y a pas d'autres enfants ! Y a que nous dans cette rue !

Le père Noël soupire. Il plonge la main dans sa hotte, en extrait une grosse poignée de sucreries. Les petites paumes se remplissent.
- Il n'y en a plus maintenant, déclare-t-il, alors déguerpissez !

Les enfants s'éloignent, se livrent à une bataille de boules de neige le long du trottoir. Seule la petite fille est restée près du kiosque, intriguée par ce père Noël qui chasse les enfants et qui a l'air d'attendre quelqu'un ou quelque chose. Peu après, un homme à la barbe noire débouche d'une rue adjacente, dépasse trois maisons et entre dans un vieil immeuble, juste en face.
- C'est lui ! Enfin ! souffle le père Noël.

Il assujettit la hotte sur son dos, traverse la rue, s'arrête devant l'immeuble et presse au hasard le bouton d'une sonnette.
- Qui c'est ? interroge une voix aigrelette à l'interphone.

Alain Surget

– Le père Noël, répond le bonhomme. J'apporte à chaque locataire un petit cadeau de la part de la mairie d'arrondissement.
– C'est de la publicité ?
– Non, dit l'homme sur un ton rassurant. Et je ne viens pas non plus vous proposer de m'acheter quoi que ce soit. Je suis vraiment le père Noël municipal.
– Je n'ai pas confiance, poursuit la voix. Les voleurs inventent tellement de...
– Si vous ne me croyez pas, regardez par la fenêtre. Il y a des gens dans la rue. Vous pensez que je prendrais de tels risques si j'étais un cambrioleur ?

La personne ne répond pas. Le père Noël entend une fenêtre s'ouvrir, une tête grise apparaît au-dessus de lui. Il lui adresse un signe amical. Quelques secondes plus tard, un bourdonnement fait vibrer la serrure, la porte s'ouvre sous la poussée. Le père Noël pénètre dans un couloir qui aboutit à un escalier.

– Alors c'est là qu'il habite, le faux père Noël, murmure la fillette au moment où la porte se referme devant son nez.

L'homme gravit les marches, arrive sur le premier palier. Une porte est entrebâillée, retenue par une chaînette. Un visage est collé sur l'ouverture.

– Qu'est-ce que vous apportez ? lance la même voix aigrelette, toujours sur la défensive.
– Une petite bûche, dit le père Noël en retirant sa hotte.

Il offre à la vieille dame une pâtisserie de supermarché qu'elle réussit à attraper sans déverrouiller sa chaîne.

– Les gens du dessus ne sont pas là, annonce-t-elle. Je peux prendre leur bûche en attendant qu'ils reviennent.

– Non, je repasserai plus tard. Les autres locataires sont là ?
– Le monsieur du troisième vient juste d'arriver. Je l'ai entendu, car il a tapé des pieds devant sa porte.
– Il vit seul ?
– Oui. J'ai rarement vu des gens monter chez lui. Vous savez, je crois qu'il n'est pas très recommandable.

Le père Noël passe sa hotte en bandoulière et grimpe au troisième. Avant qu'il ait frappé, la porte s'ouvre.

– Je vous ai entendu parler avec la sorcière du premier, commence l'homme à la barbe noire. Qu'est-ce que c'est que cette histoire de bûches ?
– La mairie se préoccupe de ses administrés.
– Vous ne croyez pas qu'il y aurait autre chose à faire qu'à distribuer des gâteaux pourris ? grogne le barbu. Mais donnez quand même.
– Pour vous, j'ai un autre cadeau.

Le barbu n'a que le temps d'entrevoir une longue broche dans la main du père Noël.

– Ah ! s'écrie-t-il avant de s'écrouler, le cœur percé.

Le deuxième quart de l'alliance

Le commissaire Cremer bourre sa pipe, l'allume, aspire une bouffée. Le tabac grésille dans le fourneau. Puis il jette l'allumette dans le cendrier, sur son bureau, et regarde ses deux inspecteurs assis en face de lui.

– Nous avons affaire à un tueur en série, annonce-t-il. Cette fois, il s'est déguisé en père Noël pour commettre son forfait. Tous les témoignages concordent : celui du marchand de journaux, celui de la vieille dame de l'immeuble, et ceux d'une bande de gamins qui n'ont cessé de lui tourner autour pour obtenir des friandises. Il y a même une petite qui a cru qu'il habitait là. Si l'agent chargé de relever la consommation de gaz n'était pas monté jusque chez la victime – un certain Paul Marcus – et n'avait pas trouvé la porte ouverte, on ne saurait encore rien du meurtre qui a eu lieu hier.

– Pourquoi l'assassin a-t-il laissé la porte ouverte ? s'étonne l'inspecteur Fanta.

– Pour que le corps soit rapidement découvert, répond Cremer. J'ai l'impression que notre homme est pressé par le temps, qu'il cherche à nous entraîner très vite dans son sillage.

– S'agit-il bien du même tueur ? demande le second inspecteur nommé Legris.

– Le mort avait dans sa poche une enveloppe contenant le deuxième quart de l'alliance ainsi qu'une feuille portant ces mots : *Un cavalier suit l'autre. Le deuxième, monté sur un cheval rouge, attend le cavalier blanc.*

Legris émet une hypothèse.

– La couleur rouge pourrait être une allusion au costume du père Noël et la couleur blanche à la neige.

– Les cavaliers seraient donc nos assassins, résume le commissaire. L'affaire est compliquée. Je vous ai réunis pour faire le point sur ce que nous savons actuellement.

Cremer tire sur sa pipe, constate qu'elle s'est éteinte, frotte une allumette pour la rallumer.

– Fanta, raconte-nous ce que tu as appris sur les deux victimes.

– Joseph Duras était veuf sans enfants, proche de

la retraite. Il travaillait dans une entreprise de volets mécaniques et, aux dires de ses compagnons, menait une vie sans histoires. Sa mort a causé un choc dans l'atelier. Paul Marcus, encore appelé Marco, était connu de nos services pour divers vols à la tire. Sorti de prison depuis un an, il vivotait de petits boulots. Apparemment, ni l'un ni l'autre ne se connaissait, et aucun ne fréquentait de club hippique. Je pense que l'assassin a choisi ses victimes au hasard.
– Pas sûr, objecte le commissaire. À ce stade de l'enquête, nous ne pouvons encore rien affirmer. L'examen du sapin ne nous a rien appris, pas plus que l'analyse des copeaux retrouvés sous un porche près d'une place où poussent quatre platanes. Continuez à chercher. Ces bouts d'alliance m'intriguent, poursuit Cremer en exhalant une bouffée, je ne comprends pas ce qu'ils signifient.
– On a peut-être affaire à une secte ou à une société secrète.
– Possible. Legris, tu fouineras de ce côté. Revenons au texte. Il a été écrit par la même main, c'est indiscutable, mais la feuille trouvée dans la poche de Duras ne porte pas d'empreintes, alors qu'il y en a sur l'enveloppe... et ce ne sont pas celles de Duras. C'est incohérent. L'assassin aurait mis des gants pour écrire son texte et aurait commis l'imprudence de saisir l'enveloppe à mains nues ?
– Et s'il y avait deux personnes ? relève Legris. L'une qui écrit, l'autre qui tue et dépose l'enveloppe. Le cavalier blanc et le cavalier rouge, en somme.
– C'est une idée à creuser. Si chaque cavalier dépose un quart de l'alliance, cela implique qu'il en faut quatre pour recomposer l'objet dans son entier, déduit le commissaire Cremer. Donc quatre meurtres ! Cela ne veut pas dire forcément quatre assassins.

– Et que penser de l'homme au crabe ? reprend Fanta. Le texte trouvé sur Marcus ne fait plus allusion à lui. Est-ce un pêcheur ? Un marchand de fruits de mer ?

Le commissaire secoue la tête.

– Les analyses du labo sur la deuxième enveloppe nous livreront peut-être quelque indice, mais pour l'instant nous n'avons aucune piste. Notre assassin s'apprête à tuer sa troisième victime, et nous n'avons aucun moyen de l'en empêcher. Bon sang ! tonne-t-il en frappant du poing sur son bureau, cela me met en rage !

La mort noire

Debout devant la vitrine d'un traiteur, un homme portant une cicatrice sur la joue droite couve des yeux la dinde enfilée sur sa broche qui tourne dans la rôtissoire. La volaille est dorée à souhait, bien dodue, la peau croustillante... de quoi faire saliver. C'est alors qu'il remarque, par réflexion dans la vitrine, un Noir en faction sur le trottoir d'en face, dos contre la façade, et qui paraît l'observer. L'individu est vêtu d'un long manteau sombre, d'un bonnet, et ses mains sont enfouies dans ses poches. Intrigué plus qu'inquiet, l'homme à la cicatrice décide de descendre la rue. L'autre se décolle du mur, se met à le suivre.

« Pas de doute, réfléchit l'homme, c'est à moi qu'il en veut. Mais qui est-il ? Un voleur à la tire ? Un indic ? » Il presse le pas, tourne à droite, longe une rue puis s'engouffre dans une galerie marchande. Un coup d'œil derrière lui. Son suiveur est toujours là, qui ne le lâche pas. « Attends, mon gars, se dit l'homme, je te réserve une surprise. » Il traverse la foule agglutinée devant les boutiques, se retrouve dans une rue transversale. Un rapide coup d'œil derrière lui. Son suiveur est toujours à ses trousses. L'homme descend la rue sans se presser, se campe devant la devanture d'un magasin de vêtements. Le Noir s'est arrêté lui aussi. « C'est bizarre, pense l'homme, il ne cherche pas à passer inaperçu. Il a dû se rendre compte que je l'avais repéré mais il reste là, à vingt mètres, à me filer le train. » Il repart, tourne dans une ruelle adjacente, vers un immeuble en construction. « Personne n'y travaille le samedi. Je vais l'attendre là-bas et lui tomber dessus à l'improviste. »

L'homme à la cicatrice s'engage sur le chantier, se faufile entre un tas de sable et un amoncellement de planches, va se poster derrière un cabanon dans lequel les ouvriers remisent leurs outils. Il sort un cran d'arrêt de sa poche, fait jaillir la lame et attend. Les minutes passent, le Noir n'apparaît pas. « Qu'est-ce qu'il fabrique ? s'interroge l'homme. Il ne m'a pas vu entrer sur le chantier ? Ce serait trop bête qu'il ait perdu ma trace, j'aurais aimé savoir ce qu'il me voulait. » À bout de patience, l'homme se décide à jeter un coup d'œil. Personne. Le chantier est désert. Prudent, l'homme se risque à découvert.

– Enfin ! lance une voix. Je me demandais où tu étais passé !

L'homme à la cicatrice se retourne, surpris. Le Noir est là, près des planches.

– Pourquoi me suis-tu ? gronde l'homme en serrant le couteau dans sa main.

– J'ai quelque chose à te remettre, annonce le Noir en sortant un paquet de sa poche.

– À moi ? Quoi ? De la part de qui ?

– C'est un cadeau d'un ami commun.

– Je ne comprends pas. De quel ami commun parles-tu ?

Le Noir ne répond pas. Il approche de l'homme toujours sur ses gardes, déballe l'objet qu'il porte. C'est une statuette en bronze représentant une tête de renne dont les deux bois articulés forment les plateaux d'une balance.

– Qu'est-ce que c'est ? fait l'homme, interloqué.

– Le renne du père Noël.

L'homme à la cicatrice tend machinalement sa main, mais avant qu'il ait pu prendre le renne, l'autre saisit son poignet, le lui tord et lui fracasse le crâne avec la statuette.

Le troisième quart de l'alliance

Le commissaire Cremer quitte le chantier et se dirige vers un troquet situé non loin de là. Il s'installe près de la baie vitrée, commande un double crème, donne deux coups de téléphone, le premier à Fanta pour lui demander de le rejoindre, le deuxième à la PJ.

– Ah bon ? s'exclame-t-il. Vous en êtes certain ? Ce n'est pas banal.

Puis il raccroche et retourne s'asseoir à sa table. La sirène de l'ambulance emportant le corps déchire l'air du matin, les curieux s'écartent, finissent par se disperser.

Pendant un moment, le commissaire fume en silence, le regard sur la rue. La vie a repris son cours, les gens passent telles des ombres solitaires et pressées, l'effervescence règne à nouveau sur le chantier : la grue soulève des poutrelles, des bras se tendent aux étages pour les réceptionner.

Le policier a le temps de boire son crème et d'épuiser deux pipes avant que l'inspecteur Fanta ne pousse la porte du café.

– Votre bureau ne vous convient plus ? note le jeune inspecteur en s'attablant en face de lui.

– Je réfléchis mieux quand je vois passer des gens.

– Il s'est produit du nouveau ?

– Le troisième meurtre. Sur le chantier.

Cremer se tait quand la serveuse approche. Fanta commande un café noir.

– Ajoutez un croissant ! lance le commissaire comme elle s'éloigne vers le comptoir. Il est jeune, il a besoin de prendre des forces. J'ai trouvé l'enveloppe dans la poche du mort, poursuit-il à voix basse. Elle contenait le troisième quart de l'alliance et la suite du texte : *Un cavalier suit l'autre. Le troisième, monté sur un cheval noir, attend le cavalier rouge.* L'homme – un certain Jérôme Lemartin, dit le Balafré, et dont le casier judiciaire est déjà bien chargé – a eu le crâne défoncé avec un renne en bronze retrouvé à côté de lui, moitié bestiole moitié balance. L'assassin lui a barbouillé le visage en noir.

Fanta a un brusque sursaut.

– Une balance, dites-vous ? Alors je crois savoir qui sont ces cavaliers.

Surpris par l'expression de Fanta, le commissaire laisse en suspens ce qu'il avait encore à annoncer.

– Je t'écoute, fait-il.

– J'ai réfléchi tout le week-end à cette histoire de cavaliers, de couleur différente à chaque fois, et j'en suis arrivé à la conclusion qu'il s'agirait des quatre cavaliers de l'Apocalypse. J'ai cherché dans la Bible...

– Tu lis la Bible, toi ? se moque gentiment Cremer en bourrant à nouveau sa pipe.

– Le premier cavalier – symbolisant la victoire –

monte un cheval blanc et il est affublé d'un arc. Le sapin appointé pourrait représenter une flèche. Le deuxième chevauche une monture rouge, et il brandit une épée – la broche. Il est associé à la guerre. Le troisième conduit un cheval noir, et il tient à la main une balance signifiant le jugement. C'est bien l'arme du troisième crime, n'est-ce pas ?

– En effet, la similitude est troublante, reconnaît Cremer. Et le quatrième ?

– C'est le cavalier blême... la Mort. Notre tueur change d'aspect en fonction des écrits de la Bible.

– Que porte le dernier cavalier ?

– La Bible ne le mentionne pas. Une faux, sans doute... Nous pouvons imaginer d'avance quelle sera la prochaine arme du crime.

– En revanche, ce que tu ignores, c'est que les cavaliers s'éliminent les uns les autres. Nous n'avons pas affaire à un assassin, mais à plusieurs. C'est Legris qui avait raison.

– Comment cela ?

– Je viens de téléphoner au labo. Les empreintes trouvées sur la première enveloppe sont celles de Marcus. C'est donc lui l'assassin de Duras, c'est-à-dire le cavalier blanc. Je suppose que nous apprendrons bientôt que les empreintes qui figurent sur la deuxième enveloppe proviennent de notre nouvelle victime, Lemartin, lui-même cavalier rouge et assassin de Marcus.

– Une chance qu'il s'agisse d'une alliance et non d'une chaîne, soupire Fanta en se reculant légèrement pour permettre à la serveuse de déposer le café et le croissant devant lui. Finalement, les meurtres vont s'arrêter tout seuls.

– Il en reste un : celui du cavalier noir. Peut-être une décapitation à la faux.

— Mais qui se débarrassera du dernier cavalier ?
— Voilà le problème, appuie Cremer. L'alliance sera reconstituée et nous aurons toujours un criminel en liberté.
Il bourre sa pipe avec des gestes lents.
— La victoire... la guerre... le jugement... marmonne-t-il. Quel rapport avec une alliance ?
Un silence.
Fanta trempe son croissant dans son café, Cremer promène la flamme d'une allumette sur le fourneau de sa pipe.
— Et si... ? lâche-t-il soudain avec un nuage de fumée.
L'inspecteur relève la tête.
— Une révélachion ? s'enquiert-il en mâchonnant son morceau de croissant.
— Avec le dernier quart de l'alliance, le cercle sera bouclé. On revient, si l'on peut dire, à notre point de départ.
— C'est logique.
— J'ai l'impression que le rôle de cette alliance est de recibler notre enquête. Elle n'a rien à voir avec la Bible. C'est en quelque sorte un fil conducteur. Tu vas te renseigner auprès de France Télécom. Je veux que tu prennes note de tous les appels téléphoniques qu'ont pu recevoir nos assassins-victimes depuis une dizaine de jours. Qui les a appelés ? D'où ? À quelle date ? À quelle heure ? Quant à moi, je vais demander une commission rogatoire pour aller fouiner dans ce panier de crabes.
— Vous comptez remonter jusqu'au commanditaire ?
— Si mon idée est la bonne, oui ! indique Cremer en se levant. Et je crois pouvoir affirmer que le cavalier blême, c'est nous !

La mort blême

Encadré par deux policiers, un grand Noir est conduit sans ménagement à travers les couloirs de la PJ jusqu'au bureau du commissaire Cremer.
– Nous l'avons cueilli dans son nid, annonce l'inspecteur Legris qui précède le trio.
– Mamadou Nakamé, alors c'est vous le cavalier noir... commence Cremer en guise d'introduction.
– Vous vous croyez malin ? se défend l'autre.
– Vous êtes déjà fiché pour différents larcins. Vous avez encouru de petites condamnations. Cette fois, ça va changer. Asseyez-vous.
L'homme refuse, on l'assoit de force. Sur un signe de Cremer, les deux policiers sortent du bureau et se campent derrière la porte. Le commissaire appuie sur une touche de son téléphone.
– Fanta ! Tu peux venir, l'oiseau est arrivé.
L'inspecteur ne se fait pas attendre. Il apporte avec lui le matériel destiné à relever les empreintes. Mamadou Nakamé tient ses poings fermés.
– Là, tu fais obstruction à l'enquête, remarque Legris. C'est pas bon pour toi, ça.
– Pas bon du tout, renchérit Fanta.
De mauvaise grâce, l'homme tend ses doigts. Fanta prend ses empreintes, puis il ressort.
– Je n'ai rien fait, grommelle Mamadou Nakamé. Je veux l'assistance d'un avocat.
– Si vos empreintes correspondent à celles trouvées sur une certaine enveloppe, votre avocat aura du mal à vous défendre, déclare le commissaire. Nous allons les faire analyser en urgence.
– Je ne comprends rien.
– Un cadavre sur un chantier, un renne en bronze

dont les deux bois forment une balance, ça ne vous dit rien non plus ?

— Non, répond le Noir, mais sa voix est déjà moins assurée.

— C'est une belle pièce d'antiquité, poursuit Legris. Où l'as-tu dénichée ?

— Je vous répète que...

— Ne nous fais pas perdre notre temps ! Nous avons retrouvé les mêmes empreintes sur l'enveloppe et sur le renne. Si ce sont les tiennes, tu seras inculpé pour le meurtre de Jérôme Lemartin.

— Je le connais pas, ce type !

— Quelqu'un vous a demandé de le tuer ! Quelqu'un vous a remis l'enveloppe à glisser dans la poche du mort ! Quelqu'un vous a fait parvenir l'arme du crime !

Les phrases de Cremer tombent comme un couperet. L'homme bafouille qu'il ne sait rien, qu'il y a erreur sur la personne...

— Ne nous prends pas pour des pommes ! s'emporte le commissaire, abandonnant le vouvoiement. Tu as reçu un coup de téléphone au début de la semaine dernière, une demi-heure après que Lemartin a eu un appel de la même provenance. Une demi-heure avant lui, un dénommé Marcus était contacté par le commanditaire de tous ces crimes. C'est grâce à ces appels, tous issus du même appareil, que nous avons pu déterminer que c'était toi le troisième cavalier.

— Le quoi ? Vous délirez ! Qui m'aurait téléphoné ? Qui ?

— Je suppose qu'il ne t'a pas donné son nom, mais dans les jours qui ont suivi, il a dû te faire parvenir un paquet contenant le détail de ses instructions ainsi que l'enveloppe, le renne, et une somme sans doute confortable.

Mamadou Nakamé se recroqueville sur sa chaise.

– Si vous êtes si malins, pourquoi vous n'allez pas interroger celui qui aurait passé ces coups de fil ?

– Chaque chose en son temps, répond le commissaire. Je pare au plus pressé.

Le téléphone sonne. Legris décroche le combiné.

– C'est Fanta ! Il vient de comparer les empreintes. Ce sont bien celles de Mamadou Nakamé !

– Tu as entendu...

Ce n'est pas une question. Cremer laisse passer un silence, tirant bouffée sur bouffée tout en observant le suspect.

– Pas question de retourner chez toi, assène Legris en posant sa main sur l'épaule de l'homme. Tu sais combien on écope pour un crime crapuleux ? Au moins vingt ans.

– Moins, si on peut prouver que l'intention vient d'un autre, intervient le commissaire. Dans ce cas, tu n'es que le sbire, l'homme de main...

– Ça va, bougonne Mamadou Nakamé. Ça sentait le pourri, ce coup-là, j'aurais dû me méfier. J'ai bien reçu un appel d'un type qui me demandait d'en éliminer un autre. D'abord j'ai refusé, et puis... la somme proposée était tentante. Le paquet est arrivé deux jours plus tard. Rien ne manquait : ni la description du gars, ni la date, ni la façon dont il fallait le tuer. J'ai failli ouvrir l'enveloppe, mais je me suis dit que moins j'en saurais, mieux ça vaudrait. Je le connaissais pas, ce Lemartin, j'ai rempli mon contrat, c'est tout.

– Je suppose que cela s'est passé d'une manière identique pour les deux tueurs précédents ? demande Legris en se tournant vers son supérieur.

— Je serais prêt à le parier, dit le commissaire. Emmène ce coco au dépôt. Pendant ce temps, je file avec Fanta chez l'homme au crabe.

Le mot de l'ange

Fanta au volant, la voiture de police se fraie un passage dans les rues. Le jeune inspecteur est encore sidéré par ce que vient de lui apprendre Cremer.

— J'avais raison, ajoute le commissaire, le cavalier blême s'est débarrassé du cavalier noir.

— Sans message et sans le dernier quart de l'alliance cependant.

— Le texte n'était plus utile. Nous ne sommes pas à proprement parler une mort blême, mais avec nous s'arrêtent les crimes. Nous refermons la boucle.

— Vous êtes sûr de ne pas vous tromper ? Vous soutenez mordicus que c'est Duras qui est à l'origine de tous ces meurtres ? C'est la première fois que le coupable serait en même temps la première victime.

— C'est la logique du cercle, rappelle Cremer. L'enquête menée sur Joseph Duras a révélé qu'il souffrait d'un cancer incurable. Quelle image représente le signe zodiacal du cancer ?

— Le crabe, bien sûr ! s'exclame l'inspecteur. Et on l'utilise aussi pour désigner la maladie !

— D'après son médecin, il restait à Duras trois semaines à vivre, au maximum. Alors, partir pour partir, il nous a préparé un carrousel morbide. Une façon bien particulière de signer sa sortie de scène. Les renseignements glanés auprès de sa banque indiquent qu'il a retiré une forte somme en liquide : le salaire des assassins.

– Il aurait pu contacter ses tueurs d'une cabine publique. Pourquoi de chez lui ?
– Il voulait être sûr qu'on le démasque afin de boucler le cercle. En cherchant bien, on devrait découvrir chez lui le dernier quart de l'alliance.
– Mais quel était son mobile ? Les cavaliers étant les ministres de la vengeance divine, Duras se serait-il pris pour Dieu ?
– Qui sait ? Devant l'impossibilité des médecins à le guérir, peut-être a-t-il conçu une haine de l'humanité ? Peut-être a-t-il voulu détruire le Mal symbolisé par son cancer, et s'est-il permis ensuite une justice post mortem d'après la loi du talion : « Œil pour œil, dent pour dent » ? Celui qui a tué sera tué. S'il a perdu confiance en l'humanité, il aura aussi cessé de croire en la justice. La sienne lui aura paru plus pure parce que plus implacable : le châtiment divin, en somme. Il a tracé le destin de ses quatre cavaliers recrutés dans les quartiers chauds de la ville, et il les a éliminés comme les simples pions d'un jeu. C'est Duras le vrai criminel, or il demeurera impuni à jamais.
– On peut considérer qu'il a gagné, estime Fanta. Il a vraiment dû se prendre pour Dieu en concoctant son projet. Pensez-vous qu'il avait programmé l'heure et le lieu de sa mort, ou qu'il a préféré mourir « par surprise » ?
– Nous ne le saurons jamais, souffle le commissaire... Ah, nous arrivons.

Le véhicule se gare devant un immeuble cossu, de facture Second Empire. Les policiers en descendent, Cremer ouvre la porte avec les clefs découvertes sur le corps de Duras. Sitôt qu'ils sont entrés, une concierge pointe son nez à la loge.
– Police Judiciaire ! clame le commissaire en lui présentant sa carte.

— Vous venez encore pour ce pauvre monsieur Duras. Mon Dieu, quelle histoire ! Mais j'ai déjà répondu aux questions de la police.

Elle s'apprête à les faire entrer chez elle, parée pour un nouvel interrogatoire qui lui permettrait d'entamer un peu plus la réputation de certains des locataires, mais ils se dirigent vers l'ascenseur.

— Vous avez un mandat ? lance-t-elle, dépitée.

— Nous avons tout ce qu'il faut, madame, rétorque Cremer. De quoi retourner cet immeuble, jusqu'à la litière de vos chats !

L'ascenseur les mène au cinquième étage. Un tour de clef, la porte s'ouvre.

— Les volets sont fermés, constate Fanta. Duras a pourtant été assassiné en plein jour.

— Il savait qu'il ne reviendrait pas, assure le commissaire en actionnant l'interrupteur pour éclairer la pièce. Regarde, rien ne traîne, chaque chose est rangée à sa place. L'appartement dégage une impression d'inertie, de froideur, d'absence de vie.

— Bon, fait l'inspecteur en se frottant les mains, il n'y a plus qu'à fouiller.

— Attends, le retient Cremer, ne te jette pas sur les meubles comme un jeune chien dans un magasin de cristal.

Le commissaire étudie l'endroit sans toucher à rien.

— Tu m'as bien dit que le cavalier blême symbolisait la Mort ?

— Oui.

— Et qu'il portait une faux ?

— C'est l'attribut dont on affuble la Mort, en général.

— Qu'est-ce que tu vois là-bas, à côté du baromètre ? demande le commissaire en désignant l'objet de sa pipe.

Une petite faux est accrochée au mur. Quatre épis

de blé sont fixés au manche par une fine bande de papier. Trois ont été peints respectivement en blanc, en rouge, en noir, le dernier a conservé sa teinte naturelle, écrue.

– Ce sont les couleurs de nos cavaliers, commente Fanta. On dirait que la bandelette a été ajoutée, précise-t-il après examen. Les épis sont maintenus par un fil de fer.

Il détache le papier, le déroule. Quelque chose tombe sur sa chaussure. Il se baisse, ramasse le dernier quart de l'alliance.

– Vous aviez raison, reconnaît-il en le donnant à son supérieur. C'est le morceau manquant.

La pipe émet un petit bruit d'aspiration, comme si le commissaire gloussait.

– Il y a un texte sur ton papier ?
– Oui. On dirait un poème.
– Lis-le.
– *Des quatre on ne fait qu'un,*
Et c'est de lui que jaillit la lumière.

Il parle de l'alliance, explique Fanta. Vous aviez raison. La lumière est l'étincelle qui nous a permis d'identifier le coupable.

– Continue, dit Cremer.
– *Par le cavalier blanc, je remporte la victoire*
En terrassant la Bête ancrée dans la chair.

L'allusion au cancer est très claire, murmure l'inspecteur.

Par le cavalier rouge, j'apporte la guerre
Qui détruit un à un les bras armés
Car ils sont entachés de la bassesse humaine.
Par le cavalier noir, j'ouvre les portes de l'esprit
Et du jugement
Car les yeux du dernier étaient encore
Tournés vers l'obscurité.

Levant le nez de sa feuille, l'inspecteur Fanta ne peut s'empêcher de préciser :
— C'est à vous qu'il fait allusion. Il savait que vous ne comprendriez qu'avec l'arrestation de Mamadou Nakamé.
— Termine !
— *Par le cavalier blême, enfin,*
J'arrête le carrousel
Et je contemple, libre,
Loin des souffrances et des faiblesses,
Le trône d'argent que Dieu accorde
À l'ange annonciateur de l'Apocalypse.
— Bien, bien, marmonne le commissaire en mordillant sa pipe. C'est tout à fait ce que j'avais déduit de la personnalité de Duras.
— Dans sa logique d'ange, il s'est placé au-dessus de nos lois, résume Fanta.
— Si tous les anges lui ressemblent, je n'aimerais pas finir au paradis, conclut Cremer en se dirigeant vers la porte.

Du sang sur la neige

Évelyne Brisou-Pellen

Les surprises ne sont pas toujours bonnes

Un courant d'air glacial balaya le chalet. Claire referma vite le volet sur la nuit tandis qu'Arnaud, les bras encombrés de bûches, claquait la porte d'entrée avec le pied.

– J'ai l'impression qu'il va encore neiger, annonça-t-il en pénétrant dans le salon.

Il avait essayé de mettre de la gaieté dans sa voix, sans y parvenir.

– Une vraie nuit de Noël, commenta Claire.

Personne ne répondit. Rémi et Pierre étaient à la cuisine, occupés à farcir la dinde. C'est alors que Claire comprit ce qui la tourmentait depuis qu'ils étaient arrivés dans ce chalet prêté par leur ami Doc. L'atmosphère était pesante, imprégnée de tristesse, ou d'angoisse.

Mais pourquoi, bon sang ? Ils étaient là entre copains, et pour faire la fête ! Rémi, Arnaud, Pierre et elle, les quatre inséparables. En plus, le ciel leur avait concocté un Noël de rêve : un chalet isolé, écrasé par la neige, entouré de sapins blancs. Sans doute leur dernière fête ensemble, parce qu'après toutes ces années d'études côte à côte, ils allaient se trouver séparés par la vie.

C'était peut-être ça, cette tristesse. Claire faillit rappeler qu'ils devaient être heureux, puisqu'ils avaient tout réussi, examens, contrôle médical, stage, et qu'ils étaient maintenant pilotes – patentés, certifiés, estampillés – de l'aviation civile. Seulement le bonheur ne se commandait pas. Et, contrairement à ce qu'elle croyait autrefois, il ne s'attachait pas forcément non plus à la réalisation de ses rêves.

– Au fait, demanda-t-elle à Arnaud qui déposait ses bûches près de la cheminée, tu ne nous as pas dit pourquoi tu avais voulu entrer dans l'aviation.

– Comme beaucoup, je suppose, le vieux rêve de m'élever au-dessus de ce monde pourri. Là-haut, le ciel est toujours bleu.

– Pourtant, tu as plutôt un physique de bûcheron, plaisanta Rémi en sortant de la cuisine.

– Toi, le jeune premier, coupa Pierre qui le suivait, je suis sûr que tu as choisi ce métier en croyant que toutes les belles passagères te tomberaient dans les bras. Tu ne t'imaginais pas que tu serais enfermé dans un cockpit, bien loin des admiratrices.

– Tu oublies les hôtesses de l'air, nota Rémi d'un air narquois. Mais que ta médisance t'étouffe, je suis pilote parce que le concours d'entrée à notre chère École Nationale de l'Aviation Civile est le seul auquel j'ai été reçu...

– En ce qui me concerne, dit Claire, je crois que j'ai juste fait comme mon père. Quand j'étais gamine, je m'imaginais que pilote était le seul métier possible. Rien d'autre ne me venait à l'esprit.

Pierre s'affala dans un fauteuil et déclara :

– Moi, je disais à mes copains pour crâner : « Je serai pilote de chasse. » (Il se frappa la poitrine à la manière de Tarzan.) Je trouvais que ça faisait mâle. Après, je me suis rendu compte que *chasse* impliquait *armée*, et que ce n'était pas mon truc. Et comme je ne pouvais pas complètement me dédire...

Tout le monde rit. Rémi retourna à la cuisine surveiller la dinde, Arnaud alla raccrocher son blouson dans l'entrée. C'est alors qu'il y eut, dehors, un bruit de moteur. Puis, quelques instants après, des coups frappés à la porte. Bizarre, ils n'attendaient personne.

— Le père Noël ? supputa Claire.

Pierre ricana :

— Ça m'étonnerait. Le père Noël circule en traîneau tiré par des rennes, pas en voiture. On ne t'a rien appris ?

La porte couina, et Arnaud s'exclama :

— Tiens, une surprise ! Joyeux Noël Doc !

Sa voix s'étrangla subitement, il poussa un cri.

— Doc ! Qu'est-ce que... Doc !

Tout le monde regarda vers l'entrée. Arnaud, livide, soutenait le médecin. Du sang coulait sur le carrelage où des paquets-cadeaux s'étaient éparpillés.

Sale coup

— Aidez-moi ! appela Arnaud d'une voix affolée. Je sens quelque chose dans son dos !

Rémi, figé à la porte du salon, n'arrivait pas à faire un geste. Pierre, lui, se précipita et arracha du dos du médecin un poinçon, qui avait pénétré jusqu'au manche. Doc eut une sorte de sursaut et s'affaissa.

— Il faut l'emmener à l'hôpital ! cria Arnaud. Pierre, cours chercher une serviette pour compresser la blessure. Claire, une couverture. Rémi, téléphone à l'hôpital qu'on arrive.

Il ouvrit la porte, souleva le médecin dans ses bras

puissants et l'emporta, en courant presque, vers sa voiture garée à l'entrée de l'allée.

Il l'avait à peine allongé sur le siège arrière que la serviette arrivait. Pierre l'appuya vite sur la blessure en criant avec angoisse : « Doc ! Doc ! », comme pour maintenir le médecin en vie. Il se rendait compte que la blessure ne coulait presque plus, et qu'elle se situait à l'endroit du cœur. Il examina les alentours avec affolement. Ils étaient peut-être eux-mêmes en grand danger.

Dans la neige qui s'était remise à tomber, Claire arrivait avec une couverture. Arnaud se jeta sur le siège du conducteur et tourna la clé.

Pour toute réponse, la voiture toussa.

– Saleté ! pesta Arnaud en coupant le contact.

Il le rétablit rapidement. Aucun succès. Il tenta encore. Rien.

– Saloperie de bagnole, ragea-t-il en frappant violemment le volant. Et on n'en a qu'une !

Claire se tourna vers le chalet pour crier à Rémi de demander aussi une ambulance, mais celui-ci s'encadrait déjà dans la porte.

– Je n'arrive pas à avoir la ligne, s'exclama-t-il, il n'y a aucune tonalité !

– Ce n'est pas vrai ! s'emporta Arnaud. C'est une conspiration ou quoi ? Et dans un coin où les portables ne marchent pas !

– De toute façon, intervint Pierre d'une drôle de voix, ça ne sert plus à rien, je crois qu'il est mort.

Un silence ahuri tomba sur le groupe.

– Il faut rentrer, souffla Claire en regardant autour d'elle avec frayeur.

Arnaud extirpa Doc de la voiture, le souleva dans ses bras et l'emporta vivement vers le chalet. Sans un mot, les autres suivirent, en évitant de regarder la neige maculée de sang. Les flocons, qui tombaient de plus en plus dru, absorbaient peu à peu les taches rouges.

– Je n'arrive pas à y croire, murmura Arnaud en s'essuyant le front. « Joyeux Noël », je lui ai dit. Tu parles... Je le serre dans mes bras et je sens ce truc, dans son dos. Et puis quelque chose qui coule sur ma main, chaud et gluant. C'est un cauchemar.

– Ahurissant, renchérit Pierre. J'espère qu'on va se réveiller. On l'aurait assassiné ? Qui ? Un rôdeur ? Dans un endroit aussi isolé qu'une île déserte ?

– D'un autre côté, murmura Claire d'une voix mourante, imaginer que quelqu'un veuille tuer un homme comme Doc...

– Ça, c'est encore plus invraisemblable, approuva Arnaud. Je n'arrive pas à croire qu'un type aussi épatant puisse avoir des ennemis.

– Il était quand même en instance de divorce, remarqua Rémi.

– Et alors ? hurla Pierre.

– Bon, bon, excuse-moi. J'ai dit ça comme ça. D'accord, c'est idiot.

Depuis qu'on ne pouvait plus rien faire pour Doc, Rémi était malheureux, terrifié mais, curieusement, il se sentait moins mal. Parce qu'il n'était pas un homme d'action et que, maintenant, on n'avait plus d'autre choix que d'attendre. Impossible de téléphoner à la police, impossible de descendre au village dans la nuit noire et par cette tempête de neige. Doc était mort. Mort. « Leur » Doc. Celui que tout le monde aimait. Un ami, un frère, un père...

– Je ne vois pas sa femme arriver de Brest avec son poinçon, ricana Pierre d'un ton désabusé.

– Arriver..., souffla alors Claire.

Elle se dirigea vers l'entrée, vérifia que la chaînette de sécurité était enclenchée et entrebâilla doucement la porte. Puis elle alluma la lampe extérieure.

– On a tout piétiné, soupira-t-elle. On ne peut plus voir si quelqu'un le suivait.

Il y eut un silence. Rémi, toujours d'une pâleur mortelle, demanda :

– D'ailleurs, qui savait qu'il viendrait ? Même nous, on l'ignorait.

– Il a dû réfléchir, suggéra Arnaud, et s'est dit qu'il préférait passer Noël avec nous plutôt qu'avec sa femme. Après tout, c'est son chalet, ici.

Pierre rejoignit Claire, débloqua la chaînette, passa avec prudence la tête par la porte et déclara :

– Il faut aller voir avant que la neige n'ait tout recouvert. En restant groupés, on ne craint pas grand-chose, hein ?

Personne n'osa protester. Ils étaient adultes, et responsables.

Arnaud tenant la lampe de poche, ils se distribuèrent rapidement les zones à surveiller, de manière à avoir des yeux partout. Arnaud regardait devant, Claire scrutait la nuit à gauche, Pierre à droite, Rémi derrière. Lentement, ils remontèrent les traces de pas. Le vent mordant, qui soufflait de plus en plus fort, les glaçait.

– Vous avez vu, chuchota Rémi, jusqu'à la voiture il y a beaucoup de traces, dont les nôtres, évidemment ; mais ensuite, dans l'allée, il n'y a plus que celles de Doc. Une seule personne, en chaussures de ville.

– Il n'est pas venu avec sa voiture, constata Pierre. Peut-être en taxi. Regardez, là, les marques de pneus.

– Avec un taxi ou avec quelqu'un d'autre, rectifia Arnaud. Quelqu'un qui l'aurait tué avant de repartir.

– Ne piétinez surtout pas les traces de pneus ! lança Rémi.

Claire s'exclama :

– Et nos empreintes ? On est idiots, on n'aurait pas dû venir jusqu'ici. Pour la police, il faudra bien se rappeler que, depuis les marques de pneus jusqu'à la voiture d'Arnaud, il n'y avait que les traces de Doc. Ça signifie que personne ne l'a suivi. Il a été blessé quelque part par là et... (Elle prit la lampe des mains d'Arnaud et la promena sur les traces.) Il n'y a pas une goutte de sang, de ce côté !

– Et ses pas sont bien réguliers, nota Rémi, il ne titubait pas. Il n'a pas été attaqué ici, et donc pas par son chauffeur.

Instinctivement, ils regardèrent tous vers leur voiture. Les taches de sang commençaient là-bas.

– Quelqu'un l'a attendu planqué derrière la bagnole, chuchota Pierre.

– Et a ensuite filé à pied.

Ils revinrent sur leurs pas pour promener le faisceau de la lampe autour de la voiture. Aucune trace dans la neige, en dehors de celles qui allaient vers la maison. Personne n'était reparti dans une autre direction.

Un peu crispés, ils levèrent les yeux vers le gros chalet tapi dans la nuit.

Une maison angoissante

Le feu était en train de s'éteindre dans la cheminée et personne ne le remarquait. Ils avaient bouclé toutes les portes qui donnaient sur le salon, même celle de la cuisine où la dinde refroidissait entre le foie gras et les bouteilles de champagne qu'on n'avait pas débouchées. Dans les silences angoissants qui s'abattaient sur eux, ils entendaient le vent hurler derrière les volets. Le chalet craquait de tous ses bois, et un air glacé s'insinuait partout.

— J'ai froid, souffla Claire en se levant pour ajouter des bûches dans le feu.

Après ça, il n'en resterait plus, et personne ne se proposerait pour aller en chercher dehors.

— Avec cette tempête, observa Arnaud, s'il y a quelqu'un d'autre que nous ici, il pourrait danser la gavotte en sabots au-dessus de nos têtes, qu'on ne l'entendrait pas.

— Un squatter ? demanda Pierre d'une voix mal assurée.

Personne ne pouvait répondre, mais un squatter qui aurait attaqué précisément le propriétaire de la maison n'était sans doute pas n'importe qui.

— Il faudrait tout visiter, chuchota Rémi. On devrait y aller ensemble, allumer partout et examiner chaque pièce.

— D'après Doc, commenta Arnaud, il y a huit chambres, sans compter les salles de bains, les placards, les recoins, les escaliers, parce que l'espace a été aménagé et réaménagé au fil des générations. Il y a aussi deux greniers, la remise, l'ancienne étable, la cave et je ne sais quoi.

— Moi, annonça Claire d'un air tendu, je n'entre plus dans la chambre où on a déposé Doc. Vous m'excuserez, mais je ne peux pas.

— Chut ! souffla Arnaud. Écoutez...

Ils demeurèrent muets, l'oreille aux aguets.

— Ce n'est que le vent, lâcha Pierre. Si on veut être efficaces, il faut s'arrêter de trembler.

Il se leva d'un coup et se mit à chanter d'une voix tonitruante :

*– Eh garçon, prends la barre,
Vire au vent et largue les ris...*

Suffoqués, les trois autres reconnurent la chanson que Doc leur servait à chaque fois qu'il était un peu gai. Une chanson traditionnelle qui lui rappelait son enfance, à ce qu'il disait, et qu'ils ne connaissaient pas auparavant, eux qui avaient trente ans de moins que lui.

Ils finirent par se redresser pour poursuivre à pleins poumons :

*– Le vent te raconte l'histoire,
Des marins couverts de gloire,
Ils t'appellent et tu les suis.*

Pierre avait raison, les poumons libérés, ils se sentaient beaucoup mieux. Ils décidèrent de commencer par la cave et en entrouvrirent prudemment la porte.

L'ampoule était faible et la lumière tremblotante. L'escalier s'enfonçait dans le noir et les relents d'humidité. Arnaud alluma la torche. L'un derrière l'autre, ils descendirent marche à marche, dans un silence pesant. Même l'odeur confinée qui régnait ici leur paraissait menaçante.

Leur lampe éclaira une structure de bois qui pouvait être un ancien métier à tisser. On avait entassé par-dessus des montagnes de cageots. Derrière, on apercevait les brancards d'une vieille charrette, une armoire dont la porte pendait, des instruments aratoires, une brouette et un tas de bricoles hétéroclites. Un bric-à-brac épouvantable. Personne n'en fit la remarque mais, si quelqu'un voulait se dissimuler ici, c'était facile. Il leur serait impossible de le détecter.

– Il s'agit d'une ancienne ferme, expliqua Arnaud

d'une voix une octave plus grave qu'à l'ordinaire. Elle appartenait aux arrière-grands-parents de Doc.

Ils remontèrent avec l'impression persistante d'un danger qui planait et la quasi-certitude qu'ils le laissaient derrière eux. Parce que la cave était l'endroit le plus facile à atteindre en venant de l'extérieur : sa porte jouxtait celle de l'entrée. Si l'agresseur, comme l'indiquaient les traces, avait trouvé refuge dans la maison, c'était probablement là.

Il y avait une autre possibilité, mais ils n'y pensèrent pas sur le moment. Ils bouclèrent la porte à double tour et laissèrent la clé dans la serrure pour empêcher qu'on puisse en glisser une autre, côté cave.

Persuadés d'avoir confiné le danger en bas, c'est avec moins d'appréhension qu'ils fouillèrent chambres, salles de bains, couloirs. À chaque porte qu'ils ouvraient – pièce, armoire ou placard – une petite crainte leur crispait pourtant les épaules. Tout était horriblement encombré. Le pire, c'était le grenier. Saturé de vieilleries, des siècles entassés par couches archéologiques, un nombre invraisemblable de recoins où des gosses auraient jubilé de jouer à cache-cache.

Quelqu'un d'autre jouait à cache-cache avec eux, et pas aussi innocemment.

En apercevant une ouverture, sur leur droite, ils furent de nouveau saisis d'une véritable angoisse. Ils venaient de se rappeler l'escalier extérieur, appuyé au mur de la maison, et par lequel on pouvait monter ici directement. Arnaud referma vivement la porte. Ils n'entreraient pas là. Il chercha vite, dans le trousseau, la clé qui les mettrait à l'abri.

– Aucune ne va dans cette serrure ! s'exclama-t-il.

Ils regardèrent autour d'eux avec anxiété.

— Ça ! lâcha enfin Pierre en montrant la commode qui encombrait le passage. Poussons-la devant.

Il avait raison. La porte du grenier s'ouvrant côté couloir, on pouvait la bloquer. Une chance. Ils s'arc-boutèrent ensemble et firent glisser le meuble.

Maintenant, personne n'ouvrirait cette porte. Si le tueur était là-dedans, il lui faudrait une force herculéenne pour en sortir. Il était coincé. Du moins ils l'espéraient.

L'odeur de la mort

Claire s'enroula dans une couverture. Elle avait beau revoir dans sa tête chaque porte, se représenter chaque serrure qu'ils avaient soigneusement bloquée, elle ne parvenait pas à se rassurer. Arnaud avait parlé d'une remise, d'un deuxième grenier... Par où y accédait-on ?

La tempête, qui continuait à faire rage dehors, les empêchait de repérer les bruits suspects. Demain, il y aurait des congères sur la route, c'était certain, mais tant pis, elle ne passerait pas une seconde de plus dans ce chalet. Aux premières lueurs du jour, ils fileraient, abandonnant à son sort le criminel, enfermé. Où ? À la police de le découvrir. Eux, ils avaient donné.

Elle essayait de ne pas penser à Doc, à son cadavre allongé dans la chambre d'à côté, elle préférait se le représenter riant avec eux. Elle se rendait compte aujourd'hui qu'elle ne savait pas grand-chose de lui. Il était le médecin de la base aéronautique depuis très longtemps, l'ami, le confident. Il soignait les bobos du corps comme ceux de l'âme.

Mais lui, il avait peut-être aussi des blessures à soigner. Un secret concernant ce chalet ?

Elle sentit son sang se glacer. Un fou... Y avait-il un fou dans ces murs ?

Elle dressa l'oreille. Aucun des garçons n'avait réagi... Non. Ce n'était sans doute rien. Il fallait se calmer, que craignaient-ils ? Ils n'avaient laissé ouverte que la porte du couloir qui desservait les toilettes et la salle de bains. Et ces deux pièces ne possédaient aucune autre issue.

Claire se leva et fit quelques pas vers l'entrée où les paquets apportés par Doc étaient toujours éparpillés. Personne n'avait eu le courage d'y toucher. Elle les ramassa un à un, en prenant le temps de lire les noms inscrits. Il y en avait pour chacun d'eux. Doc n'avait pas annoncé sa visite, cependant il l'avait bien préparée. Pour leur faire la surprise.

Belle surprise !

Lire son prénom lui fut un déchirement. Elle, qui avait réussi à ne pas pleurer jusqu'à présent, éclata brusquement en sanglots. Les autres ne réagirent pas. Peut-être, dans leur coin, pleuraient-ils aussi.

Enfin, elle s'essuya les yeux et rapporta les cadeaux dans le salon. Doc avait réussi à ne pas lâcher ses paquets avant l'entrée. Elle se le représentait, titubant dans la neige, se raccrochant à eux comme à une bouée de sauvetage. Cela avait un côté à la fois dérisoire et profondément humain. Le dérisoire était souvent le plus émouvant.

De nouveau, elle avait du mal à respirer. Ce chalet l'oppressait depuis le début, finalement. Il y avait ici un esprit mauvais qui planait sur eux.

Le feu était en train de s'éteindre, mais la lampe d'angle veillait. Rémi se redressa. Les autres dormaient, qui en boule sur la banquette, qui allongé sur le tapis. La tempête hurlait au-dehors, sur un ton plus aigu que dans la soirée. Il se leva sur la pointe des pieds, ouvrit silencieusement la porte de l'escalier et la referma derrière lui. Puis il monta les marches d'un pas prudent jusqu'au deuxième étage, celui du grenier. La commode n'avait pas bougé et barrait toujours la porte.

Il sortit son portable et appuya sur une touche.

Arnaud ouvrit les yeux. Quelque chose l'avait mis en alerte. Des lignes lumineuses, qui clignotaient sur le mur. Il lui fallut un instant pour comprendre qu'il s'agissait d'une lumière venant de l'extérieur et qui se glissait par les rainures des volets. Un gyrophare ! La police ? Il ne faisait pas encore jour. Arnaud se redressa vivement et se rechaussa, mais ses mains tremblaient si fort qu'il n'arriva pas à nouer ses lacets. Il renonça et fila en traînant les pieds vers la porte de la cave. Rémi dormait encore, Pierre enfilait ses après-skis dans le hall, sans doute pour descendre au village aux premières lueurs de l'aube, des bruits d'eau signalaient Claire dans la salle de bains.

Arnaud ouvrit doucement la porte et se glissa derrière sans la tirer complètement. Et là, il attendit, l'oreille aux aguets. Sa tension était si grande que ses dents claquaient. La sonnette de l'entrée retentit.

– Arnaud Destour, demanda une voix, il est là ?

Arnaud referma la porte de la cave et dévala l'escalier. Il n'avait pas eu le temps de prendre son blouson.

— Je suis le garagiste, annonça l'homme, pour la voiture d'Arnaud Destour. Je suis venu avec le chasse-neige. C'est bien vous qui avez laissé un message sur mon répondeur ?
— Un message ? fit Pierre en examinant l'étranger d'un œil méfiant. J'en doute, le téléphone ne marche plus.
— M'étonne pas, répliqua le garagiste en montrant, sur la façade, le fil sectionné à hauteur d'homme. Pourtant on m'a donné ce nom et cette adresse.
— C'est moi, intervint Rémi en apparaissant. J'ai vu votre calendrier publicitaire, sur le mur, avec le numéro du garage et, d'un coup, je me suis dit que mon portable fonctionnerait peut-être si je prenais de la hauteur. Je suis monté sur le palier du grenier et j'ai essayé. Ça a marché. Après, j'ai voulu appeler la police, mais plus rien n'est passé.
— La police ?
— Si vous avez un portable, appelez-la tout de suite, supplia Pierre. Il y a eu un meurtre.

Rémi jeta un coup d'œil dehors. Le vent s'était calmé, le sang avait disparu sous une épaisse couche de neige.
— Arnaud ! appela-t-il, tu as les clés de ta voiture ?
Personne ne répondit.

Un coup de massue

La tempête reprit vers le soir et ne cessa plus. Claire aurait voulu fuir, s'en aller loin, à l'autre bout du monde. Seulement l'enquête de police exigeait qu'ils restent. Arnaud avait disparu sans qu'ils arrivent à comprendre comment. Les flics, qui avaient fouillé la maison de fond en comble, n'avaient rien trouvé, ni lui, ni personne d'autre. Était-il vivant ou mort ? Avait-il joué les héros et débusqué le meurtrier, avec pour seul résultat qu'il avait été pris en otage ? Car il ne serait pas parti de sa propre volonté, dans le froid glacial, sans même prendre son blouson.

C'était épouvantable, effrayant. Elle aurait voulu n'être jamais venue ici, que Noël n'existe plus...

Elle fut interrompue dans ses angoisses par le téléphone. C'était Pierre.

– J'appelle du commissariat, dit-il. On a les résultats d'autopsie, et c'est un peu bizarre. D'après l'angle d'attaque du poinçon, l'assassin se tenait de côté, ou même devant Doc. Sauf que, pour frapper dans le dos quand on est de face, il faut être un peu tordu. D'après les flics, ça pourrait ressembler à une blessure infligée par quelqu'un qui se débat. Tu sais, comme dans les films. Une femme renversée sur une table par un mec qui la maintient. Elle attrape à tâtons n'importe quoi, des ciseaux, un coupe-papier, qu'elle lui plante dans le dos. J'ai toujours trouvé assez invraisemblable qu'on puisse tuer quelqu'un de cette façon. Il faut une sacrée force, et tomber pile sur le cœur. Malgré tout, ça semble être le cas. La scène aurait pu se passer sur le capot de la voiture, seulement, à cause de la neige, on n'a plus de traces.

– Mais, souffla Claire suffoquée, dans ce cas c'est l'agresseur qui est tué. Doc aurait été l'agresseur ?

– La police est sceptique. Ça supposerait que l'autre avait un poinçon sur lui. Et dans sa poche ! Parce qu'il n'aurait pas eu le temps de le sortir d'un sac. Un hasard un peu étrange. Sauf s'il s'attendait à être attaqué, évidemment.

– Et les empreintes, sur le poinçon ?

– Uniquement celles d'Arnaud et de Pierre. Celui qui a frappé portait des gants. Qui ? Mystère absolu.

Claire entendit le bip-bip signalant que la communication avait été coupée. Elle étouffa un juron et reposa l'appareil.

Doc l'agresseur ? Ridicule. Elle ne le voyait pas, des paquets plein les bras...

Des paquets...

Mais si c'était Doc qui avait été agressé au poinçon, s'était défendu, était parvenu à coincer l'autre contre la voiture et avait pris le coup dans le dos, il aurait AUSSI laissé tomber ses paquets là-bas ! Comment imaginer qu'il les ait ensuite ramassés avant de se diriger, grièvement blessé, vers le chalet ?

Les yeux de Claire revinrent vers l'angle de la cheminée, d'où les cadeaux n'avaient pas bougé. Elle s'approcha, s'assit devant et les contempla un instant avant de saisir le sien pour l'ouvrir.

Il s'agissait d'un petit vase de Chine, accompagné d'un mot : *Symbole de la fragilité des vies que tu tiendras entre tes mains.*

Elle eut un pâle sourire. Le paquet marqué *Arnaud* contenait à n'en pas douter un disque. Elle entrouvrit la pochette. Titre : *Les Chants de la Victoire.* Assez ahurissant. Ça ne pouvait être qu'un clin d'œil. Elle ne résista pas à l'envie de lire le billet qui l'accompagnait, et son visage se figea.

Victoire ! J'ai montré la photo que j'avais faite de ton fond d'œil au meilleur spécialiste, et il est formel : il ne s'agit pas, comme nous le croyions, des signes d'une maladie dégénérative. Tu peux t'asseoir aux commandes et prendre ton envol ! Tu as bien fait de me demander de n'en parler à personne pour ne pas gâcher ce Noël, et de n'avertir la commission qu'après les fêtes. Un miracle, non ? Cette maladie ayant souvent frappé dans ta famille, tu étais persuadé que mon diagnostic était le bon ; tellement persuadé que tu ne voulais même pas que je demande son avis à un spécialiste ! Tu vois, j'ai bien fait de ne pas t'écouter. Le pire n'est jamais sûr. C'est ton plus beau cadeau de Noël, hein ?

Claire resta un moment sonnée, la lettre à la main. Arnaud se croyait atteint de cette maladie héréditaire qui l'empêcherait à tout jamais de réaliser son rêve de voler, et il ne leur en avait pas dit le moindre mot. Seul Doc était au courant... Et, maintenant, il était mort...

Il était mort.

Les cadeaux, il ne s'y était pas cramponné jusqu'à la porte, il les avait lâchés... à l'instant où il avait été agressé. Ici, sur le pas de la porte, et de face. Par celui qui lui avait ouvert et l'avait serré dans ses bras en criant « Joyeux Noël ! ». Ses grands bras de bûcheron...

Claire cacha son visage dans ses mains. Ensuite... Ensuite Arnaud avait emporté le blessé en sang vers la voiture, en les occupant à téléphoner, à chercher serviette et couverture. Il voulait que personne ne remarque l'absence de sang sur la neige !

– Qu'est-ce qui se passe ? demanda Rémi en entrant, des bûches sur les bras.

Oui... ce soir-là, Arnaud était allé chercher les bûches. Il avait eu tout le temps de saboter la voiture et le téléphone. D'ailleurs, c'était lui qui avait insisté pour qu'ils ne prennent qu'une seule voiture. Et il était parfaitement au courant que Doc viendrait... Ce malaise qu'elle avait perçu dans cette maison dès le début venait de là, de la tension d'Arnaud. De son angoisse, aussi, de son désespoir, sans doute, parce qu'il fallait se sentir au fond du gouffre pour décider une horreur pareille. Il attendait le bruit de moteur, il attendait l'arrivée de Doc, et il s'était arrangé pour se trouver toujours au plus près de la porte, pour l'ouvrir lui-même.

Il avait supprimé le seul obstacle qui se dressait entre lui et son rêve.

Car Doc aurait averti la commission après les fêtes de Noël, il y était obligé : le métier de pilote impliquait une vision sans défaut. Si Arnaud avait refusé de consulter un spécialiste, c'était que, sûr du résultat, il voulait que personne d'autre ne soit au courant.

– Je crois qu'Arnaud n'a pas disparu, prononça-t-elle avec difficulté, il s'est enfui.

– Qu'est-ce que tu racontes ? Pourquoi se serait-il enfui ?

– Je ne sais... Remords...

– Le remords de quoi ? Tu n'imagines pas que...

– Quand je suis partie à la salle de bains, il dormait. Quand on a sonné à la porte, je suis revenue, et il n'était plus là. Peut-être que le coup de sonnette l'a affolé. Il ignorait que Rémi avait téléphoné au garagiste, et celui-ci a prononcé son nom... Sa mauvaise conscience a dû le porter à croire qu'il était découvert.

Découvert ? Il ne l'était même pas et ne l'aurait sans doute jamais été. Claire eut une pauvre grimace. Si Arnaud n'avait pas fui, elle n'aurait pas ouvert son cadeau, pas lu le billet qui l'accompagnait, et personne n'aurait rien su. Ils avaient déjà témoigné que les traces de sang partaient de la voiture, et qu'ils étaient tous les quatre dans le chalet quand le drame s'était produit.

– Tiens, dit-elle en tendant la lettre à Rémi.

On ne retrouva le corps d'Arnaud qu'à la fonte des neiges, très haut sur la montagne. Hypothermie ayant provoqué la mort. Sur lui, il portait un certificat signé par Doc, assurant que rien ne s'opposait à ce qu'il pilote un avion. Un faux, bien imité... dont il n'aurait même pas eu besoin, puisqu'il était indemne de maladie !

Seulement ça, il l'ignorait. Il avait tué Doc pour rien. Il était mort pour rien. Quel épouvantable gâchis !

Claire s'assit aux commandes. Elle ne pouvait plus le faire sans penser à Arnaud. Elle allait amener son avion au bout de la piste et elle allait s'envoler dans le ciel. Arnaud avait raison : là-haut, tout était toujours bleu.

L'habit rouge

Sarah Cohen-Scali

Il faisait chaud. Si chaud...
La sueur plaquait mes cheveux sur mon front, mes vêtements sur ma peau. Je la sentais dégouliner le long de mes joues comme des larmes, ruisseler le long de mes aisselles, comme autant de doigts qui me tripotaient. J'avais une migraine digne d'un lendemain de cuite et le brouhaha environnant augmentait mon malaise. Debout sous les spots, j'avais l'impression d'être en plein soleil, un soleil caniculaire qui aurait lancé ses feux sur quelque île déserte, perdue sous les tropiques.

Mais en fait d'île déserte, je me trouvais aux Galeries Lafayette, au rayon parfums, échouée dans cette cohue qui caractérise la veille de Noël. J'avais écumé le magasin, étage par étage, à la recherche de cadeaux. Je ne savais pas quoi acheter, j'avais envie de ne rien acheter, pour la bonne et simple raison que, le soir, j'étais invitée à un réveillon entre adultes. Uniquement entre adultes. Et il n'y a rien de plus triste à mon goût que de clore un repas mortellement indigeste par la traditionnelle bûche de Noël, sans entendre les cris de joie d'une multitude d'enfants qui ouvrent leurs cadeaux dans un froufrou de papiers et de rubans.

S'il s'était agi de choisir des robots, des poupées

parlantes, des miroirs magiques, que sais-je, je n'aurais pas été en panne d'inspiration, mais... acheter un porte-monnaie pour Mme Duchnoque, un parfum pour Mlle de la Noix ou le dernier best-seller pour M. Machin-Chose – la famille de l'homme que j'avais rencontré quelques jours auparavant – ça ne me branchait décidément pas.

J'en avais assez. Les relents des multiples parfums dont m'aspergeait la vendeuse me soulevaient le cœur. Et, comme je vous l'ai déjà dit, je crevais de chaud. D'ordinaire, il fait froid à Noël ! D'ordinaire, on peut espérer que la météo vous annonce une redoutable tempête de neige ! Eh bien non, en cette fin d'après-midi du 24 décembre, le mercure, pris de folie, grimpait jusqu'à dix-huit degrés. Sans m'en soucier, je m'étais vêtue d'un pull à col roulé en cachemire et d'un manteau de fourrure que je n'avais guère eu encore l'occasion de porter, mais que j'aimais tout particulièrement.

J'étais à deux doigts de m'évanouir, lorsque je le vis.

Longue barbe blanche, chevelure argentée, habit rouge – le nom du parfum que la vendeuse me vantait à l'instant même ! – il était là, à quelques mètres.

Le père Noël.

Éclairé par un spot trop violent, il souffrait lui aussi de la chaleur, sans que son beau sourire en fût altéré. Les perles de sueur sur son front et ses joues se substituaient à des paillettes qui donnaient à sa peau une douce brillance. Il tenait dans ses bras une petite fille qui, intimidée et enjouée à la fois, le dévorait des yeux, négligeant de regarder l'objectif de l'appareil photo qui allait imprimer sur le papier cet instant magique. J'aurais donné n'importe quoi pour être à la place de cette enfant.

Mon malaise se dissipa aussitôt. Une brise délicieuse vint me caresser le visage. Pendant quelques secondes, je fis abstraction de tout ce qui m'environnait : la cohue, le bruit, les annonces qu'une voix mécanique et agressive braillait dans un micro. Il n'y avait plus personne, à l'exception du père Noël.

Propulsée dans le passé par le biais d'un étrange voyage dans le temps, je replongeai dans l'enfance. *J'étais* la petite fille que le père Noël tenait dans ses bras. Nous étions quelque part sous le crépuscule, dans un paysage neigeux, un renne allait bientôt apparaître, attelé à un traîneau tout rutilant de guirlandes et de boules dorées et nous nous envolerions dans un ciel parsemé d'étoiles.

Le flash de l'appareil photo se déclencha. Brutal, aveuglant. En une seconde – le temps de l'éclair – j'effectuai le retour de mon voyage au cœur du passé et me trouvai de nouveau perdue dans la foule et la chaleur. Cependant j'avais compris ce qui m'était arrivé. Certes, ce père Noël n'était qu'un père Noël factice, un de plus parmi ceux qui sillonnent la capitale en période de fêtes, mais si j'avais réagi aussi vivement en le voyant, c'est *parce que je le connaissais*. Le flash, éclairant de plein fouet le haut de son visage, et notamment ses yeux, me l'avait révélé. Dans le regard de cet homme déguisé en père Noël, perçait quelque chose d'insolite. Quelque chose qui m'avait quasiment hypnotisée, quelque chose d'autre encore que je n'arrivais pas à définir. Pour l'instant du moins.

Mais je savais, sans l'ombre d'un doute, que cet individu appartenait à mon passé.

Surgissant de façon totalement inattendue, cette apparition m'avait bouleversée, chamboulée, tourneboulée. Certes, j'ai toujours été très sensible à Noël et à ses traditions. Le jour où j'ai appris que le père

== L'habit rouge

Noël n'existait pas a pratiquement été pour moi un jour de deuil. Je me souviens encore de l'immense tristesse qui m'avait submergée, alors que je n'avais que sept ans et demi à l'époque et que j'approche à présent de la trentaine. – Ne vous moquez pas ! Certains souvenirs d'enfance sont parfois des plaies mal cicatrisées qui ne demandent qu'à se rouvrir.
Ma décision était prise.
Je plantai là mes recherches de cadeaux pour suivre l'idée qui jaillit dans mon esprit en même temps que l'éclair du flash. Une idée folle, mais à laquelle je n'aurais renoncé pour rien au monde. Je devais savoir *qui* était cet homme. *Où et quand* je l'avais rencontré. Pourquoi, sous son habit de père Noël, je l'avais trouvé si beau et pourquoi, en découvrant son regard, je réalisais aussi que quelque chose en lui *me faisait peur*.

Il me fallut attendre jusqu'à dix-neuf heures trente, heure de la fermeture du magasin. Pendant tout ce temps, mon père Noël, avec une patience d'ange, s'était prêté au défilé incessant des innombrables marmots qui désiraient être photographiés avec lui. Pas un instant, il n'eut une marque d'impatience ou d'énervement. Il manifestait toujours autant de tendresse vis-à-vis des enfants et avait souvent une parole gentille à l'égard des mères. Peut-être se montrait-il un peu moins souriant envers les pères, mais ce n'était vraiment qu'une broutille et seule ma surveillance obstinée avait pu détecter cette légère faiblesse.
Lorsqu'il n'y eut plus ni enfants ni clients dans le magasin – à part moi – je le vis rejoindre le défilé

des vendeuses qui se dirigeaient vers les vestiaires. Comme j'approchais du groupe, un vigile m'arrêta.

– Madame s'il vous plaît, la sortie est de l'autre côté.

– Oui, oui je sais, mais j'ai un ami, là...

D'un geste de la main, je désignai mon père Noël qui s'éloignait rapidement. Je n'avais déjà plus que sa capuche – qu'il n'avait pas quittée – comme point de repère.

– Il y a tellement de monde dehors que nous risquons de nous perdre, ajoutai-je.

Le vigile secoua la tête.

– S'il vous plaît, monsieur, suppliai-je en accompagnant mes paroles d'un savant battement de cils, c'est Noël, ce soir !

– Bon, bon, allez-y ! concéda-t-il avec un sourire.

Je balbutiai un vague remerciement et me glissai dans le groupe des employés.

Les vestiaires étaient bourrés. Du côté femmes, l'excitation était à son comble : les vendeuses quittaient leur uniforme pour enfiler directement leur tenue de soirée. Côté hommes, où je ne pouvais bien entendu pas me faufiler sans être repérée, l'ambiance était identique, à en juger par le bruit. On sortait les smokings, du moins les costumes habillés. Par un subtil jeu d'allées et venues, j'arrivais de temps en temps à jeter un coup d'œil dans leur vestiaire. Les pères Noël – eh oui ! il y en avait une pleine poignée, plusieurs par étage probablement qui s'étaient regroupés là – s'habillaient à l'écart des autres. De fait, ils n'avaient qu'à retirer leur habit rouge, enfilé en début de journée sur leurs propres vêtements.

Mais je repérai le mien sans difficulté. D'abord par sa taille : il était bien plus grand que les autres. Ensuite par sa tenue. La plupart de ses « confrères » étaient vêtus de guenilles ou presque, ce qui était par ailleurs assez logique : on sait bien que se déguiser en père Noël, de nos jours, est souvent réservé à ceux qui manquent cruellement d'argent. C'est un petit boulot, au même titre que distribuer des prospectus dans la rue. Et il n'est pas rare de voir les pères Noël du mois de décembre fréquenter, en janvier et février, les « restos du cœur ».

Mais le mien était correctement habillé. Que dis-je ? Il était d'une élégance telle qu'elle jurait dans le décor. Pull en cachemire – comme moi ! – pantalon de velours à la coupe impeccable, pardessus sombre et chaussures de prix. Une garde-robe bien onéreuse pour un homme qui allait percevoir – à l'issue de cette journée en tout cas – une rémunération fort modeste. Ma curiosité était piquée au vif, aiguisée à outrance. J'en avais des frissons, des picotements dans tout le corps.

Une fois dehors, la cohue ! Toujours la cohue ! Les badauds retardataires qui admiraient les vitrines se bousculaient pour s'engouffrer dans les bouches de métro, les touristes prenaient leurs dernières photos, et les coups de klaxon donnaient un avant-goût du tintamarre qui, à minuit précis, une semaine plus tard, retentirait dans la capitale.

Je repérai mon homme à une station de taxis. Et pour le coup, je bénis la foule : il était à peu près le vingtième dans la file des clients potentiels, ce qui me donnait le temps d'aller chercher ma voiture, garée à deux rues de là.

Je traversai ces deux rues au pas de course, surveillant mon père Noël de l'œil gauche et de l'œil droit... le type chez qui j'étais censée me rendre le soir même. Car je me souvins à cet instant précis que nous nous étions donné rendez-vous à la sortie des Galeries Lafayette. Il devait venir me chercher pour me conduire à son sinistre réveillon en famille.

Eh bien, il pouvait toujours attendre ! J'avais au moins trouvé un de mes cadeaux de Noël : pour lui, ce serait un lapin !

Je n'avais aucune envie de le revoir. Qu'est-ce qui m'avait pris de me laisser draguer par ce gnome ? Il s'était avéré si collant que je n'avais pu m'en dépêtrer et, par faiblesse, je ne l'avais pas rembarré... Je l'aperçus qui arpentait le trottoir d'en face. Tchao ! Tchao ! Je lui fis en douce un signe de la main. Affublé d'un costume gris qui, même de l'endroit où je me tenais, me semblait puer la naphtaline, de chaussures en plastique et de petites lunettes rondes en écaille, il avait piètre allure ! Alors que mon père Noël, lui, était si élégant, si attirant ! Sans compter ce quelque chose qui, s'il me faisait peur, me remplissait d'une excitation croissante.

Mon binoclard ne m'ayant pas repérée, je m'engouffrai dans ma voiture et me postai rapidement derrière le taxi que mon homme venait de héler.

C'était parti !

Les embouteillages me mirent à la torture. Paris était saturé. Mais il régnait cette ambiance typique des jours de fête, si bien que, malgré la circulation, malgré les feux rouges qui s'éternisaient, personne ne s'énervait.

Personne, à part moi.

Je serrai le taxi de près. Dans les diverses rues de Paris, puis sur le périphérique – bouché, archibouché – et ce, jusqu'à la porte des Lilas où mon homme descendit enfin pour prendre ce qui était sans doute son propre véhicule. Ni plus ni moins qu'une Mercedes. Étrange, pour un individu qui avait passé la journée entière déguisé en père Noël, à poser avec des enfants dans un grand magasin, non ?

Qui était-ce ? Bon Dieu, *qui était-il* ? Cette question n'a cessé de me tarauder tout le long du trajet. À plusieurs reprises, je crus avoir la réponse en croisant brièvement, et malgré la distance qui nous séparait, le regard de mon homme.

Ah ! Ce regard !

Il avait effectivement plusieurs fois tourné la tête, lorsque le taxi avait été immobilisé trop longtemps à un feu rouge, lorsqu'il avait doublé une voiture et que je l'avais imité aussitôt après. Se doutait-il que je le suivais ? Peut-être. Ça m'était égal.

Et puis j'eus enfin la révélation.

Lorsqu'il sortit du taxi et que, penché vers le chauffeur, il régla la course, je me figeai subitement. Je fus littéralement tétanisée pendant un long moment. Seul mon bras fut en mesure de bouger, quand, émergeant de mon apathie, je me frappai le front.

Mais oui, bien sûr !!!

La dernière confirmation de ma prémonition, je l'eus lorsqu'il s'approcha de ma voiture. Marchant d'une démarche lente et ondulée, semblable à celle d'un félin, il sortit de sa poche un porte-clés, avec lequel il se mit à jouer en l'envoyant en l'air comme on le fait quand on joue à pile ou face avec une pièce de monnaie. Ce porte-clés – je le discernai au moment où il contourna ma voiture par l'avant pour se poster près de ma portière – représentait Tintin. Le petit personnage était ébréché, scotché, rafistolé en de multiples endroits.

Alors, exactement comme dans le magasin plusieurs heures auparavant, un flash éclaira ma mémoire. Et de nouveau, je fus transportée dans le passé.

La cloche sonne. La récréation est terminée. Plus qu'une heure et demie de classe et fini ! C'est les vacances de Noël ! Et la veille de Noël, c'est demain ! Demain dans la nuit, j'aurai mes cadeaux ! J'ai commandé au moins une dizaine de jouets. J'espère que cette année, je vais enfin arriver à surprendre le père Noël. Oui, il faut absolument que je résiste au sommeil et qu'à minuit, je me glisse en douce hors de mon lit pour me poster devant la cheminée. Oh ! Si seulement je pouvais échanger quelques mots avec lui ! Et peut-être même en profiter pour lui réclamer un cadeau supplémentaire, que je n'ai pas consigné dans la lettre que je lui ai envoyée. Une Barbie en tenue de soirée ! J'essaie d'attraper Mathilde par la main, est-ce qu'elle l'a commandée, elle, la Barbie en tenue de soirée ? Je n'ai pas eu le temps de le lui demander pendant la récré. Seulement... une autre main m'attrape... Aïe ! Par ma natte !... Et me tire violemment en arrière.

– Eh ! Grosse dinde !

Prise de tremblements, je pique un fard : je sais très bien qui me donne cet horrible surnom.

Je suis encore tirée en arrière – toujours par ma natte et ça fait un mal de chien ! – puis à droite, alors qu'à gauche, je vois les autres s'engouffrer joyeusement dans notre salle de classe. Et la maîtresse qui ne se rend compte de rien ! Et la trouille qui me paralyse au point que je ne peux même pas appeler au secours ! Je suis ainsi violemment entraînée sur une distance de plusieurs mètres, jusque sous le préau.

Là, Théo – la terreur de la cour de récré, il est en CM2 et me dépasse d'au moins deux têtes – me plaque contre un mur et me coince la figure entre deux branches du grand sapin qui orne le préau. Les épines me grattent les joues, les guirlandes me chatouillent, les boules dorées qui se balancent au-dessus de ma tête me donnent le tournis.
– *Alors grosse dinde, t'y crois toujours ?*
Il est si près de moi qu'il me souffle en plein visage une haleine qui empeste la fraise. Il a toujours plein de bonbons dans les poches, ceux qu'il vole aux petits de CP, et il s'en goinfre à longueur de journée.
– *Cr... Cr... Croire à quoi ?*
Je n'arrive pas à parler, il tire toujours sur ma natte et les larmes me brûlent les paupières. Ses yeux lancent des éclairs d'une cruauté terrible. Si c'étaient des mitraillettes, fini, je serais raide morte ! Mais le pire, ce n'est pas ça ! Le pire, c'est que ses yeux, s'ils me font peur, je les trouve aussi tellement beaux ! Ils ont une couleur particulière, un marron très clair, légèrement teinté de jaune. On dirait du miel ! On en mangerait !
Il est là, Théo, à me torturer, à me traiter de grosse dinde, alors que moi, depuis le jour de la rentrée, j'en pince pour lui. Oui, je suis amoureuse de lui, je rêve de passer les récrés avec lui, à me bâfrer moi aussi de bonbons à la fraise.
– *T'y crois toujours au père Noël ? répète-t-il.*
Je ne comprends pas sa question. J'écarquille les yeux. Il lâche enfin ma natte, sort de sa poche un porte-clés – représentant Donald – et joue avec pendant quelques secondes.
– *Si tu me donnes ton porte-clés avec Tintin, je te dis un secret, ajoute-t-il enfin.*
« Si », avec Théo, il ne faut pas en tenir compte. Le conditionnel, il ne connaît pas. Il ne connaît que l'im-

pératif. Donc, il ne me laisse pas le choix : il me donne un ordre. Et j'ai intérêt à obéir si je ne veux pas retrouver ma natte coupée dans sa main.

La mort dans l'âme, je sors mon Tintin, le préféré de la collec que je viens à peine de commencer. (Pour l'imiter !) Il s'en empare, ou plutôt il me l'arrache des mains et tout à trac, il me balance :

– Le père Noël n'existe pas, grosse dinde ! Y a que les débiles qui y croient !

– On se connaît ?

Théo – c'était bien lui, j'en étais absolument certaine – s'appuyait nonchalamment d'un bras au rebord de la vitre que je venais de baisser.

– Oui, murmurai-je, un sourire énigmatique aux lèvres.

Et je restai silencieuse. À ma plus grande surprise, je ne me sentis pas rougir. J'avais l'avantage. De toute évidence, il ne m'avait pas encore reconnue. Souriant lui aussi, il me dévisageait. Il plissa les yeux – ses beaux yeux couleur miel –, il plissa aussi les lèvres comme s'il allait parler, mais se ravisa.

Il finit par éclater de rire en levant les deux bras dans un geste signifiant qu'il était incapable de mettre un nom sur mon visage.

– « Grosse dinde », dis-je alors lentement, en détachant les mots syllabe par syllabe.

Cette fois son sourire s'effaça et il fronça les sourcils. Son visage eut une expression étonnée, tandis que, très discrètement, son regard descendait de mes yeux jusqu'à ma poitrine. Mon cœur battait la chamade, mais je me dis que, en dépit de la température, j'avais eu raison de mettre mon pull noir en cachemire et mon manteau de fourrure. Parce que je savais qu'habillée ainsi, j'avais l'air de tout, sauf d'une dinde.

Je le laissai encore chercher pendant quelques instants puis, pointant de l'index le porte-clés qu'il tenait toujours entre ses doigts :
– Il était à moi, celui-ci, lui dis-je.
Cette fois il comprit et, comme je l'avais fait tout à l'heure, il se frappa le front.
– C'est pas vrai ! s'exclama-t-il. Attendez, attendez...
Il hésita encore pendant un bref instant.
– École Jean-Jaurès, c'est ça ?
– Gagné ! répondis-je.
Il éclata d'un beau rire franc et ajouta :
– Ça alors, on peut dire que le monde est petit ! Ou bien... C'est la magie de Noël !
J'acquiesçai en riant moi aussi, tout en remarquant qu'il évoquait la magie de Noël, alors que c'était lui qui avait détruit mon plus beau rêve à ce propos.
Il s'ensuivit un silence un peu gêné.
– Vous... Vous faites quelque chose de particulier ce soir ?
Mon binoclard qui empestait la naphtaline m'avait posé exactement la même question une semaine auparavant. Dans sa bouche, j'avais trouvé la formule d'une platitude à mourir, mais dans celle de Théo – Théo qui sentait si bon, comme si le parfum de bonbon à la fraise de son enfance ne l'avait pas quitté – je la trouvais pleine de promesses. Je m'étais forcée à suivre mon binoclard, ce ne fut pas le cas pour Théo.
– Non, dis-je sans hésiter une seconde.
Et sans hésiter non plus, j'acceptai de monter dans sa voiture.
Toujours pas l'ombre d'une hésitation lorsqu'il me proposa d'aller dans sa maison de campagne, à une cinquantaine de kilomètres de Paris.

La soirée ? Délicieuse !

La maison de Théo était très accueillante, meublée avec goût et discrétion. Lorsque nous sommes arrivés, le couvert était déjà mis dans le salon. Pour deux. Une table de fête. Surprise et gênée à la fois, je demandai à Théo s'il attendait quelqu'un. Il me répondit que sa fiancée l'avait plaqué le matin même et que, trop triste à l'idée de passer le réveillon seul – alors qu'il avait déjà concocté un repas succulent –, il avait dressé la table pour deux comme si de rien n'était. Il avait ensuite eu l'idée de proposer ses services pour se déguiser en père Noël, afin de conjurer son chagrin. Cette journée, bien qu'harassante, me précisa-t-il, lui avait permis de s'étourdir, de refouler ses idées noires. Et il avait pris un réel plaisir à voir la joie dans les yeux des enfants qui venaient se faire photographier avec lui.

Il avait en effet l'air sincèrement chagriné en me confiant sa déconvenue, mais je ne pus m'empêcher de me dire en moi-même que, finalement, la vie était bien faite. On l'avait plaqué le soir de Noël et ce n'était que justice : il était ainsi puni de m'avoir gâché mon dernier Noël d'enfant.

Et puis, au fur et à mesure que la soirée passait, j'oubliai mes ressentiments. J'avais l'impression de vivre un rêve : retrouver un amour d'enfance, c'est véritablement magique. Nous n'avons mangé que très peu. Pourtant le repas était exquis : foie gras, canapés, champagne... pas de dinde. Heureusement, une grosse dinde rôtie eût été malvenue. Nous avons parlé sans trêve, nous racontant mutuellement ce qu'avait été notre vie pendant toutes ces années. Théo m'avoua que son enfance avait été difficile. Le garnement de CM2 était carrément devenu un voyou au collège, mais il avait finalement repris le droit chemin et suivi des études d'informatique.

Lorsque minuit sonna, Théo me rendit mon Tintin, en guise de cadeau de Noël. Comme je refusais d'abord de l'accepter, il me montra l'impressionnante collection de porte-clés qu'il avait gardée depuis qu'il était petit : les porte-clés volés aux enfants dans la cour, plus d'autres... Ceux, me dit-il avec un sourire malicieux, que ses diverses petites amies lui avaient offerts.

Je vivais un rêve, un rêve extraordinaire. Lorsqu'il passa ses mains autour de mon cou et qu'il serra, serra, serra avec une violence et une force inouïes, alors seulement je compris qu'en fait de rêve, j'étais plongée au cœur d'un horrible cauchemar.

Et que j'allais mourir. Étranglée par un fou.

– Ça va ?

J'ouvris les yeux avec difficulté. Je ne vis d'abord que du blanc tout autour de moi. Y avait-il eu enfin une tempête de neige ?... Non. Le blanc environnant n'était que celui de l'Assistance publique. J'étais à l'hôpital.

Et le binoclard se tenait au pied de mon lit.

Toujours aussi mal fagoté, se balançant d'une jambe sur l'autre, il m'apparaissait au travers d'une sorte de brouillard.

Je tentai de répondre, mais ne pus émettre qu'une série de sons entrecoupés et une fulgurante douleur à la gorge m'arracha un cri.

– N'essayez pas de parler ! Pas maintenant, en tout cas.

Mon binoclard contourna le lit pour se rapprocher

de moi et s'éclaircit la voix en émettant une petite toux sèche. Il ouvrit la bouche, fit une grimace qui le rendit encore plus laid et, sans rien ajouter, sortit de sa poche une carte qu'il me mit sous le nez.

« Commissaire Dubosque, brigade criminelle. »

Une nouvelle fois j'essayai de parler, une nouvelle fois la douleur m'en empêcha.

– Merci, dit-il alors en retirant ses lunettes. (Et il n'était guère plus beau pour autant.) Nous vous devons une fière chandelle ! Grâce à vous, nous avons réussi à arrêter un redoutable tueur en série.

Il se racla encore la gorge. À croire que c'était lui qui avait failli être étranglé ! Il me raconta une longue histoire que, je l'avoue, je n'écoutai que d'une oreille. J'avais du mal à garder les yeux ouverts, mon cou me faisait un mal de chien, j'avais l'impression que le lit dansait le hip-hop, j'avais la nausée. On avait dû m'administrer des tranquillisants et je n'avais qu'une envie : dormir. Sans rêver, ni cauchemarder.

Mais je compris néanmoins l'essentiel de ce qu'il m'expliqua. Théo était un dangereux criminel qui, à chaque Noël depuis près de quatre ans, étranglait une femme. Ses proies succombaient dans un premier temps à son charme – à ses beaux yeux couleur miel ! Élégant, raffiné, doté d'une bonne situation, rien ne laissait supposer qu'il fût dangereux et ses victimes le suivaient sans se méfier. Fétichiste, il ne dérobait aux malheureuses après les avoir tuées que leur porte-clés. La police le traquait depuis longtemps. Il tuait exclusivement des femmes qui avaient à peu près mon physique et mon âge. Des célibataires comme moi. Comme moi, faciles à aborder dans la rue, me précisa mon binoclard... enfin le commissaire Dubosque.

Merci du compliment.

Il m'avoua qu'il m'avait lui-même courtisée dans l'intention de vérifier si je cédais facilement aux avances d'un inconnu. La vérification avait été positive. Merci encore.

Grâce à de nombreux indices récoltés au fil des enquêtes sur les trois premiers meurtres, la police connaissait le rituel du tueur. Il aimait se déguiser en père Noël le 24 décembre et, avec une précision d'horloge, il choisissait sa nouvelle proie, en fin de journée, en sortant des Galeries Lafayette...

Ce que je retins de l'exposé du commissaire, c'est que *j'avais servi d'appât*, car mon physique et mon caractère correspondaient à ceux des précédentes victimes. Au cas où Théo aurait choisi une autre femme, c'est moi qui aurais eu droit au lapin, sur le trottoir, devant les Galeries. Or, contre toute attente, je m'étais moi-même jetée dans la gueule du loup.

J'avais ainsi considérablement facilité le travail du commissaire Dubosque et de ses acolytes qui m'avaient suivie et, en dernier lieu, sauvée des mains du monstre.

Ce que je retins aussi, c'est que la réalité est très différente des contes de fées. Si le tueur avait l'aspect d'un prince charmant, mon sauveur, lui, avait une bien piètre figure. À la fin de ses explications, il sortit un mouchoir de sa poche et entreprit de se moucher avec force bruits. Il avait le nez rouge, congestionné, et ses petits yeux injectés de sang se réduisaient à deux fentes boursouflées.

Il y eut un long silence. Je n'étais toujours pas en mesure de parler et de ce fait, le commissaire Dubosque ne pouvait m'interroger. Pourquoi avais-je suivi le suspect de moi-même ? Cette question lui brûlait sans doute les lèvres... Jamais je ne lui aurais répondu.

Jamais je n'aurais dévoilé que Théo était... un amour d'enfance. Je ne voulais pas que ce binoclard enrhumé, tout commissaire qu'il était, pénètre dans mon jardin secret – un jardin bourré d'orties ! Je me sentais suffisamment humiliée comme ça.

Penché au-dessus de moi, il semblait attendre un commentaire, si elliptique fût-il, un battement de cils, un sourire, un geste.

Je lui fis signe d'approcher un peu plus et lorsqu'il fut assez près, je lui administrai une claque monumentale. J'y mis tout mon cœur ! Toutes les forces qui me restaient !

Pour la seconde fois, avec la même cruauté, j'avais confirmation que le père Noël n'existait décidément pas.

Le temps a passé. Je n'ai plus l'occasion de me laisser aborder par un inconnu dans la rue. Je suis mariée et j'ai une fillette de quatre ans. Elle croit au père Noël, bien évidemment. Chaque année à la même époque, je suis rongée d'inquiétude à l'idée qu'un petit camarade, dans la cour de récréation, réduise ses rêves à néant.

Et lorsqu'il nous arrive de flâner du côté des grands magasins en période de fêtes, si jamais un père Noël de pacotille s'approche de nous pour proposer une photo, je suis prise de tremblements, mon cœur s'emballe, je prends ma fille sous le bras malgré ses protestations, et mes jambes à mon cou.

Paul Thiès

Meurtre à répétition

Le grand Lorenzo (il s'appelait en réalité Louis Laurent) avait été pendant de longues années le plus fameux magicien du monde. Il était capable d'escamoter la tour Eiffel ou la statue de la Liberté en moins de temps qu'il n'en faut pour l'écrire. Parfaitement ventriloque, il faisait parler les lapins blancs en anglais et les tigres du Bengale en hongrois. Des rois et des présidents l'avaient applaudi de Paris à New York, du Caire à Pékin ; et il était immensément riche.

À présent, âgé de presque quatre-vingts ans, le grand Lorenzo ne quittait plus son magnifique chalet des Alpes, non loin d'Avoriaz. Le célèbre magicien adorait depuis toujours la neige et la glace, les montagnes étincelantes et les hivers interminables. Et c'est là, entre le ciel livide et les neiges éternelles, que Vladimir, son neveu et son unique héritier, lui rendait visite une fois par an, lors des fêtes de Noël.

Vladimir aimait l'argent. Il avait l'impression d'attendre depuis de longues années la mort de son oncle. Il était magicien lui aussi, un illusionniste médiocre qui arrivait certes à jongler avec quelques boules dorées ou à couper une femme en morceaux, un très vieux truc que chaque magicien connaissait depuis des lustres. Mais un jour... oui, un jour il posséderait enfin les richesses du grand Lorenzo et, par-dessus tout, les secrets de ses tours, enfermés dans le coffre-fort de son salon. Ce jour-là, Vladimir, le grand Vladimir !, éblouirait à son tour les spectateurs du monde entier.

Vladimir regarda autour de lui en fronçant les sourcils. Il connaissait par cœur le décor de la pièce : le lustre de Bohême et les tapis d'Orient, les meubles de bois précieux achetés à Londres ou Venise, la table couverte d'argenterie où trônait déjà hors-d'œuvre, carafes et bouteilles et surtout une dinde énorme, le sapin surmonté d'une étoile d'or pur jadis offerte au grand Lorenzo par le prince de Galles. Un feu d'enfer crépitait dans la cheminée et les vastes fenêtres s'ouvraient sur les pentes neigeuses des Alpes. Une sinistre tête de renne (ou d'élan, ou de caribou, ou même d'orignal) était accrochée au-dessus de la cheminée.

— Je crois que cette nuit la tempête sera spécialement belle, annonça gaiement le grand Lorenzo, un homme étonnamment mince et robuste pour son âge.

Le vieillard possédait des yeux encore très bleus et brillants, un nez aquilin, un menton puissamment modelé et des mains fortes, des mains habiles, expertes, rapides et virevoltantes de magicien.

— C'est probable, mon oncle, répondit docilement Vladimir.

L'héritier ressemblait beaucoup à l'oncle qu'il détestait tant : mêmes yeux d'un bleu intense, mêmes traits et surtout mêmes mains promptes et capables.

— Une tempête merveilleuse... répéta rêveusement le vieil homme.

Le grand Lorenzo détenait, entre autres dons, celui

de prédire le temps sans guère se tromper. Il adorait les tempêtes de neige et les fées de l'hiver lui en offraient une presque chaque année. Mais cette fois-ci...

« Cette fois-ci ce sera différent, pensa Vladimir en réprimant un sourire. Cette fois-ci... les neiges de décembre te serviront de linceul. »

Par tradition, le grand Lorenzo renvoyait toujours ses domestiques la nuit de Noël. Le cuisinier préparait le repas à l'avance avant de rejoindre sa propre famille. L'oncle et le neveu se servaient eux-mêmes. Vladimir n'ignorait pas ce détail.

Lorenzo conservait malgré son âge un appétit gargantuesque. Il avait vidé à lui seul deux bouteilles de vin rouge, sans compter le champagne, gobé deux douzaines d'huîtres et dévoré à belles dents la moitié de la dinde. Vladimir, lui, ne grignotait qu'une bouchée de temps à autre. Il attendait la bûche, peut-être pour rassembler son courage... L'élan, ou l'orignal (mais pour cette nuit au moins, il s'agissait sûrement d'un renne, un renne de Noël), contemplait placidement les reliefs du festin.

Le grand Lorenzo découpa la bûche, se servit le premier et avala goulûment une énorme bouchée de crème et de chocolat. À cet instant, Vladimir sortit un revolver de sa poche et visa son oncle.

– Hé ! Qu'est-ce que tu fais ? Tu es fou ! s'écria Lorenzo.

– Pas fou, fatigué. Fatigué et impatient, répondit Vladimir.

– Non ! Tu ne peux pas faire ça ! protesta le vieillard.

– Non ? Joyeux Noël ! rétorqua Vladimir.
Et il fit feu.
Le grand Lorenzo s'effondra, frappé en plein front.
– Tué raide ! Enfin ! murmura l'héritier en se levant.
Il jeta un regard rapide autour de lui. Tout se présentait exactement comme prévu : le feu qui crépitait dans la cheminée, la neige et le vent dansant leur ballet diabolique au-dehors et... le corps de son oncle affalé sur le tapis d'Orient.
Vladimir sourit en pensant aux domestiques qui trouveraient le cadavre le lendemain matin, et surtout aux policiers qui mèneraient l'enquête. Les soupçons se porteraient très naturellement sur lui... mais il posséderait un alibi insoupçonnable.
L'héritier consulta sa montre : compte tenu du décalage horaire, Vladimir entrerait d'ici trente minutes sur la scène du Royal Beach de Las Vegas. Un exploit digne d'un vrai magicien...

Au moment d'ouvrir la porte pour rejoindre sa voiture (il devrait conduire prudemment à cause de la tempête), Vladimir parcourut une dernière fois la pièce du regard. Le sapin et l'étoile, le feu, les bouteilles et les verres de cristal, le corps sur le tapis et, tout au fond, le coffre-fort qui abritait les papiers du vieillard. Il fit un pas en avant, soudain fasciné par la porte blindée.
– Les secrets du grand Lorenzo... murmura-t-il.
Il ne connaissait pas la combinaison ; tout le monde l'ignorait à l'exception du vieil homme.
– Mais je pourrais l'ouvrir, j'en suis sûr, marmotta Vladimir.

C'était réellement l'un de ses rares dons de magicien : ses mains prestes et agiles ouvraient facilement n'importe quelle serrure, même celle d'un coffre inviolable. Vladimir basait la plupart de ses numéros sur ce talent.

Mais il valait mieux ne pas perdre de temps. Le moment venu, lorsque les notaires feraient officiellement de lui l'unique héritier du grand Lorenzo, il convoquerait simplement un ouvrier spécialisé qui lui livrerait les secrets du coffre.

– Inutile... de... perdre du temps... se répéta-t-il.

Pourtant... le coffre le tentait, le fascinait. Vladimir avança encore sans même sans apercevoir.

– Je dois m'en aller... Il faut faire vite !

Le coffre brillait, scintillait, palpitait comme s'il vivait, l'appelait...

– Je dois m'en aller...

– Hé là ! Il ne faut pas partir si vite ! s'exclama une voix joviale. Après tout c'est Noël !

Vladimir sursauta, se retourna et ouvrit des yeux épouvantés : la tête de renne (ou d'élan, ou de caribou) suspendue au-dessus de la cheminée le regardait.

– C'est Noël ! répéta la voix.

Vladimir se frotta les yeux, incrédule : le père Noël, debout près du cadavre, le fixait d'un air sardonique.

– Tut tut tut... sifflota le renne d'un ton narquois.

– Ce n'est pas gentil de faire ça aujourd'hui ! Tu aurais pu le tuer le jour de Pâques, ajouta le père Noël.

– Pâques... répéta machinalement l'héritier.

– Mais oui ! Le lapin de Pâques est beaucoup moins susceptible que moi. Et puis les lapins adorent les magiciens, c'est bien connu, affirma le père Noël.

Vladimir secoua nerveusement la tête, absolument abasourdi. Il s'agissait bien de l'authentique père Noël, celui des films et des dessins animés : le costume rouge vif bordé de fourrure blanche, la barbe de neige et la bedaine triomphante.

– Mais vous… vous n'existez pas, protesta stupidement l'héritier.

– Qu'il est bête, soupira le renne en prenant à son tour la parole.

– Je n'existe pas ? s'indigna le père Noël. C'est ce que racontent les mauvaises langues. Mais toi non plus, tu n'existes pas, en tout cas pas ici, puisque tu es, en cet instant précis, en train de fasciner les touristes de Las Vegas. C'est ce que tu comptes expliquer à la police, n'est-ce pas ?

– Oui, marmonna machinalement l'illusionniste.

– Avoriaz, Las Vegas… Et si tu te trouvais en réalité encore ailleurs ? suggéra malicieusement le père Noël.

– Où ça ? balbutia Vladimir en tripotant machinalement le revolver qu'il avait remis dans la poche de sa veste.

– Je ne sais pas, moi. Sur une île déserte du genre pirates et palmiers, répondit le père Noël.

– Les îles désertes n'existent pas, objecta Vladimir en se disant qu'il délirait de plus en plus.

Ce père Noël surgi de nulle part finirait bien par se transformer en éléphant rose…

– Tu crois ça, répondit le père Noël. Dans ce cas, bon voyage !

– Bon voyage ! renchérit le renne. Pour une fois que je ne trimballe pas mon traîneau à travers le monde !

Vladimir, brusquement libéré de l'envoûtement qui le clouait sur place, fonça sur le père Noël, son arme à la main, mais soudain, il se rendit compte qu'il ne foulait plus le tapis. Il marchait sur du sable blanc, brûlant. L'héritier regarda autour de lui, incrédule. Il se trouvait sur une île déserte !

Une vraie île déserte, un incroyable décor de cinéma avec deux ou trois cocotiers, un magnifique lagon d'un bleu étincelant et, en prime, une douzaine de perroquets multicolores qui voletaient au-dessus des arbres.

– Mais... qu'est-ce que c'est... marmotta Vladimir en avançant d'un pas mécanique.

– Un cadeau, lui dit un des perroquets avec une voix que le magicien reconnut, la voix de son père mort depuis vingt ans.

– Un beau voyage, lui dit un autre perroquet avec la voix de sa mère, morte depuis plus longtemps encore.

Les deux voix lui parurent si vivantes, si authentiques que Vladimir revit ses parents, l'espace d'un instant. Ils lui souriaient dans le salon de leur maison, de sa maison, la nuit de Noël. Ils étaient assis près d'un sapin et de beaux cadeaux les entouraient, des cadeaux enveloppés de papier bleu, vert, rouge ou jaune, comme les plumes des perroquets.

– Ouvre ton cadeau, mon chéri, reprit sa mère en secouant ses cheveux blonds.

– Dépêche-toi, mon garçon ! ajouta son père en nettoyant d'un geste familier ses lunettes d'écaille.

Vladimir tomba à genoux et, poussé par un instinct irrésistible, il creusa le sable doré et en sortit un vieux coffre de fer orné d'épaisses attaches de cuivre.

– Voilà mon cadeau ! se réjouit-il.

Le coffre semblait fermé à clé, mais Vladimir effectua quelques manipulations rapides et il s'ouvrit aisément, révélant un tas de ducats et de doublons, de perles et de rubis.

– Mon cadeau ! Le trésor des pirates... murmura le magicien.

Il avança la main mais dès qu'il effleura le trésor, les palmiers et l'île déserte s'effacèrent comme un mirage et il se retrouva à genoux au milieu d'une plate-forme carrée inondée de soleil. Des singes piaillaient dans la jungle...

L'illusionniste se releva d'un bond, incrédule. Il dominait un cercle immense d'un vert profond, aussi infini que le disque bleu de l'océan. Vladimir se trouvait sur une île de pierre au centre d'un océan de jungle.

Juste en face de lui, une statue de pierre le fixait d'un regard minéral. Il s'agissait d'un homme au visage sévère à moitié couché sur un lit de granit.

– Le dieu Chac... le dieu de la pluie, s'étonna Vladimir. Mais c'est un dieu maya. Qu'est-ce que c'est que cette histoire ?

Malgré le soleil aveuglant qui baignait le paysage, le magicien identifia assez facilement l'endroit où il se trouvait : le sommet d'une pyramide précolombienne, en Amérique centrale, quelque part entre le Guatemala et le Mexique. Tout y était : les escaliers qui descendaient vers la forêt, les serpents et les oiseaux divins gravés sur de lourdes dalles de pierre et, en bas, des statues d'autres dieux...

– Il ne manque plus qu'Indiana Jones et le trésor de Cortés, ironisa Vladimir en repensant au coffre absurde de l'invraisemblable île déserte.

À cet instant, et comme si un démon malicieux le guidait, il attacha son regard à la statue de Chac.

– Un secret. Une statue, un trésor... murmura le

magicien comme s'il répétait une leçon bien apprise. Il faut que je le trouve.

Vladimir se remit à genoux devant l'idole et promena ses mains sur son corps, son cou et son visage, un peu comme s'il pianotait sur un clavier d'ordinateur.

Et lorsque ses doigts décryptèrent le mécanisme dissimulé à l'intérieur de la statue, les yeux de pierre s'écartèrent en révélant des cavités qui abritaient deux énormes rubis flamboyant au soleil.

– C'est très bien, dit la voix de son père, quelque part sur sa droite.

– Tu as encore gagné, mon chéri ! approuva la voix de sa mère.

Alors, Vladimir cligna des yeux en croyant se souvenir...

Un salon confortable, son père et sa mère qui lui souriaient. Son père portait la cravate de soie verte des jours de fête et sa mère des boucles d'oreilles qu'il adorait. Leurs perles brillaient comme des lunes pâles. Un feu crépitant dansait dans la cheminée et une énorme portion de bûche de Noël remplissait son assiette.

– Joyeux Noël ! lui dit son père.

– Le père Noël ne t'a pas oublié, ajouta sa mère.

Vladimir rougit de plaisir et avança la main pour s'emparer des rubis quand soudain...

Vladimir se trouvait maintenant dans une sorte de hangar ou de garage. Des canons de mitraillettes émergeaient d'une caisse entrouverte. Une longue Cadillac crème et argent tout droit sortie d'un vieux film policier en noir et blanc était garée contre le mur.

Vladimir savait que dehors, les criminels et les policiers de Chicago se poursuivaient à longueur d'année.

Le magicien examina la pièce avec curiosité. Des chapeaux de feutre oubliés sur un portemanteau... des bouteilles de bourbon sur une table de bois... et juste devant lui, un énorme coffre-fort hermétiquement clos...

Vladimir pressentait que les dollars qu'il convoitait étaient rangés en grosses liasses bruissantes derrière cette porte fermée. Pour s'en emparer, il suffisait d'ouvrir la porte blindée, exactement comme il avait ouvert le coffre des pirates et les yeux du dieu maya.

Ouvrir la porte...

Vladimir s'approcha du coffre, posa ses mains habiles sur le métal froid et lisse, caressa la serrure où brillaient de gros chiffres noirs.

– Neuf... quatre... neuf... un... En avant... en arrière... marmonnait-il.

Un homme ordinaire ne serait parvenu à aucun résultat mais Vladimir, lui, pouvait réussir des merveilles avec ses doigts.

– En arrière... huit... un... huit... ça y est !

La porte du coffre s'ouvrit. Vladimir, qui s'attendait vaguement à ce que le garage et la Cadillac s'effacent comme l'île déserte ou le temple de Chac, retint son souffle.

– Merci beaucoup, mon cher neveu, susurra une voix goguenarde, juste derrière lui.

Le magicien se retourna... et vit le grand Lorenzo, bien vivant, qui brandissait une matraque de caoutchouc. Une douleur fulgurante, un voile rouge, la douleur encore... Vladimir s'effondra au pied du sapin de Noël.

Lorsque Vladimir reprit connaissance, il était ligoté comme un saucisson dans un fauteuil Louis XV, près de la cheminée. Le grand Lorenzo, assis juste en face de lui, sirotait un verre de cognac. La pièce était telle qu'il l'avait « laissée » lorsque le père Noël l'avait expédié dans un monde délirant, impossible : la tête de renne, le sapin, les tables et les tapis, le coffre...

– Le coffre... murmura l'illusionniste.

Le coffre-fort qui contenait les secrets de Lorenzo était grand ouvert... comme celui du « garage » de Chicago.

– Oui, c'est toi qui l'as ouvert, convint Lorenzo. Il le fallait bien. Moi, j'avais oublié la combinaison.

– Mais qu'est-ce que ça signifie ? gémit Vladimir.

– C'est très simple : tu n'existes pas ! D'ailleurs je te l'avais déjà dit, avec la voix du père Noël.

– Quoi ?

– Tu n'existes pas, répéta tranquillement le grand Lorenzo. D'ailleurs, rien de tout ça n'existe.

– Rien ? gémit le prisonnier en luttant contre une terrible migraine.

– Tout n'est qu'un décor, précisa Lorenzo, la neige et la tempête, la dinde et la bûche, le sapin de Noël et les tapis. J'ai tout loué à une compagnie de cinéma. J'ai préparé cette pièce pour toi, même si tu n'existes pas.

– Je ne comprends pas... bredouilla Vladimir.

– Moi j'existe, sourit Lorenzo. J'existe même deux fois, car tu es mon clone.

– Clone ? Mais les clones n'existent pas, répliqua Vladimir.

– Pas plus que le père Noël, se moqua l'autre. Essaie de m'écouter sans m'interrompre, il ne te reste plus beaucoup de temps. Je m'appelle bien Louis Laurent, alias le grand Lorenzo, mais je n'ai jamais eu ni frère ni sœur, ni nièce ni neveu. Je suis aussi riche et aussi vieux que tu le crois mais en excellente santé, grâce aux progrès accomplis par la médecine depuis vingt ans. Vers mes quarante ans j'ai d'ailleurs investi une bonne partie de ma fortune dans la recherche génétique. Et c'est comme ça que je t'ai créé.

– Vous délirez ! grogna Vladimir en essayant désespérément de briser ses liens.

– Absolument pas ! Tu es mon clone et tu as, ou plutôt tes cellules ont quarante ans. Mais toi, tu n'existes que depuis trois mois. Je t'ai créé.

Le grand Lorenzo sourit, fit craquer ses phalanges et posa son verre de cognac sur la table, à côté de la bûche entamée.

– Il n'existe guère de différences entre toi et moi, à part l'âge. J'ai simplement demandé aux généticiens d'implanter quelques informations précises dans ta mémoire. Un : tu es le neveu et l'unique héritier du grand Lorenzo. Deux : tu vis en 2003 et non en 2103. Trois : tu te trouves à la fois ici et à Las Vegas, ce qui te donne un alibi imparable... mais impossible. Tu ne crois à cet alibi que parce qu'il est implanté dans ta cervelle de clone, mais tu ne crois pas aux clones, puisqu'ils n'existent pas en 2003, sauf dans les films de science-fiction. Amusant, non ?

– Je n'y comprends rien. Pourquoi faites-vous une chose pareille, pourquoi ? gronda Vladimir.

– À cause de ça, répondit le grand Lorenzo en désignant d'un geste désinvolte le coffre-fort ouvert. Ce que tu sais sur ce coffre est parfaitement exact. Il contient non seulement de l'argent et des titres de propriété, mais aussi et surtout les secrets de mes tours. Hélas, je vieillis malgré mes traitements médicaux... Figure-toi que j'avais oublié la combinaison et qu'elle n'est notée nulle part. De plus, je ne suis plus assez habile pour ouvrir n'importe quelle serrure. Mais toi si ! Alors je t'ai utilisé, manipulé. J'ai stimulé ton habileté en imaginant ce scénario enfantin...

— Je ne suis pas un enfant ! Et puis je l'ai vu, le père Noël ! Et j'ai entendu le renne parler ! protesta le malheureux Vladimir.

— Tu es un enfant, à ta façon, affirma le vieillard. Je t'ai programmé et guidé. Mon talent de ventriloque reste intact et je suis toujours un redoutable hypnotiseur. Je t'ai parlé avec la voix du père Noël, puis avec celle du renne et enfin avec celles de tes, ou plutôt de mes parents et ces voix suscitaient en toi les images que je désirais : l'île déserte, le temple, tes souvenirs d'enfance.

— Mais comment ça ?

— Il faut donc tout t'expliquer, imbécile ! répondit brutalement Lorenzo. Les généticiens t'ont programmé en se fondant sur mes souvenirs et mes goûts. Je me suis servi des livres, des films ou des aventures que j'aimais quand j'étais petit. Tu étais sous hypnose et ma voix te guidait. Tu as d'abord « ouvert » le coffre des pirates puis la statue, comme s'il s'agissait d'un jeu d'enfant, et enfin le coffre de Chicago... ou plutôt le vrai coffre, le mien.

— Mais c'est tordu votre histoire ! explosa Vladimir. Il y avait sûrement d'autres moyens !

— Lesquels ? Faire venir un ouvrier pour qu'il ouvre le coffre ?

— Bien sûr !

— Je l'ai fait, répondit Lorenzo et j'ai découvert qu'il travaillait pour un de mes concurrents, un magicien qui convoitait mes secrets. Après ça je n'ai plus fait confiance à personne.

— Mais c'est insensé ! siffla Vladimir.

— Peut-être bien que j'ai l'esprit tordu, comme tu

le dis, admit le vieil homme. Cette comédie m'a coûté une fortune mais je suis très riche. Et elle m'a permis d'organiser ma dernière représentation. J'étais mon seul public, de deux façons différentes. Tu étais moi et je me trompais moi-même ; et simultanément je me voyais te tromper. C'était bizarre... mais très amusant, comme un jeu de miroirs.

Lorenzo haussa les épaules :

– Après tout, les magiciens adorent les jeux de miroirs...

– Et vous m'avez sacrifié ! gronda le clone.

– Tu n'es pas une grande perte, répondit froidement le grand Lorenzo. Mes autres clones, ceux qui prendront la suite après ma mort, sont bien plus perfectionnés que toi. Ils dorment dans une crypte cryogénique, tout près d'ici. Toi, tu ne survivrais que quinze ou vingt jours à ton activation... si je te laissais vivre. Encore un détail que l'on n'a pas implanté dans ta mémoire...

Le vieillard lâcha un rire cynique semblable au grincement d'une crécelle.

– Pauvre pantin... J'ai truffé ta cervelle d'idioties sur les îles désertes et les temples mayas, mais pas d'informations dangereuses pour moi.

– Et vous allez me tuer ? Mais pourquoi ? bafouilla le prisonnier d'une voix éteinte.

– Il ne te reste de toute façon que dix jours à vivre, mais un de mes concurrents pourrait te trouver avant ta fin programmée et je refuse de courir ce risque, expliqua Lorenzo. Alors, et comme en 2103 il est parfaitement légal de détruire ses propres clones...

Le vieillard sortit le revolver de sa poche et le pointa fermement sur la tête de Vladimir.

Le clone tressaillit et, pour une seconde, il oublia le terrible vieillard qui le menaçait. Il se vit au centre d'une chambre close tapissée d'une infinité de miroirs et chacun des miroirs reflétait son corps et son visage.

Si certains de ces reflets lui ressemblaient exactement, d'autres avaient l'aspect du grand Lorenzo, et d'autres encore avaient vingt ans, ou cinquante, ou soixante. Les plus vieux ricanaient sinistrement. Mais en réalité il s'agissait toujours du même homme, du même garçon, du même vieillard, égaré dans le labyrinthe du temps. Et Vladimir se demanda soudain si la scène qu'il était en train de vivre ne s'était pas déjà produite une, ou deux, ou dix fois, et si elle ne recommencerait pas encore et encore. De combien de clones et de combien de siècles le terrible illusionniste disposait-il ?

Le prisonnier frissonna longuement et revint à la réalité. Le grand Lorenzo pointait toujours son arme droit sur sa tête.

– Ne faites pas ça ! Vous ne pouvez pas faire ça ! hurla le clone.

– Non ? Tu l'as bien fait, puisque tu es moi, rétorqua Lorenzo. Joyeux Noël !

Et il fit feu.

Gilles Fresse

Zone d'ombre

Il descendit de la voiture. Le chauffeur lui demanda :
— Tu veux que je t'accompagne, petit ?
— Non, non. Laissez-moi juste quelques minutes.
Il faisait froid. Très froid. Le givre avait emprisonné les rares feuilles qui n'en finissaient plus de mourir au bout de leurs branches. La grille était ouverte. Il la franchit et suivit le sentier de cailloux blancs. Il avançait raide et droit dans la froidure. Personne n'aurait pu l'empêcher d'avancer. D'avancer vers son passé.
Il la vit à l'angle gauche de l'allée centrale. Il sut, sans même lire les noms gravés en lettres dorées, que c'était leur tombe. Il s'approcha et s'assit sur le marbre gris. La rose fanerait rapidement sous le gel, mais il la sortit de son anorak et la posa sur la pierre.

Pierre-Marie Jeanson
Psychiatre
Consultations sur rendez-vous

J'en avais un. De rendez-vous. J'ai sonné, poussé la lourde porte de chêne et je suis entré dans la salle d'attente. Le désert. Une brusque envie de faire demi-tour m'a saisi, mais le docteur Jeanson est apparu.

– Michaël Vallet ?
– Mikhaïl, j'ai rectifié.
– Excuse-moi.
Il s'est effacé et m'a indiqué la direction à suivre :
– Je t'en prie.
J'ai pénétré dans son cabinet. Deux chaises rembourrées en cuir noir se faisaient face de part et d'autre d'un bureau au plateau en verre. Au fond de la pièce, un long divan, de cuir noir lui aussi. De nombreuses étagères débordant de bouquins garnissaient les murs. Impressionnant. Comme d'habitude, je me suis senti un peu ignare devant les piles de livres. Le docteur Jeanson m'a désigné une chaise :
– Assieds-toi.
Il s'est assis à son tour, derrière son bureau. Il devait avoir une cinquantaine d'années, le crâne dégarni, l'œil vif derrière des lunettes rétro à monture métallique. Je lui ai tendu l'enveloppe jaune contenant le résultat de mes analyses ainsi que la lettre du docteur Berthet, mon généraliste. Il s'est mis à lire par-dessus ses verres dans le plus grand recueillement.
– Je ne vois rien d'anormal. La prise de sang est bonne. L'électro-encéphalogramme aussi.
Ça, je le savais déjà. Berthet m'avait mis au courant. À mon profond soulagement d'ailleurs.
– Je pense qu'il est inutile de passer un scanner. Parle-moi un peu de tes vertiges.
J'ai soupiré.
– Les premiers sont apparus il y a environ trois semaines. Tout à coup, le monde autour de moi se met à tourner. J'ai l'impression que des milliers de petites aiguilles se plantent dans ma nuque et ma colonne vertébrale. Les paumes de mes mains sont trempées de sueur. Je suis obligé de m'allonger.
– Cela dure-t-il longtemps ?

– Une à deux minutes, je ne sais pas très bien. Mais ce que je sais, c'est que j'en ressors complètement exténué.
– D'autres sensations ?
Là, j'ai hésité. Il l'a senti et s'est penché vers moi :
– Il vaut mieux que tu me dises tout, Mikhaïl. Ça nous permettra de gagner du temps.
Il avait prononcé mon prénom correctement cette fois, d'une voix très grave et très chaude. J'ai craqué :
– Ben... Une trouille épouvantable.
– As-tu parlé de cette peur au docteur Berthet ?
– Non.
Passer pour un détraqué, non merci, très peu pour moi. Il s'est levé, est allé se placer derrière sa chaise.
– Pourrais-tu me décrire les circonstances de ton premier vertige ?
J'ai fait un effort de mémoire :
– Dans la salle de bains. C'était dans la salle de bains, un dimanche matin. Papa m'avait demandé de passer à la pâtisserie pour nous acheter des gâteaux et j'étais en train de me peigner devant la glace avant de sortir.
– Pourrais-tu être plus précis, s'il te plaît ?
Il commençait à m'agacer sérieusement avec ses questions. Il voulait savoir quoi exactement ? La couleur de mon peigne ? J'ai répondu sèchement :
– Il n'y a pas trente-six manières de se coiffer !
Il n'a pas tiqué sur le ton de ma remarque et a poursuivi :
– Et le deuxième vertige, tu te le rappelles ?
– Non.
– Tu ne m'aides pas beaucoup, Mikhaïl.
– J'ai un vertige tous les deux ou trois jours, alors vous savez...
– Oui, bien sûr, mais il est très important que tu te

remémores les circonstances dans lesquelles ils interviennent. Très important.

Il avait insisté fortement sur le très.

– Pourquoi ?

Il s'est accordé un moment de réflexion avant de me répondre, comme s'il choisissait un à un les mots qu'il allait prononcer.

– Tu es en parfaite santé, Mikhaïl...

J'ai pensé que c'était déjà pas mal.

– ... tes vertiges ne semblent pas avoir une origine organique mais psychique.

Était-il en train de m'expliquer que j'étais fou ? Mon estomac s'est noué et j'ai demandé d'une voix agressive :

– Et alors ?

– Alors c'est pour cette raison que j'insiste sur les circonstances dans lesquelles ils surviennent.

– Vous insinuez qu'ils sont provoqués par des circonstances précises ?

– Des circonstances, des événements, des pensées...

J'étais bien avancé. Moi qui pensais m'en tirer avec quelques médicaments gribouillés sur une ordonnance, je me retrouvais confronté à des circonstances, des événements et des pensées. Quel programme !

Jeanson a poursuivi :

– Nous nous reverrons la semaine prochaine. Même jour, même heure si cela te convient. D'ici là, je te demande de noter les circonstances qui provoquent tes malaises. Note tout ce qui te passe par la tête. Le moindre détail peut avoir son importance.

Il avait dû juger que la consultation était terminée, car il s'est dirigé vers la porte et m'a tendu la main.

– Au revoir Mikhaïl. Et ne t'en fais pas, nous allons arranger cela.

Je me suis retrouvé dans la rue, groggy et perdu, regrettant amèrement d'avoir franchi le seuil de son cabinet.

– Tu veux encore du soufflé ? m'a demandé papa.
– Non merci. Plus faim.

Il m'a regardé droit dans les yeux. De ce regard qui me rend si transparent.

– Tu ne m'as pas encore parlé de ton rendez-vous. Que t'a dit ce médecin ?

J'ai hésité à lui répondre, me rappelant notre discussion lorsque je lui avais annoncé que le docteur Berthet m'avait pris un rendez-vous chez Jeanson. Il s'était renfrogné et avait lâché sa sentence :

– Ces psys, c'est racaille et compagnie. Ils font leurs choux gras de la détresse humaine. Tu entres dans le cabinet. Bonjour. Au revoir. Cela vous fera cinquante euros ! Sûr qu'ils trouveraient un vice caché à la Sainte Vierge elle-même !

Là, il m'avait étonné. Ce n'était pas dans ses habitudes de farouche athée d'user de la Vierge Marie comme preuve de pureté. Il devait être vraiment en rogne.

Il a tapoté nerveusement la lame de son couteau dans son assiette.

– Mikhaïl ! Je t'ai posé une question. Que t'a raconté ce toubib ?

– Que j'étais en parfaite santé.

Il s'est levé, s'est dirigé vers le frigo. Il boitait bas aujourd'hui. Son genou gauche. Un accident. Une voiture l'avait renversé bien avant ma naissance. Depuis, sa rotule le faisait souffrir les jours d'humidité. Pas besoin de bulletin météo chez nous, il prévoyait les périodes d'intempéries mieux qu'une grenouille. « Encore une journée salut les clopins » comme il disait. Je n'ai pas tenté de l'amadouer.

– Le docteur Jeanson prétend que mes vertiges sont d'origine psychique.

– Ben voyons !

Je lui ai caché que le docteur Jeanson m'avait demandé de prendre des notes sur les circonstances de mes vertiges.

– Écoute, Mikhaïl, je n'aime pas du tout ça. Je n'accorde aucune confiance à ce psychiatre.

Je l'ai observé, son visage crispé trahissait plus que de la méfiance. Il exprimait le tourment, l'angoisse. Peut-être se faisait-il du souci pour moi ? Dans un coin de ma tête, la voix chaude de Jeanson a résonné : « Tu ne m'aides pas beaucoup, Mikhaïl. » Cette voix qui m'avait mis en confiance.

– Mais pourquoi ? Tu ne le connais pas ! C'est bien toi qui prétends qu'on n'a pas le droit de juger les gens. C'est bien toi ?

Il a eu l'air embarrassé. « Ne t'en fais pas, nous allons arranger cela », a continué la voix chaude du psychiatre.

J'ai ajouté :

– Et puis, c'est bien moi qui suis embêté dans cette histoire. S'il peut me guérir, je ne vois pas pourquoi je refuserais ses services !

Il était rare que le ton monte entre nous. Le silence s'est installé, malsain. Et ça a fini comme les autres fois. Par le grand rire de papa. Mais cette fois, il sonnait faux, un peu jaune.

– Tu es grand, mon fils. Tu es grand. N'empêche que...

Je l'ai interrompu d'un geste de la main. Il a souri plus franchement, et m'a proposé :

– On se joue la vaisselle aux échecs ?

Je l'ai mis mat très facilement. Il a commis trois grosses erreurs de suite. Je l'ai quand même aidé à laver la vaisselle.

Je l'étudiais du coin de l'œil pendant qu'il s'escrimait sur la cocotte de fonte noire. Il allait avoir quarante-deux ans le mois prochain. De taille moyenne, les épaules larges et voûtées, un visage taillé au couteau, buriné comme celui de ceux qui travaillent à l'extérieur par n'importe quel temps. Il était jardinier, employé par la ville. Il était plus que jardinier. « Je suis cette rose, mon fils. Je suis cette violette, cette pensée. Je grandis avec elles, je respire leur air et j'exhale leur parfum », disait-il.

Un poète dans son genre. Je ne lui connaissais pas d'amis. Personne ne nous invitait et nous n'invitions personne. D'ailleurs notre modeste deux-pièces n'était guère accueillant. Un film de temps à autre, c'était là notre seule distraction. Hormis la partie d'échecs quotidienne, naturellement. Une petite vie calme et tranquille qui me suffisait.

Ma mère ? Je ne l'avais jamais connue. Elle était morte en me mettant au monde. Elle était russe et se prénommait Maria. D'après les rares photos que possédait papa, elle était très belle. Blonde comme les champs de blé mûr des grandes plaines d'Ukraine avec des yeux d'un gris souris qui posaient sur le monde un regard très doux.

Papa était intarissable à son sujet. Il pouvait parler d'elle des heures entières avec la même flamme. Une façon de la garder vivante... Je ne lui ressemblais pas. Absolument pas.

Il y a des jours maudits. Des jours où l'on est impuissant à lutter contre les événements qui se déchaînent contre nous. Je m'étais réveillé avec le moral au plus bas.

Après trois mois de visites hebdomadaires chez le docteur Jeanson, je ne pouvais pas dire que j'étais plus avancé. Il m'avait prescrit un traitement. Mes vertiges s'étaient espacés, mais ils s'étaient épaissis d'images, de visions mystérieuses qui me laissaient K-O. C'est l'image de la tempête de neige qui m'est venue en premier. Une tempête de flocons énormes balayés par les rafales de vent, descendant du ciel dans un silence angoissant. Et puis, au milieu du déluge blanc, le sapin est apparu, avec ses guirlandes électriques multicolores qui jetaient dans la nuit de légers éclairs irisés. Un renne en peluche, une plage de sable fin sur une île déserte, une bûche de Noël et une dinde rôtie étaient peu à peu venus rejoindre la galerie des images incompréhensibles. La vision d'un père Noël grimaçant se penchant sur moi était la pire de toutes, celle qui me glaçait de terreur, celle qui amplifiait la douleur des mille aiguilles se plantant dans ma nuque et dans mon dos.

Comme me l'avait recommandé le docteur Jeanson, je notais scrupuleusement dans un petit carnet les circonstances dans lesquelles apparaissaient les malaises mais, là encore, rien de très positif. Depuis quelques séances, nous parlions de mes visions, ce qui semblait le passionner.

– Il faut creuser tout ça, Mikhaïl.

J'avais beau creuser, rien de concret ne sortait. Une chose était sûre, mes visions se rapportaient toutes à Noël si l'on exceptait la plage de sable fin. Pourquoi ? Mystère ! Peut-être tout simplement parce que Noël, justement, se rapprochait à grands pas.

Nous étions à huit jours des vacances de fin d'année. L'ambiance qui régnait dans les rues de la ville influençait-elle mes pensées ? Le docteur Jeanson ne se prononçait pas sur la question. Papa pestait contre lui à la moindre occasion, surtout depuis que je lui avais confié qu'on parlait de maman. Je n'aurais pas dû.

Ce matin-là, pour couronner le tout, je me suis disputé avec Elsa, ma petite amie.

– Tu n'es plus le même, Mikhaïl, m'a-t-elle reproché. Tu ne ris plus, tu ne me regardes plus, tu es fermé à double tour. Que se passe-t-il ?

J'étais bien embarrassé pour lui répondre, alors je n'ai rien dit et j'ai rejoint les rangs de ma classe, Elsa à mes trousses.

– Parle-moi, bon sang ! Parle-moi !

Elle avait crié. Les élèves ont tourné la tête, à l'affût d'une querelle amoureuse. Je devinais la pensée des garçons : « Tiens, il y a de l'eau dans le gaz entre Elsa et Mikhaïl. Et si la belle Elsa se retrouvait libre... »

– Je veux vivre, moi ! a-t-elle poursuivi.

– Alors vis ! ai-je rétorqué, mauvais.

Elle a tourné les talons après un :

– Très bien. C'est toi qui l'auras voulu.

J'ai rejoint mon cours de maths. Inutile de me demander ce qui s'y est dit, je n'en sais strictement rien.

Le soir, j'ai mis papa au courant de notre dispute. Il ne connaissait pas Elsa, mais il a tenté de me rassurer :

– Ça s'arrangera, ne t'inquiète pas. Allez viens, je te paie une toile.

Le film était médiocre. J'en ai d'ailleurs raté une bonne partie : je me suis endormi. Sur le chemin du retour, une pluie fine dégoulinait du ciel sale.

— C'est de l'or qui tombe, mon fils ! a dit papa, le visage levé vers les nuages.

J'ai souri. Il proférait ces paroles à chaque fois qu'il pleuvait.

— Vieux rabâcheur ! ai-je rigolé.

— Rabâcheur peut-être mais vieux, tu exa...

Il s'est jeté sur moi. J'ai entendu très nettement trois détonations qui ont écorché le silence de la nuit. J'ai relevé la tête pour voir disparaître l'arrière d'une voiture, tous feux éteints.

— Papa ?

Il pesait lourd sur moi. Je me suis dégagé.

— Papa ?

Un liquide chaud et gluant coulait sur mes mains. J'ai hurlé.

Quand je me suis réveillé, le docteur Jeanson était penché vers moi. Il m'a souri. J'ai senti un pincement au creux de mon bras. L'aiguille d'une perfusion y était plantée. Je me suis souvenu des coups de feu, du sang de papa. J'ai demandé d'une voix pâteuse :

— Papa ?

Le docteur Jeanson a posé sa main sur mon épaule.

— Ton père est en salle d'opération, Mikhaïl. Il a perdu beaucoup de sang, mais il est vivant. Les chirurgiens s'occupent de lui.

J'éprouvais l'impression bizarre de flotter dans un monde qui n'était pas le mien et de regarder les événements comme si j'en étais le spectateur et non l'acteur. La pensée de mon père en salle d'opération aurait dû me glacer d'effroi. Ce n'était pas le cas. Peut-être le liquide s'écoulant goutte à goutte dans mon bras était-il responsable de cet état second ?

Jeanson m'a expliqué :

– Un médecin du SAMU que je connais bien m'a informé de ce qui s'est passé. Quand son équipe et lui sont arrivés sur place, tu étais en état de choc et la seule chose que tu as été capable de dire avant de t'évanouir, c'est mon nom. Je suis venu aussitôt.

J'ai voulu le remercier d'être là. Sa présence me faisait du bien. Mais je n'en ai pas eu le temps, car les milliers de petites aiguilles sont revenues se planter dans ma nuque et mon dos et le tourbillon des images m'a entraîné de nouveau vers un puits sans fin.

– Mikhaïl ! Mikhaïl !

La voix de Jeanson me parvenait de très loin, comme à travers un brouillard sonore. Impossible de m'y accrocher. Déjà je voyais la tempête de neige s'abattre sur moi. Le sapin et ses guirlandes, le renne en peluche, l'île déserte et la plage de sable fin ont suivi.

– Mikhaïl ! Parle-moi !

Le père Noël grimaçant. Et, juste derrière lui, une femme que je ne connais pas. Elle est belle, mais un rictus d'horreur déforme tout à coup son visage. Elle hurle en fixant quelque chose que je regarde à mon tour. C'est un homme, couché par terre dans une mare de sang. Mon regard cherche à nouveau la femme, son beau visage a disparu. Il n'y a plus rien. Une main puissante me soulève dans les airs.

– Mikhaïl !

Je suis fatigué. Si fatigué.

– Mikhaïl !

J'ai sombré dans le sommeil. Quand j'ai refait surface, la clarté du jour se frayait difficilement un chemin à travers les lamelles du store. On m'avait retiré ma perfusion. Le docteur Jeanson n'était plus là. J'ai tiré le drap blanc et posé les pieds par terre. Mes jambes tremblaient. Je me suis dirigé jusqu'à la porte de ma chambre. Je l'ai entrouverte. Des effluves de petit déjeuner m'ont sauté aux narines, me donnant la nausée. La pendule accrochée au mur indiquait six heures quarante-cinq.

– Alors, petit, ça va ?

J'ai sursauté. À ma droite, assis sur une chaise, les jambes allongées, se tenait un homme que je ne connaissais pas. Il s'est levé, dépliant difficilement son mètre quatre-vingt-dix, et m'a tendu la main.

– Lieutenant Simon. Police judiciaire.

Je l'ai serrée machinalement tout en l'observant. Une barbe noire de trois jours parsemée de poils gris assombrissait ses joues creuses. Il sentait le tabac froid.

– Je peux te poser quelques questions ? m'a-t-il demandé en me fixant de ses yeux brun foncé comme s'il voulait me transpercer.

– Mon père ? Vous avez des nouvelles ?

– Il est dans le service de réanimation. Il ne s'est toujours pas réveillé.

Nous sommes entrés dans ma chambre. J'ai pris place sur mon lit tandis qu'il faisait les cent pas, les bras derrière le dos. Il s'est tout à coup immobilisé :

– Qui est Mateoli ?

J'ai cherché, mais ça ne me disait rien.

– Je sais pas.

– Tu es sûr ?

– Certain.

– Ton père n'arrête pas de prononcer ce nom dans son sommeil.

Il parlait. C'était sûrement bon signe.

Le lieutenant Simon s'est gratté bruyamment la barbe, songeur.

— Connais-tu quelqu'un qui aurait pu lui en vouloir ?

J'ai haussé les épaules.

— C'est ridicule. Personne ne peut en vouloir à papa...

— On lui a quand même tiré dessus, m'a-t-il interrompu sèchement.

— C'est une erreur. Je ne vois que ça.

Nouveau grattement de barbe avec un sourire ironique en prime.

— Ben voyons... En quinze années de métier, je n'ai encore jamais vu d'erreur de ce genre. Raconte-moi ce qui s'est passé exactement hier soir.

J'ai raconté tout ce que je savais, c'est-à-dire pas grand-chose. Le ciné, la voiture, les coups de feu et le sang de papa. Des larmes glissaient le long de mes joues. Le lieutenant Simon s'est approché. Il s'est penché vers moi et a posé ses deux grosses mains sur mes genoux :

— Je coincerai ce salopard, petit. Je te promets de le coincer, mais tu dois m'aider.

Je ne voyais pas du tout comment. La porte s'est ouverte et une femme est entrée portant un plateau de petit déjeuner. Le lieutenant Simon s'est redressé et m'a lancé en s'éloignant :

— Tiens le coup, petit. Je repasserai bientôt...

— Tu veux boire quelque chose ? m'a demandé le docteur Jeanson, en fouillant dans sa poche à la recherche de monnaie.

— Non merci.

Il a trouvé son bonheur, a introduit une pièce dans la machine à café qui a craché un gobelet en plastique.

– Mateoli ? C'est bien ce nom qu'a prononcé le lieutenant Simon ?
– Oui, c'est ça. Vous ne travaillez pas aujourd'hui ?
– Non. Jamais le mercredi matin.
Il a avalé une gorgée de café avant de me confier :
– J'ai vu le chirurgien qui a opéré ton père...
Une boule d'angoisse a gonflé dans mon ventre.
– Il n'a toujours pas repris connaissance. Il se trouve dans ce qu'on appelle un coma vigile. Un coma léger dont il devrait sortir, mais on ne sait pas quand. Le chirurgien est assez confiant, car aucun organe vital n'a été touché.
La boule s'est dégonflée.
– Je peux aller le voir ?
– Je ne préférerais pas pour le moment. Inutile d'ajouter un autre traumatisme aux nombreux chocs que tu as subis ces derniers temps. Patience, tu lui rendras une petite visite lorsqu'il se réveillera. J'ai demandé aux infirmières de te prévenir dès que cela se produira.
Il s'est assis à côté de moi.
– La fumée te dérange ?
– Pas du tout.
Il a sorti une pipe et un paquet de tabac de sa veste. Tout en bourrant le fourneau, il a continué :
– C'était un vertige que tu as eu sous mes yeux, la nuit dernière, n'est-ce pas ?
Je n'avais pas la moindre envie d'en parler. Il a allumé sa pipe, enfumant la cafétéria de volutes bleutées qui sentaient le miel.
– Mikhaïl ?
Sa voix chaude. Je lui ai raconté la femme inconnue au joli visage, son rictus d'horreur et l'homme dans une mare de sang. Il ne disait rien. Son silence me gênait. J'ai explosé :

– Je n'y comprends rien. Rien de rien. Qu'est-ce que ça signifie, tout ça ? Qu'est-ce que ça signifie ?

Il a tiré sur sa pipe calmement tout en me fixant derrière ses lunettes métalliques.

– Ces images sont inscrites dans ta mémoire, Mikhaïl. Comme dans la boîte noire d'un avion.

J'avais peur de comprendre et j'ai hésité avant de poser la question fatale :

– Vous... vous voulez dire que j'ai réellement vécu ce que je vois pendant mes vertiges ?

– Je le crois de plus en plus, oui.

Un gouffre s'est ouvert sous mes pieds.

– Mais c'est impossible ! j'ai crié. Vous m'entendez : impossible !

Il s'est levé pour déposer son gobelet dans la poubelle. L'espace d'un instant, j'ai eu l'horrible sensation que c'était ma vie qu'il jetait ainsi. Comment pouvait-il me dire cela ? Des mensonges, seulement des mensonges. Les paroles de papa me sont revenues en pleine face : « Ces psys, c'est racaille et compagnie. Ils font leurs choux gras de la détresse humaine. »

J'ai haï Jeanson si fort que je me suis lancé sur lui pour le frapper. Mon poing est parti. Il l'a bloqué facilement et m'a serré contre lui, sa main sur ma nuque. J'ai pleuré longtemps sur son épaule.

J'ai passé la journée à dormir et à regarder des émissions débiles à la télé. Je me sentais vide, absent de moi-même, comme si les souvenirs que j'avais de mon existence avec papa avaient été implantés dans ma mémoire par une machine infernale. Pourtant, ils étaient bien réels et aussi loin que je remonte dans mon passé, l'image de papa était à mes côtés, rassurante et chaude. L'entrée au cours préparatoire, la première fois où il avait sorti l'échiquier pour m'expliquer le mouvement des différentes pièces, ses mains plongeant dans la terre et son sourire lorsqu'il me parlait de son amour pour les plantes : « Je suis cette rose, mon fils. Je suis cette violette, cette pensée. Je grandis avec elles, je respire leur air et j'exhale leur parfum. »

Mais alors, qui étaient ces personnages qui virevoltaient dans mes vertiges comme autant de créatures cauchemardesques, qui semblaient m'attirer vers un endroit où je ne voulais pas me rendre ? Je n'avais pas de réponses. Je maudissais l'idiot qui a prétendu que les questions sont plus importantes que les réponses.

L'infirmière qui s'occupait de moi était très gentille. Après le petit déjeuner et le repas de midi, j'avais eu droit à un comprimé. Pour me calmer, m'avait-elle dit dans un sourire. Elle passait de temps à autre sa tête dans l'ouverture de la porte pour me demander :

– Ça va, Mikhaïl ? Tu as besoin de quelque chose ?

Le docteur Jeanson est revenu vers quatre heures avec un échiquier sous un bras et une chemise jaune cartonnée sous l'autre. Je n'avais pas le cœur à jouer, mais je l'ai quand même remercié.

– Le lieutenant Simon t'a parlé d'un certain Mateoli, tu te rappelles ? Eh bien, ce nom me disait aussi quelque chose et, pour en avoir le cœur net, j'ai effectué des recherches sur lui. On fait des merveilles avec Internet.

Il a hésité avant de poursuivre :

– Tu veux savoir ce que j'ai trouvé ?

Il m'a tendu la chemise cartonnée. À l'intérieur, se trouvait une série d'articles que j'ai feuilletés rapidement. Ils étaient classés par ordre chronologique.

Le premier datait du 25 décembre 1989 et portait le titre d'un mauvais film policier :

Noël de sang

GENÈVE – *Un drame épouvantable s'est produit hier dans la propriété du célèbre industriel suisse Vittorio Mateoli. La police a été prévenue peu après vingt heures par des voisins, alertés par des détonations. En arrivant sur place, les policiers ont découvert les corps sans vie de Vittorio Mateoli, de son épouse et de leur garde du corps ainsi que le cadavre d'un homme déguisé en père Noël. La police recherche Hugo, son fils de deux ans, qui a disparu. Le commissaire divisionnaire Muller, chargé de l'enquête, se refuse à toute déclaration. Attentat, tentative d'enlèvement qui aurait mal tourné ? La suite de l'enquête devrait éclairer les circonstances et les raisons de ce drame qui demeurent mystérieuses au moment où nous écrivons ces lignes.*

La suite de l'article n'avait aucun intérêt. Deux photographies de mauvaise qualité illustraient le deuxième feuillet. La première représentait un portrait de l'industriel et la deuxième, celui de son fils, Hugo. Je ne m'y suis pas attardé. C'est en observant la troisième page que j'ai reçu un direct en pleine face. L'épouse de l'industriel, cette femme au joli visage qui s'étalait sur le papier imprimé, c'était l'inconnue de mes vertiges.

La chambre d'hôpital autour de moi a brusquement plongé dans la tempête de neige. J'ai tenté d'avaler l'air qui ne voulait plus pénétrer à l'intérieur de mes poumons. J'ai tendu une main vers le docteur Jeanson sans parvenir à l'atteindre. La brûlure des aiguilles sur ma nuque...

– Mon petit Hugo chéri, regarde ce que tonton Roberto t'a envoyé !

Maman me tend un gros paquet emballé de papier argenté. J'ai beaucoup de mal à le prendre dans mes bras trop courts. Il est lourd. Je le pose sur le parquet de ma chambre et je déchire l'emballage comme un sauvage, en criant d'excitation. Maman, agenouillée face à moi, rit en me recommandant sans trop y croire :

– Doucement, mon chéri. Doucement.

Le papier est en lambeaux sur le sol. Mes doigts s'attaquent au scotch qui ferme le carton. Je n'arrive pas à l'enlever.

– Tu veux que je t'aide ?

Je fais oui de la tête et les longs doigts fins de maman volent à mon secours. Ça y est, le carton est ouvert. C'est une peluche. Une bête que je ne connais pas. Maman m'explique :

– C'est un renne, l'animal qui tire le traîneau du père Noël.

Saisie d'une soudaine inspiration, elle se lève et s'empare d'un livre sur mon étagère.

– Regarde !

Elle me montre le père Noël juché sur son traîneau tiré par quatre grands rennes. C'est bien la même bête.

– Tonton Roberto a aussi envoyé une carte.

Sur la carte, il y a la mer bleue, le sable doré, des palmiers et des cocotiers. Maman lit ce que tonton Roberto a écrit : « Comme c'est drôle Noël au bout du monde ! »

Je tends les bras vers maman. Elle me porte jusqu'à la fenêtre. Dans la nuit derrière les carreaux, de gros flocons tombent mollement. Dehors, en contrebas, je pointe du doigt le sapin aux guirlandes multicolores qui s'éteignent et s'allument en mille couleurs se reflétant sur le sol recouvert de neige. La lueur blanchâtre des phares d'une voiture vient gâcher le spectacle. Maman se réjouit :

– Voilà papa. Je descends. Tu veux venir avec moi ?

Non je veux pas. Je veux regarder le livre et jouer avec le renne de tonton Roberto. Maman me repose à terre et disparaît dans l'escalier en laissant ma porte entrouverte. Je perçois d'abord nettement le bruit de ses talons claquant sur les marches de bois, puis je n'entends plus rien. Je caresse le renne avant de l'enfermer dans son carton d'emballage en compagnie du livre du père Noël et de la carte postale. Je tire ma petite chaise jusqu'à la fenêtre pour me régaler encore du spectacle de la neige et du sapin. Maintenant je veux voir maman. Je descends en m'agrippant de tous mes doigts à la rampe. Maman n'aime pas mais tant pis, je suis assez grand maintenant. Au bas de l'escalier, j'entends les voix en provenance du salon. Mimi, le chat gris de la maison, me coupe la route. Je le suis dans le couloir jusqu'à la cuisine. Je m'attarde devant le four où une dinde tourne en rôtissant. Zut, j'ai perdu Mimi. Mais là sur la table, les plats du réveillon sont prêts. Je monte sur une chaise et j'enfonce un doigt dans la bûche, le porte à ma bouche.

– On vous veut pas de mal. On veut juste le môme. Où est-il ?

C'est bon.

– Où est le môme, bon Dieu ?

Mon doigt replonge dans le gâteau.

Une détonation.

Je lèche mon index du bout de la langue.

Trois autres détonations. Je file vers le salon. Maman est là. Elle est belle. Mais tout à coup une grimace horrible déchire son visage. Elle hurle. Je regarde dans la même direction qu'elle. Papa est couché dans une flaque de sang, juste à côté d'un père Noël qui saigne aussi. Il est venu avec son traîneau ? Une nouvelle détonation. Maman n'est plus là. Tiens, un autre père Noël. Sa main m'agrippe et me soulève. Il n'est pas beau celui-là. Sa barbe blanche s'est à moitié décollée et elle pend sur son menton. Il court dans l'allée du parc. Il fait froid. Le vent souffle et les flocons de neige s'abattent sur ma nuque et dans mon dos comme des milliers de fines aiguilles. Il ouvre la portière d'une voiture et me jette à l'arrière. Un homme, installé au volant, crie :

— Qu'est-ce que vous avez foutu bon sang ? J'ai entendu des coups de feu. Où est Franz ?

La portière se referme.

— Où est Franz ?

— Il est mort. Démarre.

Le chauffeur hésite. Il se tourne vers moi. C'est papa. Mon vrai papa. Mon papa jardinier.

— Démarre, je te dis.

Papa était posé sur son lit comme un naufragé accroché à un morceau de coque qui flotte sur l'océan. Un océan de blanc. Ses joues creusées s'étaient couvertes d'une barbe grisâtre et ses paupières restaient désespérément fermées. Je n'ai pas eu peur en le voyant. Son visage était serein et dès que je l'ai aperçu, j'ai eu la certitude qu'il allait bientôt se réveiller. Le docteur Jeanson, qui m'avait guidé jusqu'au service de réanimation et grâce à qui j'avais pu entrer, était resté quelques minutes avec moi avant de repartir. J'ai déplié le jeu d'échecs que j'ai posé à même le drap près de la main droite de papa. Une perfusion est plantée dans son bras gauche. J'ai positionné les pièces sur l'échiquier. Papa avait les blancs, c'était donc à lui de jouer. J'ai pris sa main inerte et j'ai serré ses doigts autour du cavalier que j'ai déplacé à la gauche du roi. Il entamait toujours sa partie de cette façon quand il avait la main.

Papa a gagné facilement la première partie. Au moment où je gagnais la deuxième dans l'obscurité qui commençait à envahir la chambre, la porte s'est ouverte sur un homme d'une quarantaine d'années. Il a eu l'air surpris de ma présence. Il portait la blouse verte des médecins de l'hôpital.

– Que fais-tu ici ? m'a-t-il demandé en s'approchant.

– C'est mon père et...

Il m'a interrompu d'un geste de la main :

– Je ne veux pas le savoir. Il est tard. Tu reviendras le voir demain.

– Mais...

– Il n'y a pas de mais !

Un rictus d'énervement a barré son visage et je l'ai alors reconnu. Pas de doute possible, c'était lui. Lui, le faux père Noël à la barbe arrachée qui m'avait emporté sous la neige jusqu'à la voiture, celui qui hantait mes visions depuis des semaines.

Surtout ne pas paniquer. D'abord penser et puis seulement après, agir. Mais vite.

– D'accord, docteur. Je reviendrai demain, ai-je dit d'une voix qui ne tremblait même pas.

J'ai pris la direction de la sortie. Il ne s'occupait déjà plus de moi, penché sur le lit de papa. J'ai atteint la porte, ignorant toujours ce que je devais faire. C'est en apercevant le tabouret métallique que j'ai pris ma décision. Je l'ai saisi vivement par un de ses pieds et je l'ai levé bien haut, tout en me précipitant sur l'homme. Il n'a pas eu le temps de comprendre ce qui lui arrivait. Le tabouret s'est abattu sur sa tête sans qu'il esquisse le moindre geste. Il a glissé doucement sur le sol comme un paquet inanimé.

Le bureau du lieutenant Simon était un peu à son image. Tout en longueur et mal rangé. Cigarillo au bord des lèvres et gobelet de café dans la main gauche, il l'arpentait de long en large depuis que j'y étais entré. Je restais silencieux, me demandant quel voile de mon histoire il s'apprêtait à lever. Il s'est enfin posé sur une chaise en croisant les jambes.

– Tu n'y es pas allé de main morte avec le tabouret, petit ! a-t-il dit dans un demi-sourire. Traumatisme crânien, douze points de suture et trois heures d'inconscience. Enfin, on ne va pas te le reprocher. Guibert semblait prêt à tuer ton père.

– Guibert ?

– Ouais, c'est son nom.

Il a bu une gorgée de café avant de poursuivre :

– Il nous a tout raconté. Tu te sens capable d'écouter cette histoire, petit ?

J'ai avalé ma salive en hochant positivement la tête.

– Bon. Premièrement, ton père est ton vrai père.

J'ai poussé un soupir de soulagement. Le lieutenant Simon a précisé :

– Les Mateoli n'étaient pas tes parents. Ils ne pouvaient pas avoir d'enfants. Tu sais déjà que Mateoli était le patron d'une grosse entreprise multinationale. Ses activités l'amenaient régulièrement en ex-URSS. C'est lors d'un de ces voyages qu'il est entré

en contact avec des membres de la mafia russe. Il leur a demandé de lui vendre un bébé et ils ont accepté.
– Ce bébé, c'était moi ?
– Exact, petit. Tu es né en 1987 dans une maternité de Kiev, en Ukraine. Ta mère est morte en te mettant au monde.

Papa me l'avait raconté plus de mille fois, mais il avait oublié de me dire que tout ça s'était déroulé en Union soviétique.

– Tu as été enlevé dans cette maternité alors que tu avais à peine trois jours et on t'a conduit en Suisse, près de Genève, chez les Mateoli qui t'ont élevé pendant deux ans. Durant ces deux années, ton père, alors ingénieur agronome en mission en URSS, n'a eu de cesse de te retrouver. J'ignore encore comment, il faudra attendre son réveil pour qu'il nous éclaire, mais il a découvert ta trace et il a décidé de te récupérer en t'enlevant aux Mateoli. Ne pouvant agir seul, il a recruté deux complices dans le milieu parisien : François Nivelle dit Franz et Alain Guibert. Il n'avait pas d'argent pour les payer. Il ne leur a donc rien révélé de ta véritable identité, se contentant de leur faire miroiter une somptueuse rançon.

Le cigarillo du policier s'était éteint. Il l'a rallumé avant de continuer :

– Noël 89, petit. Comme tu le sais, l'enlèvement tourne au carnage. Les Mateoli et leur garde du corps sont tués ainsi que Franz. Évidemment, plus question de demander une rançon. Guibert veut alors se débarrasser de toi. Ton père l'en empêche. Ils se battent. Guibert est grièvement blessé et ton père prend une balle dans le genou...

Le genou de papa et ses journées « salut les clopins ».

– C'était sur une route de montagne du Jura suisse,

en pleine nuit dans la tempête de neige. Tu dormais à l'arrière de la voiture tandis qu'ils se battaient dehors. Croyant Guibert mort, ton père l'a abandonné en t'emmenant avec lui. La suite, nous la connaîtrons lorsqu'il se décidera enfin à sortir de son coma. De ce côté-là, les médecins sont plutôt optimistes.

– Et Guibert ?

– Il a été recueilli et sauvé par deux frères agriculteurs qui habitaient une ferme voisine. De passage dans notre ville, il a reconnu ton père par hasard alors qu'il repiquait des plantes près de la mairie. La suite, petit, c'est l'agression à votre sortie du cinéma et la visite à l'hôpital.

Le lieutenant Simon s'est levé et a ouvert la fenêtre afin d'aérer la pièce. Une question me taraudait.

– Quand papa sortira du coma, il sera poursuivi par la justice ?

– Forcément, petit. Forcément. Mais ne t'en fais pas trop. Tout ce qu'il a commis, il l'a commis pour reprendre un fils qu'on lui avait enlevé. Le jury sera sûrement compréhensif…

Il a tiré une dernière bouffée sur son cigarillo nauséabond et écrasé le mégot dans un cendrier plein à ras bord.

– Je dois aller à Genève la semaine prochaine pour différentes choses concernant cette affaire. Tu veux m'accompagner, petit ?

Il caressa de sa paume le marbre gris du caveau tout en repensant aux paroles du docteur Jeanson :

« Le destin, Mikhaïl, ce n'est jamais qu'un peu de passé en retard. »

Il se leva, avança de quelques pas dans l'allée de graviers blancs avant de se retourner une dernière fois vers la tombe de ceux qui l'avaient aussi aimé comme un fils. Il grelottait. Il rejoignit la voiture.
– *Ça va, petit ?*
– *Oui, ça va.*
– *On rentre ?*
La voiture démarra. Ils avaient plus de cinq heures de route. Largement le temps de téléphoner à Elsa.

Embûches de Noël

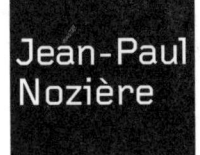

Jean-Paul Nozière

> *Nous étions tellement pauvres qu'à Noël mon vieux sortait de chez nous, tirait un coup de pistolet en l'air, puis rentrait dans la maison et disait : Désolé, mais le père Noël vient de se suicider.*
>
> Jake LaMotta, boxeur

– Kim, est-ce que tout est possible à Noël ?
Kim hausse les épaules et me sourit.
– Bien sûr. Jésus est né dans une étable à une époque où les médicaments n'existaient pas. Il s'en est sorti sans choper un virus ni même un rhume, donc tu vois...
Je vois surtout le sapin de Noël en plastique, couvert de sa fausse neige. Dessous, un monceau de paquets attend minuit. Ma montre me prévient qu'il y a encore deux heures à tirer avant de déballer ces cadeaux probablement infects. Tonton Jean s'exclamera :
– Magnifique ! Tu es contente, Sanabel ?
Tu parles ! Un violon pour mes leçons de violon, un tutu pour mes cours de danse, quelques vêtements à vomir que tata Madeleine aura choisis aux Galeries Lafayette et je ne sais quoi d'autre tout aussi excitant.
Kif-kif pareil au même pour mes cinq frères et sœurs. Moussa, Kim, Witold, Luis, Tania. Tonton Jean nous a recueillis aux quatre coins du monde parce que tata Madeleine ne pouvait pas avoir d'enfants. Elle avait adopté une tripotée de chats, dont elle avait dû se séparer quand l'allergie de son mari aux poils était devenue préoccupante. Tonton Jean adore Noël.

C'est lui qui affirme, quand le 25 décembre approche, que « tout est possible à Noël. » Un sourire le transfigure. Il croise ses mains sur son ventre de banquier quinquagénaire richissime.

— Ma mère et mon père sont morts un 25 décembre.

Son sourire s'étale et devient aussi épouvantable que la cicatrice édentée des citrouilles d'Halloween. Il raconte. Il ne se lasse pas de raconter.

— Ils faisaient du ski nautique au large de l'île de Tongareva. Des requins les ont dévorés.

Les requins n'ont pas dévoré la fortune de ses parents, dont il était l'unique héritier. Depuis cet épisode tragique, tonton Jean croit au père Noël. Tata Madeleine, elle, croit à l'argent de son mari, avec lequel elle achète des chocolats qu'elle engloutit deux par deux, sinon « le cacao perd de sa saveur ». Elle collectionne les bijoux en or, qu'elle achète aussi deux par deux, « parce que, mon bichounet, tu n'imagines pas les prix incroyables quand on prend la paire ».

Une étrange famille. Si Kim, notre aînée, ose remarquer qu'on ne sourit pas en évoquant la mort de ses parents, tonton Jean se fâche.

— Sans l'héritage, crois-tu que vous habiteriez cette maison luxueuse et trépigneriez d'impatience en attendant de déballer vos magnifiques cadeaux, de manger la dinde, les chapons, de...

La colère l'étouffe. Il fixe Kim, pointe l'index vers elle.

— TU ne serais pas ici ! TU serais morte de faim dans une rue de Bangkok ! Qu'aucun de vous n'oublie à qui il doit son existence confortable !

Tonton Jean exagère. Nous travaillons pour lui. Kim, Witold, Tania dans sa banque, derrière les gui-

Jean-Paul Nozière

chets. Luis, Moussa et moi, nous sommes mineurs et allons à l'école mais, pendant les vacances, il n'est pas question de traîner sans rien faire. Tonton Jean connaît toute la ville. Des relations partout. Donc des petits boulots pour nous partout.

– À quatorze ans, Sanabel, tu es capable de tenir le rayon légumes de l'épicerie du quartier pendant les vacances de Noël. J'ai négocié un si bon salaire qu'il te restera encore « de quoi » quand tu en auras donné les trois quarts à tante Madeleine. Il est normal que tu participes aux frais de la maison si tu perçois une rémunération grâce à mes efforts.

« De quoi » est la formule préférée de tonton Jean. Il classe les gens en deux parties. Ceux qui ont « de quoi », qu'il salue, et ceux qui n'ont pas « de quoi », qu'il ne voit pas.

– Quel négrier ! proteste Moussa, en riant jaune, parce qu'il est originaire du Rwanda, enfant rescapé d'une guerre entre les Tutsis et les Hutus.

Il était assez grand, quand tata Madeleine l'a pris dans l'orphelinat de Kigali, pour comprendre la réflexion faite à sœur Odette :

– Peut-on avoir la paire d'enfants à ce prix-là ? La petite fille dans le lit à côté de celui de Moussa est adorable.

Le don à l'orphelinat s'élevait à cent cinquante euros. Tata Madeleine, à peine rentrée du Rwanda, s'indignait, en avalant deux par deux les dattes fourrées au loukoum qu'elle avait achetées à l'escale de l'avion à Djibouti. C'est elle qui avait décidé que moi, Sanabel, récupérée en Turquie, clôturerais la famille.

– Ces gens-là, plus on leur donne, plus ils en veulent. À ce train-là, les pays pauvres que nous aidons si généreusement nous mettront sur la paille. Je préfère encore adopter des chats, au moins eux…

Personne n'a su ce qui viendrait après « au moins eux », ni le bien que tata Madeleine pense des chats, car elle a eu son premier malaise diabétique à ce moment précis. Le docteur a établi une ordonnance à base de carottes râpées et de yaourts sans sucre.

– Il n'a rien écrit au sujet des chocolats, avait triomphé tata Madeleine, en agitant l'ordonnance sous le nez de son mari.

Elle s'autorise une entorse à son régime à Noël. Elle s'en autorise d'ailleurs pour chaque fête, religieuse ou non.

– Le respect des coutumes et des fêtes des pays d'origine des enfants leur permet de conserver des traces de leurs racines.

Un Rwandais, une Thaïlandaise, un Polonais, une Russe, un Mexicain et moi, une Turque : d'innombrables occasions d'échapper aux carottes râpées.

Donc, ce samedi 25 décembre, notre famille patchwork est rassemblée dans l'immense salle à manger, près du faux sapin et de la bûche électrique qui se consume depuis des jours à l'intérieur de la fausse cheminée dressée elle-même près de la crèche, sans doute afin de réchauffer l'enfant Jésus qui n'en finit pas de naître sous les coups de langue d'un bœuf en carton. Tonton Jean et tata Madeleine sirotent l'apéritif en regardant à la télévision les Petits Chanteurs à la Croix de Bois. Les apéricubes, que tata Madeleine avale deux par deux, me soulèvent le cœur. Elle se dépêche tellement qu'il me paraît impossible qu'elle en dépiaute l'emballage. Je ne pense qu'au dîner de Noël. Du foie gras. Une dinde presque aussi grasse que tata Madeleine. Deux chapons boursouflés, parce que tonton n'en démord pas :

– Noël, c'est la dinde ET le chapon.

En dessert, de la bûche, planquée sous une couche

de crème au beurre plus épaisse qu'une avalanche de neige. Beurk et beurk ! Où mettre tout ça ?

— Je t'aiderai, Sanabel, me promet gentiment Moussa, en m'embrassant.

Le coup d'œil inquiet qu'il jette à Tania et Luis montre qu'il s'attend à une explosion de ma part. J'en ai marre de Noël. Tout ce tintouin pendant le mois de décembre se termine par une indigestion et des cadeaux que je range dans une armoire. En plus, il ne se passe jamais rien à Noël. Les Petits Chanteurs à la Croix de Bois et manger, alors que je rêve d'une aventure extraordinaire. Bon, si l'extraordinaire est rare, au moins qu'il se produise quelque chose qui sorte de l'ORDINAIRE !

Il y a deux ans, par exemple, quand tata Madeleine a eu son malaise diabétique, il a fallu appeler SOS Médecins. C'était excitant. On a laissé la dinde dans notre assiette et les cadeaux sous le sapin. En plus, le docteur était jeune et beau comme un chevalier. Après la résurrection de tata Madeleine, Kim l'a raccompagné dehors et lui a dit :

— J'ai mal au ventre et parfois aussi à la tête, alors j'irai vous voir bientôt à votre cabinet.

Ce qui arrivait était beaucoup plus prometteur que l'encyclopédie, emballée d'un papier aguichant, qui m'attendait sous le sapin, même si Kim n'a pas osé prendre un rendez-vous et encore moins osé rappeler SOS Médecins.

Pour tout arranger, il neige depuis hier. Une tempête ahurissante. Les routes sont impraticables. Aucun véhicule ne peut circuler dans un mètre de neige. Il n'y a pas un chat dans les rues. Le silence met les nerfs en pelote. Une ville fantôme. Tonton Jean est ravi.

— La région est bloquée. Je passerai un Noël tranquille, sans craindre un hold-up puisque la circulation est impossible.

Sa banque est pleine à craquer. La France change de monnaie dans sept jours. Des francs aux euros. La Brink's a déposé un plein camion d'euros. Et il y a les sacs gonflés de francs. Tonton Jean, selon la loi, doit détruire les billets, mais il les conserve en douce, les remplace par de la fausse monnaie... qu'il détruira, bien sûr !

– Ce n'est pas une escroquerie, se défend tonton Jean, puisque en définitive ce papier sera transformé en confettis. J'échangerai les bons billets contre des euros à la banque de France et voilà, pas de quoi fouetter un chat !

Il n'existe plus un seul chat à fouetter chez nous depuis qu'il a tué les six angoras que nous remplaçons.

La neige, si rassurante pour la banque, le changement de monnaie si miraculeux et les cadeaux si superbement emballés expliquent l'euphorie de tonton Jean. Il avale de minuscules gorgées d'apéritif en claquant la langue contre son palais pendant que tata Madeleine pose toujours la même question :

– Mon cadeau de Noël, ne seraient-ce pas ces magnifiques boucles d'oreilles qui me tentent depuis des mois ?

Grosse erreur. Tania me pousse du coude en me montrant le paquet sous le sapin. Il contient deux paires de gants en veau. Tata Madeleine devra les enfiler en glapissant « Mon Dieu, qu'ils sont magnifiques ! Je suis contente, mais con-ten-te ! ». J'espère que le dépit déclenchera son malaise diabétique, que le docteur de SOS Médecins rappliquera et que peut-être il m'emmènera avec lui dans son hélicoptère. Ce serait un superbe Noël.

Nous sommes les six assis sur les poufs marqués à nos noms, alignés derrière les fauteuils de tonton Jean et tata Madeleine. Ils aiment l'ordre, ont le goût de la hiérarchie, ce qui nous convient puisque cette disposition nous cache la télévision où les Petits Chanteurs à la Croix de Bois entament *Petit papa Noël*. De ma place, il me suffit de voir tonton Jean se masser le ventre, comme s'il voulait y faire de la place avant d'y fourrer la dinde aux marrons. Je l'entends bredouiller « Noël, mon Dieu quelle fête magnifique ». Soudain, son sourire se déploie. Je crois que sa mémoire reconnaissante le transporte près des requins de l'île de Tongareva, à qui il doit tant, mais pas du tout. Tonton Jean se lève. L'émotion barbouille son visage et embrouille son élocution.

– Mes enfants, chantons en chœur *Douce nuit* avec eux.

Eux, ce sont les gosses vêtus d'aubes blanches, à la télévision. Une proposition de tonton Jean est un ordre. Nous nous levons, face à notre père adoptif qui prend l'attitude d'un chef d'orchestre. Dès que son bras indique le tempo, nous y allons.

Douce nuit, sainte nuit, tout s'endort au-dehors...

La sonnette de la porte extérieure retentit.

Quelle peur ! Qui sonne à la porte de notre maison, inaccessible dans cette ville fantôme ensevelie sous la neige ? Le diable ? Les âmes des parents de tonton Jean, régurgitées par les requins pour qu'elles viennent hanter la conscience de leur fils ?

– Va ouvrir, m'ordonne tonton Jean.

Il s'empresse de vider cul sec son verre d'apéritif.

J'obéis. Mes frères et sœurs suivent. Tonton Jean

et tata Madeleine sont très loin derrière. La surface impressionnante de notre salle à manger me donne le temps de réfléchir, avant d'arriver à la porte. À quatorze ans, je ne crois évidemment pas au diable, pas davantage aux fantômes. Je redoute surtout qu'il ne soit question que d'un faux contact électrique avec, au final, une immense désillusion. À moins que... Encore trois mètres. L'excitation me gagne.

Je ne suis pas déçue.

Le père Noël est derrière la porte.

En réalité, sept pères Noël. Ils sont rangés par ordre décroissant de taille, comme les Dalton. Le plus grand mesure moins d'un mètre cinquante !

– Des gosses ! s'exclame tonton Jean, soulagé.

L'apéritif lui a obscurci la vue ou dissous le cerveau. Moi qui n'ai que quatorze ans, je me rends compte que nous ne nous en tirerons pas comme ça.

Le premier père Noël me repousse dans le hall en braillant d'une voix acide :

– Obéissez et on ne vous fera aucun mal !

Les autres suivent le mouvement. Ils s'empêtrent un peu dans leur longue robe rouge, mais avancent d'un pas décidé. D'autant plus décidé qu'ils tiennent chacun dans la main droite un fusil kalachnikov et dans la main gauche un pistolet magnum 357. J'écris ces précisions avec assurance pour deux raisons. D'abord, chacun sait, grâce à la télévision, que les truands utilisent ces armes. Ensuite, j'ai eu l'occasion, plus tard, de vérifier l'exactitude de mes suppositions.

– Qu'est-ce que ça signifie ? proteste tonton Jean, en reculant. Si vous croyez que nous nous laisserons impressionner par des gosses... Je suis chez moi... Je vais vous botter le cul, oui, voilà ce que je vais faire.

Le dos volumineux de tata Madeleine est certes un

bouclier raisonnable, derrière lequel tonton Jean se met à l'abri, n'empêche que ses menaces sont courageuses. Les Petits Chanteurs à la Croix de Bois profitent du silence qui suit pour terminer *Douce nuit*. Le deuxième père Noël, par ordre décroissant de taille, éclate de rire et appuie sur la détente de sa kalachnikov. Les détonations nous jettent à plat ventre sur le carrelage. Des morceaux de plâtre tombent. Des éclats de bois. Les étincelles de l'arme se confondent avec les clignotements colorés des guirlandes électriques du sapin. Le troisième père Noël utilise son magnum 357. Il vise les boules de verre du sapin et les dégomme les unes après les autres. De la fumée sort du canon.

– Vous voyez, pas question de rigoler ! précise le quatrième père Noël, quand la fusillade s'arrête.

Il avise tonton Jean, maintenant tassé derrière son fauteuil, et lui met la kalachnikov sur la tempe.

– La télévision vous le dit pourtant : l'insécurité gagne les petites villes et les enfants sont de plus en plus les auteurs des méfaits.

J'ai l'impression qu'il ricane. Quant au cinquième père Noël, il se tourne vers moi.

– Pourquoi tu ne restes pas couchée sur le sol comme les autres ? Tu n'as pas peur ?

Je réprime un fou rire nerveux. Je songe à Kim, m'assurant que tout est possible à Noël. Jésus naît dans une étable sans que Joseph y soit pour quelque chose, les parents de tonton Jean sont mangés par des requins et des pères Noël armés de fusils kalachnikov envahissent la maison d'un banquier. Ils pensent certainement que je suis folle et ne s'occupent plus de moi. Leurs voix me surprennent. Elles sont aiguës, couinent à certains moments, comme s'ils cherchaient à en dissimuler les vraies sonorités. Elles trahissent aussi un accent, très semblable à celui de Tania, petite fille russe récupérée dans les rues de Moscou.

Maintenant, tonton Jean et tata Madeleine commencent à se douter qu'ils n'assistent pas à un spectacle organisé pour animer le réveillon. Nous nous posons la question : comment sept pères Noël sont-ils parvenus à atteindre notre maison alors que la tempête de neige empêche de se déplacer ? Brusquement, le plus petit des bandits s'énerve. Il se secoue à l'intérieur de son déguisement, tire sur sa barbe, se gratte, puis hurle.

– Ergström, nilak björk marknesomi bortch !

En tout cas, quelque chose d'approchant, qui prouve l'appartenance étrangère du commando. J'apprendrai six ans plus tard le sens de cette phrase que je traduis maintenant (putain, fait chier cet accoutrement).

– Debout contre le mur, les mains sur la tête ! crie le père Noël auteur du massacre de notre maison à la kalachnikov.

Ils obéissent. Pas moi. Mon excitation grandit. Ce Noël est en train de combler mes rêves les plus fous. Et, ce qui ne gâche rien, une odeur de brûlé s'échappe de la cuisine. L'avenir de la dinde et des chapons semble compromis.

Un père Noël, celui qui n'a pas encore dit un mot, me pousse du canon de son revolver contre le mur, près de Witold qui n'en mène pas large. Les coups de magnum 357 sont douloureux. Je tire l'arme, m'en empare et la jette sur un fauteuil.

– Du calme ! On ne vous a pas prévenus que la paix doit régner la nuit de la naissance de Jésus ?

Le bandit ouvre la bouche. Il émet des sons informes, mais je comprends qu'il est furieux.

— Ne perds pas ton temps avec lui, me prévient un des pères Noël, il ne te répondra pas, il est muet.

Sur quoi, il éternue, se tourne vers l'individu le plus grand et dit :

— Explique pourquoi on est ici. On a de la route à faire et pas de temps à perdre.

— L'argent ! déclare le bandit.

Le visage de tonton Jean jaunit. Le mot « argent » est le seul de la langue française qu'il comprend sans que son cerveau ait besoin de le retourner dans tous les sens. Le teint de tata Madeleine n'est pas en meilleure santé. Ses joues molles s'effondrent. Le fard se craquelle. Dessous, on voit des taches verdâtres. On dirait de la moisissure. Tata Madeleine redoute un troisième divorce qui la libérerait d'un mari ruiné par des pères Noël. Elle a mis sur la paille ses deux précédents maris.

— La banque est bourrée de röjneki, poursuit celui qui paraît être le chef. On le sait. Vous changez de monnaie et, ces derniers jours, vous avez entassé les röjneki en euros.

Par une salve de kalachnikov expédiée au plafond, le père Noël numéro quatre avertit son chef que nous ne comprenons pas « röjneki ». Il traduit et continue.

— La banque est bourrée de tunes. Nous prenons le banquier et un enfant en otage et en route, direction les coffres.

Tonton Jean plante son index ahuri contre sa poitrine et bafouille d'un air étonné « Moi ? ». L'évidence le frappe : le banquier, c'est lui. Alors, il se tourne vers tata Madeleine.

— Elle fera aussi bien l'affaire. Elle connaît les combinaisons des coffres.

Il s'affole.

— Kim aussi les connaît. Alors, pourquoi moi ?

Peut-être va-t-il nous faire aussi un malaise diabétique ? Il ouvre grand la bouche, cherche l'air, mais il se calme très vite parce que le père Noël numéro six lui enfonce le canon de sa kalachnikov entre les dents.

Reste à désigner le deuxième otage. Le chef nous dévisage. Il abandonne illico tata Madeleine, dont le corps se dégonfle comme une chambre à air trouée, ses replis graisseux s'empilant les uns sur les autres et il faut admettre que ce n'est pas appétissant, même dans un moment aussi dramatique. Le regard du chef glisse sur Luis. Trop costaud, malgré ses quinze ans. Moussa claque trop des dents. J'ai peur de me voir éliminée, alors je prends l'initiative.

— Je suis volontaire ! Je m'appelle Sanabel. Je n'opposerai aucune résistance.

— Parfait, en route ! ordonne le chef.

Les pères Noël sortent à reculons. D'abord trois, puis tonton Jean et moi, encadrés par les quatre autres bandits.

Otage à Noël. Je ne pense qu'aux titres à la une des journaux. On me verra sur toutes les chaînes de télévision. La gloire.

— Jouez avec vos cadeaux et tenez-vous tranquilles, annonce le père Noël qui éternue sans cesse. Ils resteront vivants à cette condition. Sinon, je vous préviens...

Il éternue.

— Des rennes !

Je bats des mains. Sept rennes attelés à sept traîneaux !

Il fallait y penser. Le seul moyen de se déplacer dans notre ville congelée : le traîneau.

On me place sur le premier tiré par un superbe renne roux, haut sur pattes. Il me regarde avec des yeux rigolards.

– Enfile ça pour ne pas avoir froid, m'ordonne le chef, qui conduit mon traîneau.

Un habit de père Noël, évidemment. Celui de tonton Jean, bien trop petit, lui arrive au ras des fesses et franchement, je suis contente pour lui que les rues soient désertes.

La traversée de notre ville fantôme est un délice. Les traîneaux glissent sans bruit. La nuit est épaisse, car l'éclairage public et les guirlandes électriques ont explosé sous le poids de la neige. Les fenêtres des maisons nous servent de balises. Elles nous guident vers la banque.

– Nous sommes au paradis ?

J'adresse ma question au chef des pères Noël, debout à l'arrière du traîneau, alors qu'il m'a assise à l'avant, sous une fourrure. Probablement une peau de loup, même si l'étiquette cousue indique « made in Hong Kong ». Le père Noël me sourit.

– Pas encore, ma fille, pas encore. Le paradis viendra bientôt.

Le hold-up, à la banque de tonton Jean, est expéditif.

– Ouvrez les coffres ! commande le chef des pères Noël.

Tonton Jean gémit.

– Je ne peux pas... non, s'il vous plaît...

Il essuie deux ou trois larmes, mais le père Noël numéro quatre, le muet, refuse de se laisser attendrir. Il lève une main.

Les sept kalachnikov crachent en même temps. L'enfer dans la banque. Les murs, criblés de haut en bas, dégringolent. Le plâtre se mêle aux débris d'ordinateurs, aux souris qui sautent en l'air et j'en passe. Les alarmes se déclenchent, ce qui provoque les hurlements de rire des truands, certains qu'aucune voiture de police ne sortira de son garage.

L'attaque de la banque se passe comme dans un film, en plus rigolo.

Tonton Jean capitule. Il ouvre les coffres. Il pleure vraiment. J'ai de la peine pour lui et c'est bien la première fois. Quand les coffres sont vides, il s'adresse au chef des pères Noël.

– Ne soyez pas injustes. Pillez aussi mes concurrents. Je vous donne leur adresse.

Les sept pères Noël lâchent la même injure.

– Slovovijica ! (Ce qui signifie : salopard !)

Les sacs d'euros sont chargés sur les traîneaux. Mon superbe Noël se termine, mais je me console en pensant que la gloire m'attend. Toutes les chaînes de télévision me supplieront pour que je raconte le hold-up. Alors que les truands s'apprêtent à nous enfermer dans la salle des coffres avant de partir, je m'adresse au chef.

– Au sous-sol, dans le vestiaire, vous trouverez des sacs remplis de billets. Ce sont des francs, valables encore un mois. Ne les oubliez pas.

Le chef des pères Noël me fait un clin d'œil et en un clin d'œil aussi, les bandits empilent les sacs de francs sur les traîneaux. Cette fois, c'est fini. Le plus petit des pères Noël, chargé de nous boucler, tonton Jean et moi, se retourne avant de claquer la porte. Il mime un baiser, souffle sur sa paume de main ouverte pour me l'envoyer et dit :

– Au revoir, Blanche Neige.

Six ans plus tard, j'étais en Norvège. Je travaillais depuis deux ans comme accompagnatrice de voyages. Tonton Jean avait fait faillite. Tata Madeleine s'était remariée avec le chef de rayon d'un magasin Tati Or. Gagner sa vie était difficile, même pour moi qui parle plusieurs langues, dont le norvégien. Un matin, au petit déjeuner, alors que notre bateau de croisière longeait la côte d'un splendide fjord, je fis un bond en lisant un article de journal.

Blanche Neige est morte : le cirque lapon ferme

Le célèbre cirque lapon s'arrête. En pleine gloire et fortune faite. La directrice du cirque, que les sept fondateurs adoraient, est décédée la semaine dernière, piétinée par un éléphant. Toute la Laponie connaissait le nom affectueux que les sept artistes nains avaient donné à leur directrice, leur inspiratrice disaient-ils volontiers : Blanche Neige.

L'un d'eux nous a confié :

« Nous n'avons plus le cœur à continuer. Notre fortune est immense, alors puisque Blanche Neige est morte, que le courage nous manque, nous avons acheté la petite île déserte de Tongareva, dans le Pacifique, et nous allons nous y retirer. Nous terminerons notre vie en pratiquant le ski nautique ou d'autres sports liés à la mer. »

Cette fin du cirque lapon est navrante. On se souvient de son dernier numéro mis au point depuis trois ou quatre ans : un magnifique dressage de rennes. Que vont devenir ces admirables animaux ?

De retour en France, je rassemblai les journaux parus six ans auparavant. Quelques lignes dans un journal local me permirent de comprendre.

La tempête de neige qui a sévi dans notre région durant deux jours a eu des conséquences parfois inattendues. Ainsi, un convoi de camions transitant par la France et se dirigeant vers l'Espagne a été bloqué en rase campagne, au milieu des champs. Ce convoi transportait un cirque. Personne n'a pu venir en aide ni aux hommes ni surtout aux bêtes de la ménagerie restées quarante-huit heures sans eau ni nourriture...

Trois semaines plus tard, je pris l'avion pour le Pacifique. J'avais adressé une carte au cirque lapon, à Oslo, en espérant qu'elle parviendrait quand même à l'île de Tongareva. Le texte était bref.

***Blanche Neige arrive.
À bientôt.***

Pendant le vol, je réfléchissais à toute cette fortune dont j'allais profiter. J'étais euphorique. Je me demandais pourtant si les requins de Tongareva auraient assez d'appétit pour dévorer sept personnes, quand je serais lasse de leur compagnie. Ma réponse était toujours la même. « Sûrement. Il s'agit de sept nains. »

LES AUTEURS

Jean Alessandrini est né à Marseille. Après des études d'arts graphiques à Paris, il travaille comme maquettiste et illustrateur pour divers magazines et notamment pour la revue Pilote où il est aussi scénariste, chroniqueur, graphiste...

En 1986, il se lance dans l'écriture de livres pour la jeunesse. Il est l'auteur d'albums et romans dont *Le détective de minuit*, *Le labyrinthe des cauchemars*, *La malédiction de Chéops*, *L'ours sort ses griffes* et *Pas de quoi rire !* en Cascade Policier.

Originaire de Bretagne, Évelyne Brisou-Pellen vit à Rennes avec sa famille après avoir passé sa petite enfance au Maroc. Elle poursuit des études de lettres afin de se consacrer à l'enseignement. Mais l'éducation de ses deux fils puis la découverte et la passion de l'écriture la détournent d'une carrière de professeur. Aujourd'hui elle n'en rencontre pas moins beaucoup d'enfants et d'adolescents dans les classes lors des nombreuses animations qui sont organisées autour de ses romans.

Publiée chez de nombreux éditeurs, elle a signé entre autres *À l'heure des chiens*, *Du venin dans le miel* et *Mystère au point mort* en Cascade Policier.

Sarah Cohen-Scali a vu le jour à Fès au Maroc, mais elle est parisienne depuis l'âge de deux ans. Après des études de philosophie, elle s'investit dans sa première passion : le théâtre. Suite à une formation et un passage au Conservatoire national d'art dramatique, elle adapte des pièces du répertoire classique avec une jeune troupe. Mais Sarah Cohen-Scali est aujourd'hui la proie d'une deuxième passion : l'écriture. Auteur de contes et de romans pour enfants et adultes, elle a écrit pour Cascade Policier *Agathe en flagrant délire*, *L'inconnue de la Seine* et *Ombres noires pour Noël rouge*.

Stéphane Daniel est né à Guipry en Bretagne. Quand il ne dort pas, il lit ou achète des livres qu'il n'aura jamais le temps de lire. Quand il ne lit pas, il écrit ou dresse la liste de tout ce qu'il n'aura jamais le temps d'écrire. Quand il n'écrit pas, il est instituteur à Paris ; il apprend à lire aux enfants, ce qui est une bonne façon pour lui de se fabriquer de futurs lecteurs. Qu'il espère bien ne pas endormir... grâce en particulier aux romans policiers dont il a le secret : *L'écrivain mystère*, *L'enfer du samedi soir*, *Mensonge mortel*, *Un tueur à la fenêtre*, *Les visiteurs d'outre-tombe*.

Gilles Fresse est originaire d'une petite ville des Vosges où il a passé son enfance parmi les sapins. Instituteur et comédien amateur, il crée un atelier théâtral pour enfants. Il écrit alors des pièces qu'il met en scène.

Touché par le virus de l'écriture, il aime inventer des histoires haletantes comme *C'est quoi ce trafic ?*

Marié et père de deux enfants, il vit dans un petit village lorrain. Il y partage son temps entre l'écriture, le théâtre et... l'école.

☙

Christian Grenier est né à Paris. D'abord enseignant, il se consacre aujourd'hui essentiellement à l'écriture. Il habite dans le Périgord où il peut assouvir ses autres passions : la lecture, la gastronomie et la musique.

Amoureux de toutes les littératures, il a écrit une centaine de nouvelles, plusieurs pièces de théâtre, de nombreux scénarios de bandes dessinées et de dessins animés pour la télévision.

Il a publié en outre plus de soixante essais et romans dont *Arrêtez la musique !*, *@ssassins.net*, *Coups de théâtre* et *L'ordinatueur*.

☙

D'aussi loin qu'elle s'en souvienne, Catherine Missonnier a toujours inventé des histoires. Pour elle-même, puis pour ses amies de pension au lycée de Tananarive à Madagascar, enfin avec un plaisir renouvelé pour ses quatre enfants.

Ces histoires, elle n'a jamais pensé à les écrire, jusqu'à ce qu'en 1988, elle s'accorde une parenthèse dans sa vie familiale et professionnelle surchargée, pour coucher quelques aventures dans un cahier à spirale. En Cascade Policier, vous pourrez découvrir *Folle à tuer ?*, *On ne badine pas avec les tueurs* et *Pièges et sortilèges*.

Lorris Murail est né au Havre. Il est père de trois filles, dont des jumelles. Sa profession : écrivain. Déjà coupable d'avoir commis à plusieurs reprises des ouvrages prétendument pour la jeunesse chez plusieurs éditeurs, il est accusé d'avoir récidivé en recueillant pour le compte de la collection Cascade Policier les aveux d'un certain Martin Daniel dit Dan, détective, dans *Coup de blues pour Dan Martin*, *Dan Martin détective*, *Dan Martin fait son cinéma* et *Dan Martin file à l'anglaise*.

❦

Jean-Paul Nozière est documentaliste dans un collège et vit en Bourgogne. Il a écrit huit romans policiers « côté adultes » et une trentaine de romans « côté jeunesse » parmi lesquels *Des crimes comme ci comme chat*, *Souviens-toi de Titus* et *Week-end mortel* en Cascade Policier.

Un détail auquel il tient : son nom ne prend pas de s à la fin. Comme Violette Nozière.

❦

Natif de Metz, Alain Surget s'est lancé dans la poésie puis le théâtre avant de se découvrir une passion pour le roman.

Il a signé plus de soixante romans qui traduisent les grands thèmes qui le fascinent : les luttes de classes et de races, les rapports entre le monde moderne et les grandes forces ancestrales, la vengeance, le destin et surtout la lutte de l'homme avec la nature et la solitude.

En Cascade Policier, il invite ses lecteurs à pénétrer dans *L'hôtel maudit*.

Paul Thiès a vu le jour à Strasbourg. Puis il a fait escale à Buenos Aires, Madrid, Tokyo, Mexico, avant d'atterrir plus longuement à Paris. Féru de littérature en tous genres, il est aussi remuant que ses personnages, aime beaucoup les gares et les aéroports, rencontre volontiers ses lecteurs qu'il entraîne dans des aventures endiablées, dans des univers peuplés de héros aussi touchants que malins. En Cascade Policier il a publié *Micmac aux 1001 nuits* et *Signé vendredi 13*.

Ségolène Valente est née à Paris. À l'école, elle préférait lire et inventer des histoires plutôt que de résoudre des problèmes d'algèbre. Ses professeurs de français lui ont appris à écrire et depuis elle n'a plus arrêté, même en cours de maths : poésies, chansons, pièces de théâtre, nouvelles, romans... Elle a fait des études de lettres, enseigne le français et aime aussi rencontrer ses lecteurs dans les bibliothèques et dans leurs classes. Elle a signé en Cascade Policier *Cherchez le cadavre*.

cascade

Policier

AGATHE EN FLAGRANT DÉLIRE
Sarah Cohen-Scali.

À L'HEURE DES CHIENS
Évelyne Brisou-Pellen.

ARRÊTEZ LA MUSIQUE !
Christian Grenier.

ASSASSIN À DESSEIN
Claire Mazard.

L'ASSASSIN EST UN FANTÔME
François Charles.

@SSASSINS.NET
Christian Grenier.

BASKET BALLE
Guy Jimenes.

CENT VINGT MINUTES POUR MOURIR
Michel Amelin.

CHAPEAU LES TUEURS !
Michel Grimaud.

LE CHAUVE ÉTAIT DE MÈCHE
Roger Judenne.

COUPABLE D'ÊTRE INNOCENT
Amélie Cantin.

COUPABLE IDÉAL
Jean Molla.

COUP DE BLUES POUR DAN MARTIN
Lorris Murail.

COUPS DE THÉÂTRE
Christian Grenier.

DES CRIMES COMME CI COMME CHAT
Jean-Paul Nozière.

CROISIÈRE EN MEURTRE MAJEUR
Michel Honaker.

DAN MARTIN DÉTECTIVE
Lorris Murail.

DAN MARTIN FAIT SON CINÉMA
Lorris Murail.

DAN MARTIN FILE À L'ANGLAISE
Lorris Murail.

LE DÉMON DE SAN MARCO
Michel Honaker.

LE DÉTECTIVE DE MINUIT
Jean Alessandrini.

DRÔLES DE VACANCES POUR L'INSPECTEUR
Michel Grimaud.

DU VENIN DANS LE MIEL
Évelyne Brisou-Pellen.

L'ENFER DU SAMEDI SOIR
Stéphane Daniel.

LES FICELLES DU CRIME
Nathalie Charles.

FOLLE À TUER ?
Catherine Missonnier.

HARLEM BLUES
Walter Dean Myers.

L'HÔTEL MAUDIT
Alain Surget.

L'INCONNUE DE LA SEINE
Sarah Cohen-Scali.

LE LABYRINTHE DES CAUCHEMARS
Jean Alessandrini.

LA MALÉDICTION DE CHÉOPS
Jean Alessandrini.

MENSONGE MORTEL
Stéphane Daniel.

MEURTRES À L'HARMONICA
François Charles.

MISSION PAS POSSIBLE
Michel Amelin.

MORTEL COUP D'ŒIL
Marie-Florence Ehret – Claire Ubac.

MYSTÈRE AU POINT MORT
Évelyne Brisou-Pellen.

LA NUIT DE L'ÉTRANGLEUR
Évelyne Jouve.

L'OMBRE DE LA PIEUVRE
Huguette Pérol.

cascade

Policier

OMBRES NOIRES POUR NOËL ROUGE
Sarah Cohen-Scali.

ON NE BADINE PAS AVEC LES TUEURS
Catherine Missonnier.

L'ORDINATUEUR
Christian Grenier.

L'OURS SORT SES GRIFFES
Jean Alessandrini.

PAS DE QUOI RIRE !
Jean Alessandrini.

PIÈGES ET SORTILÈGES
Catherine Missonnier.

QUI A TUÉ ARIANE ?
Yves-Marie Clément.

RÈGLEMENT DE COMPTES EN MORTE-SAISON
Michel Grimaud.

LA SORCIÈRE DE MIDI
Michel Honaker.

SOUVIENS-TOI DE TITUS
Jean-Paul Nozière.

UN TUEUR À LA FENÊTRE
Stéphane Daniel.

LE TUEUR MÈNE LE BAL
Hervé Fontanières.

LE VAMPIRE CONTRE-ATTAQUE
Hervé Fontanières.

LES VISITEURS D'OUTRE-TOMBE
Stéphane Daniel.

WEEK-END MORTEL
Jean-Paul Nozière.

LE COMMANDEUR

LE CACHOT DE L'ENFER
Michel Honaker.

LA CRÉATURE DU NÉANT
Michel Honaker.

LE DANSEUR DES MARAIS
Michel Honaker.

LE GRAND MAÎTRE DES MÉMOIRES
Michel Honaker.

LES LARMES DE LA MANDRAGORE
Michel Honaker.

MAGIE NOIRE DANS LE BRONX
Michel Honaker.

LES MORSURES DU PASSÉ
Michel Honaker.

LES OMBRES DU DESTIN
Michel Honaker.

PÉRIL ANGE NOIR
Michel Honaker.

RENDEZ-VOUS À APOCALYPSE
Michel Honaker.

LE SORTILÈGE DE LA DAME BLANCHE
Michel Honaker.

TERMINUS : VAMPIRE CITY
Michel Honaker.

---

cascade Le site — Retrouvez toutes les collections Cascade sur : **www.cascadelesite.com**

Achevé d'imprimer en France en octobre 2002
par l'imprimerie Hérissey à Évreux
Dépôt légal : octobre 2002
N° d'édition : 3794
N° d'impression : 93424